伯爵と灰かぶり花嫁の恋

エレノア・ウェブスター 作

藤倉詩音 訳

ハーレクイン・ヒストリカル・スペシャル

東京・ロンドン・トロント・パリ・ニューヨーク・アムステルダム
ハンブルク・ストックホルム・ミラノ・シドニー・マドリッド・ワルシャワ
ブダペスト・リオデジャネイロ・ルクセンブルク・フリブール・ムンバイ

MARRIED FOR HIS CONVENIENCE

by Eleanor Webster

Published by Harlequin Japan,
a Division of K.K. HarperCollins Japan, 2024

エレノア・ウェブスター

無骨な靴が必須の、雪山が多いカナダ北部在住だが、ハイヒールと太陽を愛している。いろいろ手作りしてみた結果、創作意欲は書くことを通して発揮するのがいちばんと気づく。歴史と文芸創作で学士号を取得し、現在は心理学の博士号取得を目指している。過去への憧れを文章で表現するのが好き。

主要登場人物

サラ・マーティン……………………小説家志望の女性。婚外子。
シャーロット…………………………サラの生き別れた異父姉。
キット・イーブンシャム……………サラの幼なじみ。
ミスター・レオン・クローフォード……サラの父親。故人。
ミセス・クローフォード……………サラの後見人。
ミス・シャープルズ…………………ミセス・クローフォードの話し相手。
セバスチャン・ヘイスティングス……ラングフォード伯爵。
エリザベス……………………………セバスチャンの娘。
エドウィン……………………………セバスチャンの息子。
ボーモント……………………………セバスチャンの先妻の愛人。

プロローグ

一七九三年十一月八日

一房の金色の巻き毛が、磨き抜かれた木の机の上で光を放っている。

「これでは、妻が死んだという決定的な証拠とは言いがたい」ラングフォード伯爵セバスチャン・ヘイスティングスは、冷静なまなざしを金髪から上げた。

「こっちのほうが説得力があるかもしれない」ボーモントは上着のポケットから一枚の紙を取り出し、細心の注意を払ってしわを伸ばした。

死亡証明書だ。

「公安委員会の連中にギロチンの犠牲者全員の記録を残す時間があるとは知らなかったよ」セバスチャンはゆっくりした口調で言った。

ボーモントの顔色がどす黒く変わった。背が高く鋭い目を持つ細面《ほそおもて》のこの男は痩せているが、目の下と顎だけはたるんでいる。

昔からずっとボーモントが嫌いだったが、今の憎しみに比べたら、はかない感情だった。

今は、この男を殺してやりたい。

こいつが目をむき、顔が紫色になって息絶えるまで、その首を素手で絞め上げたい。

だが、そうはしない。できない。そんなことをすれば、子供たちを取り戻す望みが断たれてしまう。

「妻の死が明らかなら、子供たちはどうしている？」無表情のまま、淡々とした口調で尋ねた。

「子供たちは、私の保護下にある」

「それは心強い。私のもとへ取り戻すには、どうすればいい？」

ボーモントは笑みを浮かべ、薄い唇の間から整った白い歯がのぞいた。机に乗り出したその体からは、甘ったるいコロンの香りが漂ってくる。「取り戻すには、それなりの代償を支払う必要がある」

「もし払えなければ?」

ボーモントは金色の巻き毛に手を伸ばし、手入れの行き届いた指に巻きつけ、ゆっくりともてあそんだ。「ギロチンの出番だ」

セバスチャンは抑えきれない猛烈な勢いで立ち上がった。椅子が壁に当たり、音をたてて床へ横倒しになった。

ボーモントが驚いて身を引いたが、セバスチャンは机をまわって詰め寄った。相手の喉元をつかんで、かつてはハンサムだった顔を毛穴が見えるくらい引き寄せた。

「これだけは断言する。子供たちを傷つけたら、おまえの命はないぞ」

1

一七九四年四月七日

サラ・マーティンはスカートを持ち上げた。足は泥の中に沈み、森の小道を縁取る低木の茂みからは、水がリズミカルに滴り落ちている。

そのどちらにも、サラの気分は落ち込まなかった。サラは笑顔で英国の田舎の土の匂いをかぎ、スカートを上品とは言えないくらい高く上げた。ミセス・クローフォードなら眉をひそめるだろうが、それはいつものことだ。

昼食後にレディ・イーブンシャムから人数合わせのために急な夕食の招待を受けてから、サラの気分は高揚したままなのだ。

サラにとって、こんなことはめったに起きないが、サラの作品の中ではこういう機会がたびたび訪れる。最新作の主人公ミス・ペチュニア・ハードキャッスルは、つい最近祖母の舞踏会用ドレスから作った青い透けるドレスで見事な登場を果たしたばかりだ。

残念ながら、サラのドレスは透けてもいなければ青くもなく、実用的なグレーだ。そのうえ、ミス・ハードキャッスルとは違い、サラの上流社会への憧れは、ロマンスではなくロンドンにつながっている。その都市の話をするだけでわくわくして、昔クリスマスによくなったように鳥肌が立つ。

いつかロンドンへ行こう。いつか約束を果たすのだ。いつか――。

小枝や落ち葉が鳴る音に驚いて夢想から我に返り、足を止めた。再び音が聞こえて、溝をのぞき込んだ。

「かわいそうなうさぎ《プーヴ・ラパン》」思わず母の母国語で言った。

雑草の中に横たわったうさぎが、密猟者の罠《わな》に後ろ足を挟まれ、茶色い脇腹を激しく波打たせている。

サラは唇を噛《か》み、ひざまずいてかばんを脇に置いた。罠をよく見たが、自分が怪我《けが》をしたり、うさぎがさらに傷ついたりするのを恐れて、触らなかった。こういう罠はよく知っているが、空っぽの装置を扱うのと、動けなくなった動物が挟まれた罠を触るのとでは、大きな違いがある。慎重に息を詰め、金属を指で押してみた。初めは冷たく固いだけで動かなかったが、やがてパチンと音がして外れた。

うさぎはしばらく凍りついたようにじっとしていたが、突然猛烈な勢いで動きだし、後ろ足を引きずって溝の中を進み始めた。

「だめよ」サラはうさぎをつかまえ、肩からショールを外して後ろ半身が動かないように包んだ。

身をかがめ、ほこりっぽいうさぎの匂いを吸い込みながら、腕の中の温かい重みを抱きしめる。

さあ、どうする？　傷ついたうさぎを放せば狐《きつね》の餌食になるだろう。だが、家に戻る時間はない。すでに日が傾き、辺りは夕暮れ色に染まっている。

それに、いろいろな意味で、イーブンシャム家のほうが厳格で荒涼としたクローフォード屋敷より我が家のように思える。サラは肩をすくめて決意を固め、腕の中の包みを抱きしめながらかばんを取り上げて足を踏み出した。

五分後、サラは屋敷に隣接する森から脱け出し、手入れの行き届いたイーブンシャム家の庭園に入った。ためらうことなく、ランプやたいまつで客を歓迎している玄関を避けた。

うさぎを厨房《ちゅうぼう》か食器洗い場に隠そう。できれば、執事がどこか他の場所にいてくれるといいが。ミスター・ハドソンは、あまりうさぎが好きではない。

シチューに入ったうさぎ以外は。

屋敷と酪農場に挟まれた狭い小道を通って、裏の菜園に向かった。予想どおり、厨房は明るく、料理の匂いが庭にまで漂っている。

注意深く窓に近寄ったところで、小枝を踏む音に凍りついた。息を詰めて振り返り、暗い生け垣や菜園の野菜を見渡す。

誰もいない。サラは再び厨房に近づいた。狐か猫の足音でも聞いたのだろう。ばかげた空想にふけるほど現実離れした人間ではない。

ところがそんな考えが頭をよぎった瞬間、口をふさがれ、筋骨たくましい人影に引き寄せられた。布の味がして、心臓が早鐘を打つ。体が硬直し、かばんが手から落ちた。

こんな劇的な経験は初めてだ。

「手を放しても叫ばないと約束するか？」男性の声だ。温かい息が耳にかかる。

うなずくと男性は手を放した。サラは振り返り、肩幅の広い黒ずくめの男性の大きさに目を丸くした。

「驚いたな。女性だったのか」

「あ、あなたは紳士だったのね」着ている服の生地は上等で、よくいる泥棒の服装ではない。

　サラはそういう細かい点を分析することで、状況を理解しようとした。

「何の目的で僕のことをかぎまわっているんだ？」

男性は目を細め、感情のない冷静な声で言った。

「かぎまわっている？　あなたが誰かも知らないのに」うさぎが動いたので、さらにきつく抱きしめた。

「それじゃ、どうして隠れているんだ？」

「隠れてはいないわ。たとえ隠れていたとしても、こんなふうに口をふさいでいい理由にはならないでしょう」恐怖が薄れたとたん、怒りで頬が紅潮した。

　男性は手を下ろして後ろに下がった。「申し訳ない。強盗だと思ったんだ」

「この辺りでは、あまり強盗は出ないわ。それはそうと、あなたは誰なの？」

「ラングフォード伯爵セバスチャン・ヘイスティングスと申します」男性はお辞儀した。「イーブンシャム家に招待されたんだ」

「招待客なら、どうして裏の菜園にいるの？」

「外の空気を吸いに来た」

「そういうとき、普通は他の招待客の口をふさいだりしないものよ。私がヒステリーじゃなくて運がよかったわね」

「確かに」

　一瞬、その口調に皮肉っぽいユーモアが感じられたが、男性の口は真一文字に引き結ばれ、表情はまったく和らがない。夕闇の中、頑丈な顎と頬骨には生身の人間の柔らかさがなく、彫像のように見える。

　その瞬間、うさぎがショールから顔を出した。

「間違いなく、夕食は遅れるな」ラングフォード卿《きょう》は目を丸くしたが、その口調には自然な驚きがまったくない。

「この子が怪我をしていて手当が必要なんだけど、執事のミスター・ハドソンは動物が好きじゃないから、いないことを確かめたかったのよ」

「執事に賛同するよ」

サラは言い返そうと口を開いたが、ショールの中で動いたうさぎに突然腹部を蹴られた。息をのんで前かがみになり、子供の頃、悪夢を見たあとに母がかけてくれた言葉を無意識にささやいていた。

「きみはフランス語が話せるのか？」

「何ですって？」

「フランス語だよ。堪能なのかい？」

「ええ、母が話したから——私の語学力の話はあとにしてもいいかしら？」サラはうさぎを抱えることに夢中になりすぎて足場を失い、よろめいて男性にぶつかった。とっさに突き出された男性の手に背中を支えられ、妙な疼《うず》きを感じた。

「大丈夫かい？」

「ええ、ちょっとバランスを崩しただけよ」サラは体勢を立て直した。すぐそばに立っている男性の息遣いが聞こえる。「たぶん、あなたなら厨房に執事がいるかどうか見えるんじゃない？　いつまでこの子を抱いていられるか、わからないわ」

「もちろん」ラングフォード卿は、使用人の行動を探るのが日常茶飯事であるかのように窓に近寄った。「料理長と女の子が何人か見える。料理番のメイドだろう。執事はいないようだ」

「ありがとう。感謝するわ」

サラはうさぎをしっかりと抱きかかえ、この非現実的なできごとを終わらせたくなくてためらったが、やがて感謝の会釈をしてかばんを取り上げた。

「任せてくれ」ラングフォード卿がドアを開けた。

「きみは両手がふさがっているようだから」

「あ、ありがとう」サラは目を上げた。廊下で揺らめく石油ランプの明かりが彼の顔に影を投げかけ、頬と顎の厳しい輪郭と髪の黒さを強調している。

サラは中に入り、ドアが閉まると息を吐き出した。安堵《あんど》と後悔が入り交じり、胸と膝が震える。

そんなはずはない。ペチュニア・ハードキャッスルなら興奮するかもしれないが、サラ・マーティンはもっと断固とした人間だ。

それに、ペチュニアはいつもハンサムなヒーローにつかまるが、裏庭でこそこそしている極貧で婚外子のオールドミスをつかまえようとするヒーローはいない。

そう考えたサラは、背筋を伸ばしてイーブンシャム家の厨房に急いで入った。


セバスチャンは肩をまわして背中の緊張をほぐそうとした。使用人の女の子に言い寄るほど落ちぶれたのだとしたら、この緊張のせいだ。

小枝が折れる音がした。セバスチャンは素早く警戒して物陰に入った。もっと大きな枝の音が聞こえて笑みを浮かべる。これはフランスのスパイではない。はなはだ未熟な技能だ。

「出てきていいぞ、キット」セバスチャンは言った。

むかい側の木の葉が揺れて、間違いないとわかった。セバスチャンは金のかぎたばこ入れを開けた。ひとつまみ取って一服する。〝英国のライオン〟はまったく縁のなさそうな人物をメッセンジャーに選んだ。その手法が功を奏していなければ、とうの昔に彼の奇行に我慢できなくなっていただろう。ライオンはギロチンから多くの命を救ってきた。

それに、セバスチャンには選択するという贅沢《ぜいたく》は許されていない。現時点では、ライオンが息子を取り戻すための最善策だ。

セバスチャンにとって唯一の頼みの綱でもある。

キット・イーブンシャムが低木の茂みから姿を現した。黒いマントに身を包み、フードを目深《まぶか》にかぶって金髪を隠している。

「メモを受け取った？」かすれ声がささやいた。

「尿瓶《しびん》の中に入っていたら、見逃しようがないよ」

「ぴったりの場所だと思ったんです」若者が言った。

「使用人には気づかれたが問題ない――情報というのは何だい？」セバスチャンは唾を飲み込んだ。喉が痛い。全細胞がキットの返事を待ちわびている。

「ドーヴァーでライオンに会いました」

「ああ――それで、うちの息子は？」セバスチャンは乾いた唇の間から言葉を押し出した。

「パリのあらゆる消息筋に当たったけれど、エドウィンの処刑記録や死亡の証拠は見つからなかったそうです」

セバスチャンは詰めていた息を吐き出した。鼓動を忘れていた心臓が思い出したように猛烈な勢いで早鐘を打ち始める。「それで、ボーモントは？」

キットは肩をすくめた。マントの分厚い生地が衣《きぬ》擦《ず》れの音をたてる。「噂《うわさ》は本当です。やつはバスティーユから脱獄しました」

憎しみと安堵が混じり合ってセバスチャンの胸の中で渦巻いた。ボーモントは妻を誘惑し、子供たちを誘拐したのだ。彼の死を望んではいるが、逆に彼が生きていれば希望がある。

「やつを見つけなければいけないな」

「やつはここへ――英国へ来ていませんか？」

セバスチャンは首を振った。「何も聞いていない。きみの母上がロンドンにいるフランスからの移住者と友達になって助けてくれようとしていたんだが、足首を骨折してしまっただろう。誰か他の女性を見つけなければいけないと思っているところだ」

セバスチャンはため息をついた。今回ばかりは、女性の親戚がいないのが残念に思える。いるのは、思いやりや基本的な礼儀に欠ける大伯母だけだ。

キットがうなずき、慰めるようにセバスチャンの肩に手を伸ばしかけたが、セバスチャンの表情を見たのか、その手を下ろした。

そして会釈して立ち去った。

再び一人になったセバスチャンは夕暮れ時の光景を見渡した。厨房で鍋の触れ合う音や頭上から鳥の羽ばたきが聞こえる以外、庭園は静かだ。

「処刑記録や死亡の証拠は見つからなかった」キットの言葉に抑揚をつけて繰り返した。「処刑記録や死亡の証拠は見つからなかった」

希望はある。

希望を抱くことしかできないのは苦痛だが、他の選択肢は考えられない。

応接間に入ったセバスチャンは、片足をスツールにのせて暖炉のそばに一人で座っているレディ・イーブンシャムを見つけた。

「あら、来てくれて嬉《うれ》しいわ。イーブンシャム卿は新しい馬の絵をお客様に見せているけど、私はここで座っていることにしたの。歩きまわるのは、まだ大変なのよ。いずれにしても、大したことない絵だし。ほら、動物を描くのは難しいでしょう。だからひどくこわばっているように見えるのよ。楽にして、ブランデーでも飲んでね」

レディ・イーブンシャムは大きな声で話す。かなり年上の夫の耳が遠くなっているからだ。セバスチャンは言われたとおりに暖炉のそばに座った。両親とこの家の夫妻は友人同士だったが、母がイーブンシャム卿と寝てからは、友好関係は途絶えた。当然ながら父は人付き合いをしなくなり、酒に溺れた。

母はもう他界した。

セバスチャンはレディ・イーブンシャムとの交流を保ってきたが、顔を合わせるのはいつもロンドンで、田舎の屋敷に来たのは久しぶりだ。だが、ここにはすぐに親しみを感じた。田舎の邸宅のよさがすべてそろっている。大きな暖炉、座り心地のいい古びた椅子、擦り切れた絨毯《じゅうたん》、分厚いカーテン、料理と煙と犬の毛の混じり合った匂い。

巨大な石の炉棚の上には鏡が掛かり、ぽっちゃりしたピンク色の肌の天使たちが天井を飾っている。

「脚の具合はいかがですか?」遅ればせながら礼儀を思い出した。「田舎は退屈ではないですか?」

夫人は首を振った。「ロンドンは恋しくないわ。若い頃ほど、社交の場でのおしゃべりも楽しくないもの。もっとここで過ごそうと決めたのよ。ここなら馬もたくさんいるし、実際、たいていの人間より馬と一緒にいるほうが楽しいわ」

「確かに」

夫人は鋭い青い目を向けた。「笑顔はどうしたの? いつも気のきいた冗談を言っていたのに」

「それは過去の話です」

夫人は血色のいい顔をしかめた。「ごめんなさい。軽率だったわ。笑えるようなことがないものね。ところで、エリザベスはどう?」

口をきかない我が子のことを唐突に尋ねられて硬直した。「身体的には元気です」

「家庭教師は?」

「辞めました。というより、解雇しました」

「まあ、それは賢明な措置なの?」

「ええ、おびえた子供に罰を与えれば口をきくようになると思っている家庭教師ならね」険しい顔で答えた。頬が痙攣《けいれん》するのを感じる。

「誰かいい人を探しましょうか? 男の人には難しいでしょう」

「ありがたいお話ですが、結構です」ひどくそっけない断り方をしてしまったと思った。

レディ・イーブンシャムは怒った様子もなく、ぽっちゃりした手を前に伸ばし、暖炉の火に指輪をきらきらさせながら、セバスチャンの椅子の肘掛けを叩《たた》いた。「辛抱してあげて。かわいそうなあの子が、恐ろしい牢獄《ろうごく》かどこかで、どんな思いをしたか、誰にもわからないんだから」

セバスチャンはひるんだ。胸が痛んで、息ができない。自分の感情を守るには、この親切な善意の人からでさえ距離を置く必要を感じて、体を動かした。

幸いドアが開いて、キットと数人の女性たちが入ってきた。実のところ、女性は三人だったが、一人は遠慮がちに部屋の奥へ向かった。明らかに気づかれたくなさそうな様子がかえって注意を引く。美しい装いの他の女性たちと並ぶと、彼女の見た目は場違いなほど地味だ。髪は灰色がかった茶色で、優しい顔立ちだが、どう見てもそれほど若くはない。

そこで、はっとした。今はもううさぎを連れていないが、先刻のうさぎの女性だ。

明かりのせいで、顔立ちと服装の地味さがより目立っている。髪はひっつめで頬骨が高い。眉は濃くまっすぐで、口は今の流行からすると大きすぎる。

レディ・イーブンシャムが彼女に微笑《ほほえ》みかけた。

「ああ、ミス・マーティン、お客様に紹介するわね。ミス・マーティンはクローフォード家の被後見人で近くに住んでいるの」

女性たちが振り向き、会釈して微笑んだ。その動きがあまりにもそろっていて演出したように見える。

「ミスター・クローフォードの被後見人？　ミスター・レオン・クローフォードですよね。お会いしたことがないんです。今夜いらっしゃいますか？」年配の女性が尋ねた。

「それは難しいでしょう。もう亡くなっていますから。私は未亡人のミセス・クローフォードと一緒に暮らしています」ミス・マーティンが答えた。

彼女のグレーのモスリンのドレスは何年も前のものらしく、中古品を下手に縫い直したかのように体に合っていない。

それでも、彼女には人を引きつけるものがある。落ち着きと抑えきれない資質だ。困難にもかかわらず、人生をおもしろいものだと思っている。かつての自分なら、それに共感できたかもしれない。

「はじめまして」セバスチャンはお辞儀した。

顔を上げた彼女が目を合わせ、気づいて驚いたのがわかった。その目は単調ではなく、強烈で深い灰青色で、濃く長いまつげに縁取られている。

「こんばんは、ラングフォード卿。もう田舎の空気を楽しまれたようですね？」その声は心地よい低さで陽気な笑いを含んでいる。

どういうわけか、思わず笑みが浮かんだ。

「あら、閣下は到着したばかりよ。外には行っていないんじゃないかしら」レディ・イーブンシャムが大声で言った。

「もうそぞろ歩きを楽しまれたかと思ったんです」

「楽しみはまた別の機会にとっておきましょう」セバスチャンは言った。

「強盗に気をつけて」彼女の目が楽しげに輝いた。口角が上がり、左の頬に片えくぼができる。

「強盗？　まあ、この辺りはそんなに物騒じゃないわよ。ああ、お天気が回復するといいんだけど。ミス・マーティン、外を見てみてちょうだい」レディ・イーブンシャムは両手をカーテンのほうへ振った。アクセサリーがじゃらじゃら鳴る。

ミス・マーティンは指示に従い、おとなしくうなずいた。先刻のちゃめっけあふれる表情は、勘違いだったのだろうか？

「風はありますけど、月が見えます」

確かに、動きの速い雲の隙間から月が見える。白い球体が彼女の横顔の輪郭を浮かび上がらせ、月光が白い肌を輝かせている。

美人ではないと思った当初の評価は、正しくなかったような気がしてきた。

「よかった。ほら、猟犬と一緒に走るでしょう」レディ・イーブンシャムが言った。「まあ、私はこの足だから走らないけど、夫は狩猟が大好きなのよ」

カーテンがさっと閉まって、ミス・マーティンが唐突に室内へ向き直った。顔に不快な表情がよぎり、くすんだ色のドレスの下で肩がこわばっている。狐狩りを非難するつもりだろうか？　うさぎの事件から考えれば、その可能性はある。

セバスチャンが意見を言う間もなく、二人の女性客のうちの若いほうが身を乗り出し、息をはずませて言った。「ロンドンのお話を聞かせてください。憧れているんです。社交シーズンが楽しみだわ」

社交界デビューか。セバスチャンは心の中でぼやいた。彼女たちはパステルカラーのモスリンや白い肌や巧みな誘惑作戦は過剰に持ち合わせているのに、知性がない。またひねりのあるユーモアを半ば期待してミス・マーティンを見た。

ところが、その顔に浮かんだ切ない憧れの表情を目撃して、思わず目をそらした。当然ながら、彼女も皆と同じように、ロンドンと結婚を望んだに違いない。

悲しい人生だ。そして顔をしかめた。ばかばかしい。田舎の独身女性の気持ちを心配している暇はない。キットとの面会を終えた今、田舎の退屈な週末の行事から抜け出して、口をきかない娘のもとへ戻ることに集中したほうがいい。

そのうえ、最近大伯母が主張しているばかげた再婚問題もある。セバスチャンは指先で膝を叩いた。社交界デビューする女性に付き合っている暇はない。作り笑いを浮かべている女性たちに目を向けた。

だめだ。あきらめられないし、あきらめるつもりもないと、大伯母にわかってもらう必要がある。すべての力を子供たちに集中しなければならない。

エドウィンを見つけるのだ。

2

狐《きつね》狩りは今日だ。目覚まし時計が鳴った瞬間、殺伐とした思いがサラの頭をよぎった。

眠気を振り払い、イーブンシャム家の贅沢《ぜいたく》な客用ベッドの上で体の向きを変え、ばら模様の壁紙とピンクのカーテンをぼんやり見ながらまばたきする。

そうだった。イーブンシャム家に泊まったのだ。起き上がり、毛足の長い敷物の上を歩いてビロードのカーテンを開けた。いまいましい。部屋に射《さ》し込む朝日が、浮遊するほこりを輝かせる。

雨ならよかったのに。大雨が降れば、狩りは中止になって、このすばらしいベッドでいつになく贅沢なまどろみを楽しめただろう。

実際、ミス・ペチュニア・ハードキャッスルを塔から救い出す機会もあったかもしれない。あるいは、招待客たちとともに朝食をとって、ロンドンの話を聞けただろう。もちろん、偶然シャーロットに会える可能性はまずないが、ロンドンの話を聞くだけで、まるで冒険が実現可能になったかのように、姉に近づけた気がする。

サラはため息をついた。だめだ。アルバートとアルバーティーナを救い出さなければいけない。この辺りでつがいの狐は、あの子たちだけだ。イーブンシャム卿《きょう》は地元の狐を絶滅させようとしているように見える。

そう考えながら、寝間着を脱いでドレスを拾い上げた。袖にまだ血の染みがついている。しまった。うさぎのことをすっかり忘れていた。

大急ぎで顔に水をかけ、髪をシニョンに結った。それからレディ・イーブンシャムあてにお礼のメモを書いて階段を下り、地下室のドアに向かった。

幸い、昨年の太いろうそくが残っている。サラはため息をついた。動物救済は、キットが反抗的な若者で一緒にやっていた頃はもっと楽しかった。

マッチでろうそくに火をつけ、注意深く暗い階段を下りていく。自分の影がワインの樽《たる》や園芸用品の上で不気味に起伏する。

ほっとしたことに、籐籠《とうかご》と革の園芸用手袋がまだそこにあったので、籠二つと手袋をつかんで食器洗い場へ運び込んだ。幸い、流しで皿を洗っている洗い場担当のグラディス以外、誰もいない。他の使用人は、厨房《ちゅうぼう》にいるか朝食の配膳で忙しいのだろう。

「おはようございます」グラディスが言った。

「オリオンはどう？」

「オリオンって？」

「うさぎよ」サラは顔を赤らめた。サラには動物の友達に名前をつけるばかげた習慣があり、例のうさぎには星座と同じ名前をつけた。

「忘れてました。むこうにいます。野菜をあげましたよ。端がしおれたのがあったから」赤くなった手で皿をこする素朴な丸顔は、無表情のままだ。

「あの、もう少し置いておいてもいい？　すぐに迎えに来るけど、しなければいけないことがあるの」

「ミスター・ハドソンが何て言うかわかりません」

「知らなければ何も言わないわ。それに狐狩りの準備で忙しいわよ。ところで昨夜の残り物はない？」

皿を洗う手が止まった。「まあ、ミセス・クローフォードは満足に食べさせてくれないんですか？」

「何ですって？　違うわ。別の計画に必要なの」

「四つ足の生き物に関係あるでしょう。相変わらずですね。そういうことから卒業しないんですか？」

「今のところ、それはなさそうよ」

「食糧貯蔵室に猟犬用の鉢が置いてあります。好きなだけ持っていってください」

サラはそうした。

三十分後には、森の外れに二つの籐籠で罠《わな》を仕掛け終えていた。

ラッパの音が聞こえた。

サラは驚いて唇を噛《か》み、今にも馬の蹄《ひづめ》の轟音《ごうおん》が聞こえてくるかと、辺りを見まわした。狐を二匹ともつかまえる時間があったら運がいい。ハンカチから急いでくず肉を取り出し、籠の底に置いた。

そのとき、赤茶色の毛皮が視界の端をよぎった。低木の茂みの中で好奇心に満ちた二つの目が光っている。サラは息を詰めた。

狐は、雪の上を歩く猫のように優美な動きで前に進み出た。アルバーティーナだ。ふさふさした赤い尻尾のせいで、体が滑稽なほど細く見える。

静かに座っていると森の音が大きく聞こえる。キツツキが木を叩《たた》く音や昨日の雨で濡《ぬ》れた葉から滴が落ちる音、姿が見えない鳥やリスが葉を揺らす音。

狐が近づいてきた。

ついに突如勇気を見せて、籠に飛び込んだ。

サラが紐《ひも》を引くと、蓋が閉まった。

ここがいちばん嫌いなところだ。おびえた鳴き声と前足で籠をこする音、そして恐怖と尿の匂い。

「大丈夫よ、アルバーティーナ。あなたの幸せのためなの」いつも動物に言い聞かせるときの歌うような口調でフランス語を交えながら静かに話しかけ留め金を掛ける。籠は悲鳴をあげる動物を閉じ込めた。

初めてここへ来たとき以来、もう何年もこれをやっている。それでひどい孤独をまぎらわしてきた。

母も姉もいない最初の数週間、動物だけが友達だった。動物たちがサラの世界の住人になったおかげで、よその家で暮らす望まれない子供の暮らしに耐えられた。

姉も動物好きだ。姉にはほとんど特技がない。十分な教育を受けていないので絵も描けないしピアノも弾けないが、いつも人に優しい。分け隔てすることなく、けんか腰のいたずら小僧にも、気難しい商店主にも、何かしらいいところを見つける。

初めてクローフォード家に来たとき、姉のいない暮らしは耐えがたかった。眠るのも目覚めるのも恐ろしく、まるで蹴り飛ばされたあとのように全身が傷つき力が入らない気がした。

ため息をついて、再び籠に集中する。アルバーティーナがあばれているので、まだ揺れている。今は思い出にふけっている場合ではない。この狐を小川のむこう側まで連れていき、運がよければ、戻ってきてアルバートもつかまえなければならない。そのあと家に帰ってミス・ペチュニアの救出に取り組む。願わくば、この原稿が売れてロンドンへの旅が実現に近づくといいのだけれど。

いまいましい小川のせいだ。思い出がよみがえり、目がくらむほどの苦痛が襲ってくる。一瞬、馬や猫犬と同じくらいありありと子供たちが見えた。笑いながら手足をばたばたさせていた。

両手がこわばり、セバスチャンは一人になりたくて、他の人たちから離れて丘の斜面を上った。頂上で馬を止め、銀色の小川が流れる絵のように美しい渓谷を見下ろした。

何か動くものが見えて、身をこわばらせた。ばかな村人が水路の中を歩いている。さらに悪いことに、水路は小川というより洪水のときの川のようになっている。流れが速く、岸から水があふれそうだ。

「おい！」セバスチャンは叫んだ。

女性だ。

馬に拍車をかけて坂を下る。「手を貸そうか？」

女性は振り返らず、大きな籠を持ってぎこちなく動いている。もう一度叫ぶと、今度は振り向いた。

「ラングフォード卿？」

名前を呼ばれて驚いたが、はっと思い当たった。

「ミス・マーティン！ いったい何をやっているんだ？」セバスチャンは静止させた馬から降りた。

「止まれないの――」

足を滑らせたに違いない。水の流れに負けてバランスを崩した。後ろによろめき、籠を落として両手を振りまわしながら倒れた。すぐに体勢を立て直し、籠に手を伸ばしてまた転んだ。今度は顔から水に突っ込んだ。このままでは深さ一メートル足らずの水で溺れてしまう。

セバスチャンは手綱を放し、水路に入って彼女の手をつかんだ。彼女は起き上がり、足場を確保した。水が顔を伝い、ほつれた髪から滴が落ちる。

「アルバーティ――」ミス・マーティンは息をのんで籠に手を伸ばした。

「放っておけ」

「溺れてしまうわ」また籠に向かって突進する。

「じっとしていろ！ 僕が取るから」セバスチャンは籠をつかんで引き戻した。

この愚かな女性を岸に連れ戻すつもりだったが、彼女はすでにむこう岸に向かって歩いている。

セバスチャンは彼女のあとについて、音をたてて泥の中を進み、土手に籠を置いた。何だ？

目を見張った。籠は何かに取りつかれているかのように揺れ、中から甲高い鳴き声とひっかくような音が聞こえる。

「中に何が入っているんだ？」

ミス・マーティンは顔を赤らめた。彼は注意深く蓋の下をのぞき、慌てて閉めて籠から離れた。

「狐じゃないか」

「アルバーティーナよ」

「狐をつかまえたのか？」

「彼らに殺されてしまうもの」

「何に殺されるって？」

「猟犬よ」

「何てばかなことをしているんだ。怪我《けが》をするところだったぞ。噛まれたかもしれないじゃないか」

「心配ないわ。手袋をはめているし、怪我を防ぐ厳しい手順に従っているもの。狐狩りには反対なの」

断固たる表情には謝罪や後悔の兆しは見られない。

「狩りを台無しにしたな」

「アルバーティーナの命を救ったのよ。狩りなんて残酷な行為だもの。それに、狐の個体数は大幅に減っているのよ」彼女は両手を腰に当て、驚くほどふっくらした下唇を突き出した。「アルバーティーナは、誰の害にもなりたくないと思っているわ」

「それを養鶏業者に言ってみろよ」

彼女はまだ腰に手を当てたまま、異議を唱えようとするかのように口を開いた。「でも――」

「もういい。川岸で寒くて死にそうになりながら、狐狩りの利点を議論するのはお断りだ」

「私は寒くないわ」

「僕は寒い」

「寒いなら、ここにいることはないわ。私も猟犬に見つからないうちに、アルバーティーナを逃がしてやらないといけないから」ミス・マーティンは早口で言い、すでに籠を持ち上げようとかがんでいる。

「置いておけ。どこへ行くにしても僕が運ぶよ」

「一人でできるわ」

「たった今、溺れそうになったばかりじゃないか」

「危険はなかったわ。前より流れが速かっただけで、深くはないもの」

「きみはいつもこんなことをやっているのか？」信じられないという思いと苛立《いらだ》ちに加えて、柄にもなく笑いだしそうになった。

「いつもというわけではないわ」

「前にもやったことがあるんだろう？」

「そうだけど、本当に話している時間がないの」彼女は心配そうに丘の頂上を見ながら顔をしかめた。

「わかった。どこへ行けばいい？」セバスチャンは籠を持ち上げた。

「あの木立のむこうなら隠れていられるわ。あ……今気づいたんだけど、あなたも狩りに参加しているのよね。がっかりさせていなければいいけど」

「ずいぶん遅いご挨拶だな。でも、それほどがっかりしていないよ。早くロンドンに戻れるし」

「田舎の週末は楽しくないの？」

「あまりね」

「他の人たちも帰る？」少し物憂げに尋ねた。

「わからないな。こんなばかなことを企てないで朝食の席にいれば、礼儀正しくその情報を手に入れられたかもしれないよ」

「私は不作法だと思う？」

「変わっているとは思うね」

ミス・マーティンの顔に笑みが浮かんだ。「それは揺るぎない事実だわ」

またしても、柄にもなく口角が上がるのを感じた。びしょ濡れの女性とともに泥の中を歩きまわって、籠に入れた狐を運んでいるところを見られたら、エドウィンにどんなにからかわれるだろう。エリザベスでさえ、笑いだすかもしれない。

いや、笑いだしただろう。以前なら。

笑いたいという気持ちは、味気ないむなしさを残して消えてしまった。長く忘れていると、ますます思い出せなくなる。

風が冷たい。ずぶ濡れの服で身震いする。今はただ、この女性の安全を見届けたいだけで、これ以上狐のせいで時間を無駄にしたくない。

「ここでいいかい？」セバスチャンは籠を地面に置いて、唐突に尋ねた。

暗く涼しい雑木林に入ったところで、樹皮や苔《こけ》やキノコの匂いがする。

「ええ、ここなら心配ないわ。あとはアルバートをつかまえて、誰にも見られていなければ、この子を納屋まで連れていくから」

「何だって？　二匹目の狐をつかまえて、どこかへ連れていくつもりなのか？」

「ええ、籠を持って帰って――」

「とんでもなく無謀な計画だ！」

セバスチャンは突然、意を決した。かがんで籠の紐をほどき、足で蓋を開けた。

狐は籠から飛び出し、あっという間に消え去った。

「どうしてそんなことをするの？」こちらを向いたミス・マーティンの青白い顔が急に赤くなり、濃いまっすぐな眉の間にしわが寄った。

手をこまねいているより何かするほうが、はるかにいい気分だからだ！

もちろん、声には出さなかった。代わりに穏やかな口調で言った。「狐を農場や自分の住まいに入れるなんて、ばかげている」

「もちろん、入れないわ。狩りが終わったら、放すわよ。人になついてほしくないもの」

「それは意外だな」

「私が狐をペットにしようとしていると思っているなら違うわよ。人間が絶滅させそうな動物を救おうとしているだけ」

ミス・マーティンは、全身ずぶ濡れの人にしては驚くべき威厳を持って語った。ほつれた髪が顔のまわりに垂れ下がっている。濡れて貼りついた服の下の体形も、思ったより魅力的だ。

「まあ、絶滅はしばらく延期されたな。狩りはもう終わっただろう。きみがかぜをひかないうちに、きみの家かイーブンシャム家まで送るよ」

「これ以上の助けは本当に必要ないわ」彼女は両手を腰に当てた。

「いや、必要だ。何が何でも、きみを安全に家まで送り届けるぞ」口笛を吹くと、愛馬ジェスターはすぐに小川を渡り、土手を上って近づいてきた。

「私は絶対に、どこにも送り届けられるつもりはないわ。私は反物やじゃがいもの大袋じゃないのよ」

「それじゃ、イーブンシャム卿に今日の偉業を話さないといけないな」

「脅迫？　高潔なふるまいとは言えないわね」

「だが、手っ取り早い」この一年が教えてくれたことがあるとすれば、高潔は損だということだ。

「脅しには屈しないわ」

「それは立派だ」必要なら力ずくで馬に乗せようと前に進み出る。聞こえのいい言葉でなだめて、これ以上時間を無駄にするつもりはない。

ミス・マーティンはその意図を読み取ったらしく、小さな両拳を上げて眉根を寄せた。「ばかなことは考えないで。キットにボクシングを教わったの。どんな手だって使うわよ」

セバスチャンは目を見張った。まるで下手な芝居の台本を丸覚えしているような口調だ。そして全身ずぶ濡れで髪から滴をしたたらせながら勇ましくポーズをとる姿が、何とも奇妙に見える。

不慣れな笑いたい衝動が戻ってきて、思わず口角が上がる。あまりにも滑稽な状況だ。この小柄な女性は、害獣を救う合間に時間があれば、僕を叩きのめすつもりらしい。

衝動は収まらず、しまいには声をあげて大笑いしていた。笑うのは一年ぶりだ。この悪夢が始まって以来、笑っていなかった。

笑いが収まって彼女を見ると、もう拳を下ろして戦闘態勢を解き、正気を失ったのではないかと心配そうにこちらを見つめている。

「自分が奇跡を目撃したのがわかっているかい？」ようやく口がきけるようになってから言った。

「村のミセス・イーガンはエプソム塩を勧めるでしょうし、ミセス・クローフォードなら悪魔払いを頼むでしょうね」

「だったら、その二人には近づかないようにしよう」声がまだ笑いで震えている。「休戦かい？」セバスチャンは手を差し伸べた。

ミス・マーティンはためらっている様子だったが、礼儀か、優しさか、あるいは彼の正気に対する心配が、迷いに打ち勝った。

彼女は差し伸べられた手を握った。「休戦ね」微笑《ほほえ》むと、彼女の顔が変わった。分厚い革の手袋を外した手は、握ると華奢《きゃしゃ》なのがわかった。セバスチャンは一瞬、彼女の手が自分の手の中に収まっているのが正しいことに思え、心地よいとさえ感じた。忘れかけていた喜びが呼び覚まされる。

セバスチャンは、その手を放してジェスターの手綱を取り上げた。「馬が待っているよ」

「まだ私を家まで送るつもりなの？」

「もしよければ」謙虚なふりをする。

「ずいぶん大きいわね」川を歩いて渡ろうとしていた女性にしては意外なことに、不安そうに馬を見た。

「こいつは馬だよ、ミス・マーティン」

「大きい馬よ」

「野生動物をつかまえられるきみが、馬を怖がるなんてことがあるのか？」

「大きい馬にはあまり乗ったことがないの」

「並足より速くは歩かせないよ」

「ゆっくり歩かせてね」

「ゆっくり歩かせる」うなずいた彼女の手を取ったとき、再びぞくぞくするような喜びを感じた。

セバスチャンはミス・マーティンを自分の前に乗せたが、彼女はまだ籠を持っていたので簡単ではなかった。ジェスターを歩かせ、斜面を下っていく。

静けさが破られるのは、ジェスターの蹄が小枝を踏んだときだけだった。

ありがたいことに、ミス・マーティンはしゃべらずにはいられない女性ではないようだ。

「イーブンシャム家ときみの家なら、どっちに帰りたい？」丘のふもとの田舎道まで来て尋ねた。

「できれば、私の家がいいわ」

「いいよ。じゃあ、道を教えてくれ」

「ええ、でも」彼女は体を動かし、神経質に息を吸った。「玄関じゃなくて納屋で降ろしてくれる？」

「それは普通じゃないな」

ちらりと振り返った彼女は、また顔の印象を変える例の笑みを浮かべている。「今朝起きたことは何もかも、普通じゃないと思うわ」

「それはそうだが、きみが無事に玄関に入るのを見届けたいんだ。きみの狩りに対する妨害行為を後見人に話すつもりはないから、心配しなくていい」

「いいえ、そういうことじゃないの」彼女はためらってから続けた。「お目付役なしであなたと一緒にいたことが、後見人にばれてしまうわ。彼女は私の品行を心配しているの。そんな心配をされるような年齢でも体形でもないことに気づかないのよ」

まだ十分若い女性がそこまで完全に自己否定するのが、悲しく思えた。

「きみの体形はかなりいいと思うよ」セバスチャンは考えなしに言った。

ミス・マーティンはすぐに反応した。大きい馬への恐怖も籠を落とす危険も顧みず、背筋を伸ばして勢いよく振り向いた。

「ラングフォード卿、私の知性をあなどらないでいただきたいわ。私は美人じゃないけどばかではないし、頭の弱い女みたいに扱われるのはお断りよ。少なくとも、私には覇気があるわ」

まいったな。完全に逆上しているようだ。

「きみに覇気があるのは間違いない」

彼女はさらに危うげに振り向いた。「また小ばかにしているんじゃないといいけど」

「していないよ。ただ、エリザベスをきみに会わせたいと思っただけだ」

またしても、柄にもなく考えなしな発言をした。

「エリザベス?」

「娘だ」

「どうして会わせたいの? 娘には必要な――」

「よくわからないが、娘には必要な――」

エリザベスに何が必要かはわからない。

だが、帰ったら娘にミス・マーティンの話をしようと思っている自分に気づいて驚いた。

この田舎の週末について、他には何も話すことはないが、うさぎに狐に泥に籠、そしてミス・マーティンの覇気の話は聞かせよう。

もちろんエリザベスは返事をしないだろうが、それでも、話して聞かせたい。

3

苔《こけ》むした石造りの納屋は今にも壊れそうで、スレートぶきの屋根には黄色くなった草で斑《まだら》模様ができている。セバスチャンは馬から降りた。振り返ってサラを降ろしながら、ひどく狭い範囲に関心が向いていることに気づいた。納屋や木立など、この女性以外のすべてが取るに足りないものに思える。

近づいた彼女の髪から漂うかすかな石鹸《せっけん》の匂い、青灰色の目を縁取る長いまつげ、ピンク色の唇を噛《か》む妙にかわいらしいしぐさを強く意識した。

「ええと――」唾を飲み込むサラの喉の動きを見守る。「納屋の中に馬用の水があるわ」

急にすべてが現実に返った。

「ありがとう」

彼女のあとについて薄暗い納屋へ入った。床はわらで覆われ、空気はほこりっぽく干し草と動物の匂いがする。

ほとんど同時に大きく快活な口笛の音が静けさを破り、キット・イーブンシャムが反対側の入口から勢いよく納屋に入ってきた。彼はミス・マーティンを見て、すぐに足を止めた。

「やっぱりね。狩りが失敗に終わってすぐ、きみが関係していると思ったよ。いつになったら、そんなばかなことをやめるんだ？」

「たぶん、やめないわ。私の境遇には一つ強みがあるの。世間からほとんど何も期待されないことよ」

「でも、こんなの賢明じゃないよ。反抗期の子供の頃はよかったけど、一生狐《きつね》を救ってまわるわけにはいかないだろう。それに、溺れたねずみみたいじゃないか」

「転んだのよ」

「でも、実にうまくつり上げられた」セバスチャンは前に進み出て、キットに存在を知らせた。

キットは口をあんぐり開けた。

「おはよう、イーブンシャム」

「驚いたな。ラングフォード卿《きょう》に助けられたのか？　彼が誰だか知っているのか？」

「昨夜、紹介されたじゃない」ミス・マーティンは落ち着いた口調で言った。

「違うよ。僕が言っているのは――ラングフォード卿は偉い人だってことだ。この一年はあまりこういう行事に出ていなかったけど、位の高い人なんだ。知らないのか？」

「それは光栄だわ。あっ！」彼女は窓のほうを見て息をのんだ。「ミセス・クローフォードが来るわ。キット、お願いだからあなたとラングフォード卿は姿を見られないようにしてちょうだい。お説教ならあとで聞くから」

セバスチャンがさよならを言うどころか会釈さえする間もなく、ミス・マーティンは納屋から出ていき、音をたててドアを閉めた。

セバスチャンは床に置いた籠をよけて、汚れた小さな窓のそばへ寄った。数十メートルほどむこうの四角い石造りの家から、痩せこけた年配の女性が近づいてくるのがガラス越しに見える。白髪交じりの髪をきっちり結び、黒っぽい服は流行ではなく節約を追求して裁断したようだ。身のこなしに神経質なぎこちなさがある。

「あれがミセス・クローフォードだな？」セバスチャンは窓に近づいてきたキットに言った。

「そうです」

「厳格そうだ」

「それに、ものすごく信心深いんです。昔からずっとそうでした」キットは肩をすくめた。

「彼女とは長い付き合いなのか？」

「ミセス・クローフォードですか。残念ながら」

「違うよ。ミス・マーティンだ」

「彼女がロンドンからこっちに来て以来です。僕より二歳上で、ひどく貧乏だから、母は僕に恋愛感情を抱かせたくなかったんです。とにかく両親はそうなるのを避けるために、かなりの時間、僕たちをきょうだいのように一緒に過ごさせました。実際、それはうまくいきましたよ」

「母上は現実的で賢い人だ」

「ミス・マーティンにとっては幸運でしたよ。そうでなければ飢え死にしていたでしょう。あの人はかなりの狂信者ですから」

「ミス・マーティンが？」

「いや、ミセス・クローフォードですよ。彼女は異教徒のために金を貯《た》めたいんです。連中のために山ほど靴下を編んでいます。異教徒はみんな暑い国の出身だから、靴下が必要かはわかりませんけどね」

「それでミス・マーティンは流行の服を持っていないんだな」

「流行の服？　満足な食事にありつければ運がいいほうです。とてもまともな人とは思えません。ミセス・クローフォードのことですよ。ミス・マーティンはまともです。少し変わっているけど、陽気で楽しい子です。女の子にとってはつらい生活なのに」

セバスチャンは振り返り、ミス・マーティンが老婦人の手を取って家のほうへ連れていくのを窓越しに見守った。その優しいしぐさに感動した。

「さて、僕がいないことに父が気づかないうちに帰ったほうがいいな。ミス・マーティンが噛まれたり溺れたりしていないか確かめたかっただけなんです。もうあんなばかなまねはやめたと思っていたのに」

キットは納屋のドアに向かって歩いていった。「川岸には誰もいないと思います。行きますか？」

「すぐ行くよ」

「わかりました」

納屋のドアが閉まり、キットのブーツが敷石を踏む音がした。

ジェスターが待ちくたびれていなないたが、セバスチャンは窓の敷居を指で叩《たた》きながら、二人の女性の姿を目で追った。ミス・マーティンは老婦人を支え、会話しているのか頭を傾けている。

「優しいのかな」セバスチャンは指の動きを止めて、誰にともなくつぶやいた。

サラはミセス・クローフォードの手を取った。冷たい。痩せ細った手を握ると、干からびた皮膚の下の骨の動きが感じられる。

「さあ来て」優しく言って細い指をさする。「中に入らないと。冷えきっているわ」

ミセス・クローフォードは辺りを見まわし、痩せた顔をしかめた。「モリー、来てくれたのね」

「もちろん、来たわ」サラは言った。

モリーというのはミセス・クローフォードの姉だ。二十年前に亡くなっているが、サラはこんなふうに間違えられても決して訂正しない。

「会えてよかったわ、モリー。濡《ぬ》れているじゃない」サラのびしょ濡れの服に、今気づいたようだ。

「ちょっとした災難があったけど、暖かいところに入りましょう」サラは玄関を開けた。廊下を歩いていくと、床がきしむ。晴れた外と比べると陰鬱だ。

暖かいというのは、クローフォード屋敷では正確な表現ではない。ミスター・クローフォードの生前でさえ、ミセス・クローフォードの異常な倹約のせいで暖かかったためしがなかった。

サラにとって、この家の冷えきった静けさは、時間が止まり、すべてが生きることをやめたように感じられる。眠れる森の美女のようだが幸せな結末は来ない。ああ、姉も私もおとぎ話が大好きだった。

サラは悲しげに微笑《ほほえ》み、殺風景な廊下に注意を戻した。「応接間に入って座りましょう」

ミセス・クローフォードは手を引かれるまま前に進んだ。「でも、火はなしよ」顔をしかめ、弱々しい小鳥のように両手をはためかせる。

「火はなしで座りましょう。毛布を持ってくるわ」サラは老婦人を座らせ、擦り切れて毛羽立った鉤針《かぎばり》編みの毛布を取ってきた。

ミセス・クローフォードは椅子にうずくまったが、すぐに表情がはっきりして目つきが鋭くなった。

「あなた、モリーじゃないわね」

「サラよ」

「わかっているわ。朝のお祈りはしたの？　悔い改めることがたくさんあるでしょう」錯乱状態のあと、ミセス・クローフォードはいつも不機嫌になる。残念ながら、そういう機会は頻繁に訪れる。

「はい」

「あなたは婚外子として、地獄行きの運命から自分を救わなければいけないのよ。そして私はそれを助けないといけないの。それが私の務めだから」ミセス・クローフォードの声が再び大きくなった。

「務めは立派に果たされていますよ。紅茶はいかがですか？」サラは時計を見た。うさぎを救わなければ、ハドソンが皮を剝いで鍋に入れてしまう。

さらに、服を着替えて卵を集める必要がある。ポーシャとクレオパトラの乳しぼりを小道の先の若者がやっておいてくれていればいいが。

「イーブンシャム家の夕食会は罪深くなかった？」

しばらくしてミセス・クローフォードが尋ねた。

サラは笑顔で答えた。「レディ・イーブンシャムは罪深いパーティーなんか開かないと思いますよ」

「あなたは楽しみすぎなかったでしょうね」

「控えめに満足するだけにしておきました」

「不適切に言い寄ってくる紳士はいなかった？」

「二十六歳にもなると、そんなことはまずあり得ませんよ。さあ、やかんを火にかけて昼食にしましょう」サラは立ち上がり、きびきびと動いた。

「食べ物を無駄にしないでね」

「生きていくのに最低限必要な分しか使いません」

ミセス・クローフォードを落ち着かせて、サラは暖かい台所に入った。唯一の使用人であるミセス・タトルが焼いたパンのいい匂いが、まだ漂っている。

サラは慣れた手つきでやかんに水を入れて火にかけ、パンを切ってクレオパトラのバターを塗った。

バターは壺《つぼ》の底からかき集めた。すぐにまた作らなければならない。いつもやることが山ほどある。それに昨日は何もできなかった。とはいえ、昨日が無駄だったわけではない。サラは微笑んだ。ロンドンの話を聞くだけでわくわくした。ウエストミンスターとかリージェント広場といった言葉が聞こえると、姉を見つけられそうな気がしてくる。

サラは心に決めている。いつかロンドンに行って、シャーロットを捜そう。異父姉のシャーロットは、サラにとって二人を産んだ女性より、はるかに母親のような存在だった。ロンドンに行ったらすべての通りを捜し、すべてのドアをノックするつもりだ。そして、それが手遅れにならないよう祈っている。


翌朝、サラは早起きして大急ぎで朝食をすませ、鶏に餌をやりながら、イーブンシャム家にうさぎとかばんを取りに行きたいと考えていた。

昨日は頑張ったが忙しくて行けなかったので、イーブンシャム家の厨房《ちゆうぼう》の誰かが面倒を見てくれただろうと期待するしかなかった。たぶん大丈夫だ。キットと一緒におやつや食べ物をねだっていた頃から、サラは厨房の人たちに好かれている。

「お嬢さん！　お嬢さん！」種まきを始めた直後に、
ミセス・タトルの金切り声にじゃまされた。

「何？　ミセス・クローフォードの具合が悪いの？」サラが残りの穀物を鳥にやって急いで戻ると、勝手口にミセス・タトルが立っていた。興奮で顔を真っ赤にして両手を上下に振っている。「どうしたの？」

「ミス・サラ、ミス・サラ、お客様ですよ」

サラは足を止めた。「お客様？　何か大変なことでも起きたのかと思ったわ。ミスター・キット？」

「ミスター・キットじゃありません」

サラは戸口に着いた。「牧師様？」

「牧師様でもありません」

「じゃあ、誰？　当てないといけないの？」

「ラングフォード卿です」

「閣下が？　どうして？」サラは眉をひそめた。

「わかりません」ミセス・タトルは目を丸くした。

「ミセス・クローフォードに会いに来たんじゃない

の？」

「お嬢さんに会いたいとはっきり言っていました」

「それで、ミセス・クローフォードはどこ？」

「休まれています。朝食のあと、だるいと言われて、また混乱していました。起こしましょうか？」

　サラは手を洗いながらためらった。ミセス・クローフォードはお目付役なしで男性に会うのを認めないだろう。そうは言ってもミセス・クローフォードに昨日のできごとを知られたくはない。ラングフォード卿と親しくなったことを、悪に感化されたか母親譲りの身持ちの悪さと見なされるに違いない。

「起こさないで。一人で会うわ」サラは決意した。

「わかりました。でも、何のご用でしょうか？」

「見当もつかないし、突き止める方法は一つしかないでしょう」サラはほつれた髪を耳の後ろに掛け、決然と応接間に向かった。


　セバスチャンにとって、小川での事件の翌日は憂鬱な一日になった。家主は不調だった狩りのせいで不機嫌だった。レディ・イーブンシャムは足が痛むのでベッドに入っていて、その間、彼は若いレディたちとの会話に付き合わされた。

　一人で考える必要がなければ、そんなに腹立たしくなかっただろう。それを最初に思いついたときは、自暴自棄な男のとっぴでばかげた計画に思えた。

　それでも、その発想を捨て去ることはできなかった。ふと耳にした流暢《りゅうちょう》なフランス語を思い出す。さらに重要なのは、年配の後見人に対するミス・マーティンの優しさだ。

　この思いつきで、多くの問題が効率よく解決するだろう。効率的なことが好きだ。実際、領地経営なら、こんなに役に立つ解決策をよく考えずに却下したりはしない。個人的な問題だって同じくらい真剣に考えるべきだ。

そしてレディ・イーブンシャムの客のつまらない話を聞いている間に、自分はどうかしている、いや完全にまともだ、と思いは目まぐるしく揺れ動いた。部屋へ引き上げたがろくに眠れず、翌朝ハドソンが図書室にやってきて問題がはっきりしただけだった。

「閣下、お手紙です」ハドソンが言った。

セバスチャンはそれを受け取った。いつものように不安、興奮、期待……それに絶望で体が震えた。

家政婦からだ。筆跡に見覚えがある。事務的で簡潔な文章に目を通すと、家庭教師が辞めたらしい。

〈ミス・エリザベスは何時間も揺り木馬に乗っています。それをやめさせて食事をさせるのも一苦労で、ミス・グローブナーは木馬のきしむ音とミス・エリザベスのだんまりに耐えられなかったのです〉

何ということだ。セバスチャンは手紙を丸めて暖炉に投げ入れた。紙に火がついて一瞬燃え上がり、灰になっていく。

まいったな。一人くらい気骨と忍耐力のある家庭教師はいないのか？　エリザベスを多少なりとも正常に戻せる力がある女性は、誰もいないのか？

セバスチャンが決心したのは、イーブンシャム家の図書室で消えかかった炎を見ている、そのときだった。

サラが応接間に入っていくと、ラングフォード卿は火のついていない暖炉のそばに立っていた。幼なじみのキットより少し背が高いだけなのに、彼には体格の違いだけでなく、物腰と抑制された冷徹ない存在感で、使い古された家具が小さく見える。力が感じられる。雪をかぶった火山のようだ。

「ラングフォード卿」サラは彼に歩み寄った。

「おはよう、ミス・マーティン」彼は会釈した。

「私にご用？　それともミセス・タトルの勘違いな

ら、ミセス・クローフォードを呼びましょうか？」

「いや、違う。きみに会いに来たんだ」彼は高圧的な口調できっぱりと言った。

「まあ」緊張が走る。「どうぞお座りください」

二人は座った。サラは体がこわばり、手足が自由に動かない気がした。狐を救っている間は、奇妙な状況のせいで社会的慣習が必要なく、もっと楽に話せていたのに。

両手をこすり合わせると紙やすりのような摩擦音がして、冷えきった部屋の静けさが強調された。

「飲み物はいかがですか？」遅ればせながら尋ねた。

「いや結構。本題に入らせてもらうよ」

「そうしてください。率直なお話のほうがいいわ」

彼は気が重い仕事に全力を傾けるかのように背筋を伸ばして体の向きを変え、正面から向き合った。

「ミス・マーティン、きみが必要――いや、結婚していただけませんか？」

4

サラは茫然《ぼうぜん》とした。口をぽかんと開け、目を丸くして、息をのむ。

まるでドイツ語か別の外国語でも聞いたかのように、一瞬脳が言葉の意味を解明できなかった。

その後、ようやく理解した。

強く激しい怒りが込み上げる。頬が熱くなり、両拳を握りしめて立ち上がった。「閣下、私にも自尊心はあるんです。ばかにするのは許しませんよ」

ラングフォード卿《きょう》も立ち上がった。「ミス・マーティン、僕は真剣だし、断じてばかになどしていない」

「では、頭がおかしいんだわ」

「そんなことはないと思うよ。うちの家系に精神錯乱はいない」そこで黙った彼の表情が急に陰鬱になる。「と願っている」

「私がそんな話を信じると期待しているの？」

「めったに期待はしないが、真剣なのは保証する」

サラは相手を見つめた。整った顔立ち、緑色の斑点がある濃いグレーの目、黒髪が掛かった額、しっかりした顎、どこにも狂気や戯れの気配はない。

サラは向きを変えて炉棚を指でこすり、木目に逆らって輪郭を確かめながら考えを整理しようとした。

時計が時を刻んでいる。

「頭がおかしいわけでも、からかっているわけでもないのなら、何か理由があるはずだわ」

「エリザベスの世話をする人が必要なんだ」

「それなら、家庭教師を雇えばいいでしょう」

「家庭教師はすぐに辞めてしまう」

「結婚は雇用を継続する手段としては、少し極端に思えるけど」

「確かに」

サラは眉を上げた。

「娘は……無口なんだ」

「子供なら、たいてい高く評価される資質だわ」

しばらく経《た》ってから答えた彼の返事は、しぶしぶ引き出されたように聞こえた。「あの子は半年間一言もしゃべらない。家庭教師はみんな、エリザベスの沈黙にやる気をなくすんだ。それにあの子は体も揺らす。うちの家政婦によると、今は何かに取りつかれたように揺り木馬に乗っているそうだ」

「ごめんなさい。お嬢さんは病気なの？」

「僕には子供が二人いる」ラングフォード卿は沈んだ声で淡々と語った。「子供たちの母親は、二人を連れて愛人とフランスへ行き、そのあと処刑された」

「何て恐ろしい」

「彼女にとってはそうだっただろう」

サラは冷淡な口調に身震いした。

「子供たちは身代金目的で拘束された。僕が金を払うと、娘のエリザベスだけが僕のもとへ戻された」

「息子さんは？」

「わからない」彼の頬の筋肉が震えた。

サラは彼の孤独な苦悩に胸を打たれ、本能的に相手に近寄った。「それはお気の毒に」

ラングフォード卿はうなずいた。沈黙がたれ込める。

サラはためらいがちに沈黙を破った。「でも私との結婚がなぜ助けになるのか、まだわからないわ」

彼は肩をすくめた。「助けにはならないかもしれないが、きみには何か――」そこで言葉を切り、きっぱりした口調で言った。「フランス語が話せる」

「ええ、母に教わったけど、それが何なの？」

「エリザベスは二年間英国を離れていたから、あの子を世話していたのはフランス語を話す人ばかりだったと思うんだ」

「それで、フランス語のほうがわかるかもしれないと思ったわけね」

ラングフォード卿はまた肩をすくめた。「わからない。あの子はずっと口をきかないから」そこで言葉を切り、再び続けた。「それに、大伯母のクララが結婚しろと言うんだ」

「何ですって？」

「大金持ちで高齢の伯母が僕の結婚を望んでいる」

「私との結婚など望むはずがないわ」

「伯母がきみを選ぶかどうかはわからないが、誰かと結婚しろと言い張っている」

「でも、どうして？」

「エリザベスのためにはそのほうがいいだろうし、僕が立ち直って生き残った子供に集中すれば、息子をあきらめるんじゃないかと思っているんだろう」

「伯母様は息子さんを捜すのをやめさせたいの？」

「見込みがないと思っているんだ。僕が未来に目を向けて、人生を立て直すことを望んでいる」

「辛いわね」再び沈黙が訪れたが、サラは何とかそれを打ち破った。「でも結婚したくないなら、どうして伯母様の要求を受け入れるの？」

「財政問題だよ。身代金を払った上にエドウィンの捜索を続けていられるほど、僕の財源は豊かじゃないし、自分の目的のために領民を路頭に迷わせるわけにもいかない」

「では、私を選んだのは要求に従うためだけど、ある意味では伯母様を怒らせるためでもあるの？」

「いや」彼はそこで黙り、炉棚を指で叩《たた》いた。「僕はそこまで狭量でも残酷でもない。若い女の子を僕のような男に縛りつけるのは残酷だろう」

時計が時を知らせた。

「でも、私を縛りつけるの？」

「今のきみの暮らしは厳しそうだから」

「それに、私には失うものが何もないからね」真実だが傷つく。「私も結婚に興味がないかもしれないとは考えなかったの？」

「女性はみんな結婚に関心があるものだろう」

「私は――」サラはクローフォード夫妻やイーブンシャム卿《きょう》夫妻を思い浮かべて顔をしかめた。「私の経験からすると、結婚が幸せにつながるとはとても思えないわ」

「それには同意するが、きみの場合、寒くてがらんとした家で、年老いて精神状態が不安定な世捨て人と暮らすよりはましかもしれない」

「私は……」無神経な言葉に腹が立つ。「生活環境改善のためだけに誰かと結婚するつもりはないわ」

「それはまた、尋常ではない信念だな」

冷たく皮肉な調子が先刻の無神経な言葉より癇《かん》に障る。

「それでも、考えてみたければ、申し出は有効なままだから」

どうかしている。四十八時間前に出会ったばかりで、愛していないどころか好きでもない人と、結婚なんてできるわけがない。実際、この人は自分の告白に腹を立てているようにも見える。でも――。

「結婚したら、どこで暮らすの？」

「ロンドンに――」

そのあとの言葉はもうサラの耳には入らなかった。頭にあるのは二つだけだ。

ロンドン。

そしてシャーロット。

5

ラングフォード卿《きょう》が部屋から出ていった。廊下をきびきびと歩く足音に続き、玄関のドアがきしみながら開き、重々しく閉まる音が聞こえた。

サラは息を吐き出し、冷たい窓ガラスに顔を押し当てて、馬に乗るラングフォード卿を見つめた。髪は黒く、動きはなめらかで、広い肩と引きしまった腰のたくましい体格だ。

見送るべきだった。あるいはミセス・タトルを呼ぶべきだっただろう。

だが社会的慣習の重要性は、貴族、それも伯爵であるこの男性がミス・サラ・マーティンに求婚したという動かしがたい事実の前では小さなことに思える。信じられないような話だ。実際信じがたい。

全部キットが企《たくら》んだいたずらだろうか？　いや、キットはやんちゃだけれど、残酷ではない。それに、ラングフォード卿は他人の悪ふざけで道化役を務めるようなタイプではないだろう。

これはいたずらではない。伯爵にプロポーズされた。その動機がどれほどつまらなくても、求婚は本当だと信じるしかない。

炉棚のほうへ目をやると、父親である亡くなったミスター・クローフォードがこちらを見下ろしている。亡くなって五年になる。親しい関係ではなかった。長年母の上司だった彼は、ロンドンの小さな家に訪ねてくるときはいつも、親族というよりまじめな訪問客に見えた。

だが母が死んで保護者がいなくなった際、彼はサラを引き取ってくれた。姉のシャーロットはそんなに幸運ではなかった。姉は父親の名前も知らず、行き場もなかった――。

「サラ、そろそろお昼ごはんじゃない？」

ドアを開けたミセス・クローフォードの不満げな声に驚いた。

「いえ、はい。すみません」

「空想にふけっているようね。この間の夜会でうわついた考えを吹き込まれていなければいいけど。空想はまじめな考えを妨げるから」

サラは力なく微笑《ほほえ》んだ。「まじめに考えるように注意します」

「あなたの育て方を間違えたせいで、生来の性質が勝ってしまうんじゃないかと心配なのよ」

「ミセス・クローフォードは、私がうわつくことなく高潔でいるようしつけるために、できることはすべてしてくれましたよ。さあ、座って。紅茶と何か食べる物を持ってきますから」

「少しね。倹約しないといけないから」ミセス・クローフォードはサラの手を借りて椅子に座った。

「もちろんです」

「お客様だったの？　声が聞こえたけど」

サラは擦り切れた椅子の背を握りしめた。言い訳は口から出る前に消えてしまった。正直に話さなければいけないと強く叩《たた》き込まれてきた。

「はい、イーブンシャム家に滞在しているラングフォード卿が来られました」

「お客様が男性なら、私を呼ぶべきだったのに。あなた一人で会うのは礼儀に反するわ。あなたが罪深いと、人に思われたくないのよ。それに、そのラングフォード卿はどうして訪ねてきたの？」

「レディ・イーブンシャムに用事を頼まれたそうです」正直もここまでだ。

うなずいたミセス・クローフォードの顔には子供のような混乱の影が差した。

「紅茶をいれてきますね。しばらく一人で大丈夫ですか？」

「子供じゃないのよ」

「わかっています」サラは衝動的に身をかがめ、老婦人の額にキスした。石炭酸石鹸《せっけん》の匂いがして髪が薄い。

「まあ、何なの？　感情表現には賛成できないわ」

「ただのお礼です」

「ふん、熱い紅茶で十分よ」ミセス・クローフォードは再び頭がはっきりした様子で答えた。

「すぐに持ってきます」

一時間後、サラは重い足取りで納屋へ向かった。いつもなら家を出るとほっとするが、今日は一人で考える時間がどうしても必要だ。

絶え間ない緊張で頭は混乱し、動作がぎこちなくなる。なじみの野原にも、木々のざわめきにも、動物や肥料の湿った匂いにも、気がまぎれない。

門を開けてやると、ポーシャとクレオパトラが鈴の音を響かせながらのんびりと入ってきた。

ラングフォード卿と結婚したらロンドンへ行ける。その考えは花火のように華々しく頭に浮かんだ。クレオパトラの尻を軽く叩き、三脚椅子を引き寄せて慣れた手つきで乳をしぼっている間も、頭はその考えに支配されていた。

ロンドンに行けば、姉が見つかるかもしれない。その言葉は心臓の鼓動とともに意識の中に鳴り響いた。乳が出る音まで、そのリズムに合わせて響く。サラは目を閉じ、母の死後、最後に見たシャーロットを思い浮かべた。背の高い十五歳の少女の金髪と白い顔は、喪服の黒と対照的で際立っていた。

サラの手がゆるんでクレオパトラが動き、鈴が鳴った。

「ごめんね。眠っていたのかしら？　大きな決断をしなければいけないのよ。それを喜んでいる自分が信じられないんだけどね。本当に彼と結婚できるのかしら？　彼の何を知っている？　一緒にいて嬉《うれ》しいとも楽しいとも思えないし、もちろん私をおだててもくれないわ」

牛は振り返り、サラの顔に湿った草の香りの息を吹きかけた。

「あなたが恋しくなるわ」サラは牛をなでた。

ねずみが隅に逃げ、わらの中へ潜り込んだ。動物たちは、何をすべきかどうして本能的に知っているのだろう？　巣を作り、身を隠し、食べ物を探す方法をどうやって知るのか？

知性が不足していて本能に従うほうが簡単なのだろうか？　もし自分に知性がなく、あるのが本能だけならどうするだろう？

答えは簡単だ。一つの欲求が他のすべてに優先する。

サラはうさぎと自分のわずかな持ち物のことを忘れてはいなかった。あのときは狐《きつね》を救うのに必死で置いてきてしまったのだ。そこで乳しぼりのあと、イーブンシャム家への通い慣れた道を歩きだした。

小道は昨日と何も変わっていない。まだ草と木の葉の匂いがして、地面は水を含んで柔らかく、森の緑の中では姿の見えない鳥がさえずっている。

自分の世界はひっくり返って子供の玩具《おもちゃ》のように揺さぶられているのに、外の世界には何の変化もないことに、わけもなく腹が立った。

母の死後、自分は悲劇の最中にあるのにロンドンの日常が続いていたときも、同じように感じた。自己中心的だが、誰もが自分の物語の主人公なのだ。

イーブンシャム家に着くと、鍋を免れたオリオンは、間に合わせのうさぎ小屋になった流しの下の木箱にかくまわれていた。洗い場担当のメイドたちのおかげだ。サラはうさぎを取り出し、後ろ足が動かないように注意深くマフラーで包んだ。

普段ならレディ・イーブンシャムや滞在客に会ってもかまわなかったが、今日は会わずに早くクローフォード家へ帰りたかった。

そこでうさぎとかばんを持ち、メイドたちに礼を言って庭に出た。

「ミス・マーティン！」

「閣下！」サラは驚いて足を止めた。先を急ぐのに夢中で、厩《うまや》から出てきたらしい男性に危うくぶつかるところだった。「いつも思いがけないときに出てくる人ね」

「そしてきみは、いつも動物を抱えているな。そいつはシチュー鍋を逃れたのか？」

「ええ」

「家まで送ろうか、それとも夕食までいるのかな？」

「いいえ、今日は牧師夫人が夕食に来られるから、人数合わせの私は必要ないわ」サラはうさぎをしっかりと抱え直し、ぎこちなく体重を移動させながら、この場にふさわしい話題を考え出そうとした。

求婚者に対して、何を話せばいい？　もちろん、ミス・ペチュニア・ハードキャッスルとその恋人なら、彼女の目について長々と語り合うだろう。あるいは無言で見つめ合うかもしれない。ラングフォード卿が私の目について何か言いたがっているとは思えないし、沈黙がすでに気詰まりになっている。

「家まで送ろうか？」彼は再び言った。

「一人で帰れるわ」失礼な返事だと遅ればせながら気づいた。

「それはわかっているが、きみをもっとよく知るいい機会だから」

「プロポーズの前にそうするよう誰かが忠告してくれればよかったのにね」サラは言ってから唇を噛《か》んだ。ユーモアのつもりだったが、先刻の発言よりさらに失礼に聞こえる。ミス・ハードキャッスルなら絶対に言わないだろう。

「確かに。でも僕はめったに人の忠告には従わないんだ」彼の口元に笑みが浮かんだ。そっけない態度だが、ユーモアに欠けてはいないらしい。

二人は森に向かって柔らかい芝生の上を歩いた。

ラングフォード卿が沈黙を破った。

「それで、ミス・マーティン、動物を救う以外に興味があることは？　刺繍《ししゅう》かピアノ？」

「どちらもあまり」

「水彩画は？」

「いいえ」サラが唐突に足を止めたので、腕の中でうさぎが動いた。

「ミス・マーティン？」彼も立ち止まった。

「ラングフォード卿、あなたのプロポーズが象のように私たちの間に居座っていては、礼儀正しい会話ができないわ」

「象？」彼の眉が上がり、笑みが目にまで及んだ。

「は——親戚が、みんな考えているのに、誰も口に出さない話題のことをそう呼んだの」

「きみの親戚は描写的表現の達人なんだな。それで、きみの言う僕らの象とは何だい？」

「あなたのプロポーズと私の返事よ。それともばかげた思いつきだと気づいて、もう撤回したく——」

「いや、一度口にした提案を迷ったり撤回したりはしないよ」

「そう」この人はとりわけ高潔なのだろう。

「僕の提案を考えてくれたかい？」

「考えたわ」何とか声がうわずらないように答えた。

頭上で鳥がさえずり、鷹《たか》が飛んでいる。静けさのあまり鷹が羽ばたく音まで聞こえる。

「それで？」

6

「お受けします」サラは言った。

セバスチャンの胸は締めつけられたが、それが不安のせいなのか興奮のせいなのかわからなかった。

この一年間、その二つのどちらにも——いや、鉛のように心に重くのしかかる絶望以外のいかなる感情にも——なじみがなかった。

「それは光栄だ」

「ばかげたたわごとだわ」サラは急に元気を取り戻した口調で言った。「この縁組みが成功する望みがあるとしたら、二人とも正直にならないといけないわ。光栄なんてことはないと思うの。せいぜいほっとしたくらいでしょう」

「きみはいつもそんなに率直なのかい？」この女性は本当に遠慮がない。

「たいていはね。でも――」サラは眉間にしわを寄せて彼を見た。「もう一つお願いがあるの。お金がかかるから言いにくいんだけど」

「心配ないよ。きみは宝石でも小物でも、好きなものが買える自分の資産を持つことになるんだ」

「ありがとう。でも、そういうことではないの。お願いというのは……後見人のミセス・クローフォードのことよ。一人で置いていけないわ。認知症が始まっているの。一人にしたら餓死するか凍死するか、両方かもしれない」

「一緒に連れていきたいのかい？」

「いいえ。それも考えたけど、長年ここで暮らしてきた人だから、慣れた環境にいないとよけい混乱すると思うわ。もしお給金が高すぎなければ、付添人《コンパニオン》を頼めたらいいんだけど、あなたも経済的に余裕がないのは――」

「コンパニオンくらい雇えるよ」

「誰かこんな仕事を引き受けてくれると思う？　気難しい人だけど」

「たいていは金がやる気を起こさせてくれる」家庭教師は引き留めておけなかったが。

「彼女を見捨てるような気がするけど、私は……」

サラは確信が持てないかのように黙った。

「きみは？」

「何でもない。行けるときに、なるべく訪ねるようにするわ」

「もちろん、きみはいつでも自由にここへ来られる」

二人は並木道を再び黙って歩きだした。しばらくすると、ミス・マーティンはまた率直に言った。

「結婚するのはいつ頃になる？」

「地元の教区牧師に話して結婚許可証を手配するよ。

月曜日には結婚できるだろう」

「月曜日？　今度の月曜日？」

「そうすれば、ロンドンへ行くときにお目付役の必要がなくなって、我々の計画が早められる。それで都合がよければだが」

「その日は何も予定がないわ」

セバスチャンはサラと目を合わせ、二人ともその発言の滑稽さに気づいて微笑《ほほえ》んだ。

「きみの後見人にも求婚の挨拶に行かないと」

「ええ、そうね」サラは一週間以内に結婚することより、そのほうが心配であるかのように顔をしかめた。「ミセス・クローフォードがどう反応するかわからないの。今日はやめて。もう遅いから。午前中のほうが頭がはっきりしているわ」

「わかった。でも心配ないよ。この結婚を認めない理由はないはずだ。ところで、きみのウエディングドレス用に地元の仕立屋に金を預けておくよ」

「まあ、それは考えていなかったわ。気の毒なミス・シンプソン。そんなに早くドレスを作れるかしら」

「そこでも、金が意欲を引き出してくれる」

「人間の本質に対して偏見があるのね」

セバスチャンの口元に笑みが浮かんだ。これまでずっと、自分の地位や金、最近では短気のせいで、相手がびくびくするのを見てきた。

「偏見じゃなくて現実的なんだと思うよ」

「でも、人は相手を気遣ったり思いやったりもできるわ」サラは静かに言って顔を上げた。

長いまつげが白い頬を背景に繊細な扇形を描いている。セバスチャンは身をこわばらせた。安心感が消えた。気づくべきではなかった。彼女の目やまつげ、それに触りたくなるなめらかな白い肌……。

「人は思いやりを示せば自分の得になるときだけ相手を気遣う傾向がある。それに感情と動機づけの話が出たから強調しておくが、これは完全にビジネス原理に基づいた結婚だ」

「ビジネス原理？」サラは目を丸くし、冷笑するように眉を上げた。

「そう、僕は子供のために母親を手に入れ、大伯母の気前のよさを利用できる。きみは今の単調な生活から自由になれる。感情はいっさい関わらない」

「それで、だまされたような気はしないの？」

「何だって？」

「たいていの男性は少なくとも奥さんに好意を抱きたがるわ」

「たいていの男は、両親の不倫を目撃した上に、妻に子供を連れてフランス男と逃げられたりはしていないからね。恋愛感情は不安定すぎて生涯の契約の基盤にはならない」

セバスチャンは歯を食いしばった。言わなければよかった。この強い怒りにはもろさがある。

二人は森を抜けて小さな空き地に出た。そこから先はクローフォード家の地所だ。暗黙の了解で立ち止まり、向かい合った。

サラは澄んだ目で彼を見上げた。「結婚生活に感情は持ち込まないわ。何か気張らしを見つければいいし」口元に皮肉な笑みが浮かび、澄んだ率直なまなざしにはおもしろそうな輝きが加わった。

セバスチャンはまたもや持ち前のユーモアのセンスが目覚めるのを感じて、満面の笑みを浮かべた。歩きだすべきだが、今の濃密な雰囲気を壊したくない。手が自分の意思で動いているかのように、彼女のなめらかな頬に触れた。

サラの口が開いた。うるおった下唇が艶めいている。驚いたように目を見開いた彼女がはっと息をもらすのが聞こえた。セバスチャンはサラに近づいた。彼女の頭頂部が顎をかすめる。顔を近づけると、彼女の髪の匂いは――。

いったい何だ？

驚いて身を引き、サラの腕の中でもがいている生き物を見つめた。うさぎだ。

彼女の腕がゆるんだに違いない。うさぎは腕から抜け出し、一メートルほど先に着地した。

「オリオン、戻ってきて！」サラは呼びかけた。

うさぎは左足を引きずって反対方向へゆっくり進んでいく。

サラはしゃがんでポケットから人参を取り出した。

驚いたな。この人は人参を持ち歩いているのか――そして、それを哀れな動物のほうへ押しやった。

「汚れるよ。僕がつかまえよう」

「彼を怖がらせないで。名前はオリオンよ」

「名前をつけたのか？」セバスチャンは人参を取ってうさぎのほうへ突き出した。

「そのほうが人懐こい感じがするでしょう。シチュー鍋に入れようなんて思わなくなるわ」

「彼にはおあつらえ向きの場所なのに」

「そんなこと言わないで。戻ってこなくなるわ」

「オリオンにキングズ・イングリッシュがわかるとは思えない」彼は苛立《いらだ》たしげに言った。

「私たちが考える以上に、動物にはわかるのよ」

「そうか。よし、オリオン、すみやかにミス・マーティンのところへ来たほうがいい。さもないと、きみは狐《きつね》の餌になってしまうぞ」

うさぎは再び反対方向へはねた。セバスチャンは上着を脱ぎ、うさぎに近づいた。

オリオンはジグザグに進んでいく。セバスチャンは上着を投げてつかまえようとした。二度目の挑戦で上着は見事にうさぎにかぶさり、彼は少年ラグビーの選手のように獲物をすくい上げた。

「お見事」ミス・マーティンは興奮気味に言った。

「彼がまた逃げ出さないうちに、急いで行こう」

「私が連れていくわ。本当に私を家まで送る必要はないのよ」

「上着を回収しないといけないから送るよ」

「オリオンを出してあげればいいわ」

「それはやめたほうがいい。あんなタックルをもう一度決めたいとは思わない」

二人は黙って歩き続けた。セバスチャンには、彼女の沈黙がありがたかった。あの濃密な雰囲気は何だったのだろう？　社交界にデビューしたアリシアに出会ったとき以来、あんな気持ちになったことはなかった。妻が逃げたあと追い求めた愛人たちにも、あんな感情はわかなかった。確かに性欲は感じたが、欲望とユーモア、苛立ちと名状しがたい他の何かが入り交じった、こんな複雑な気持ちではなかった。

そして今感じているのは、舞踏会に一度も出ずに育児と財政の二つの問題を一挙に解決した安堵《あんど》ではなく、不安というより強い恐怖と、ひどい間違いを犯してしまったという確信だ。


翌朝、セバスチャンはクロフォード家の質素な応接間に立っていた。暖炉に火はなく、壁を飾っているのは、亡くなったミスター・クロフォードと思われる素人くさい肖像画だけだ。レモンワックスの香りが部屋に充満している。

「ラングフォード卿《きょう》、私にお話があって来られたとサラが言っていましたけど」歯切れのいい口調に物思いを遮られ、振り返って頭を下げた。

ミセス・クロフォードは堂々としていたが、最近体重が減ったかのように、痩せこけた体に大きすぎる服がぶら下がっている。黒ずくめの服装を和らげているのは、銀の十字架だけだ。髪は後ろでまとめて結っている。頰骨の上でぴんと張りつめた肌は土気色だ。

「ミセス・クロフォード、お会いできて嬉《うれ》しいです」

彼女はうなずき、数歩進んで敷居をまたいだが、座ろうともせず、椅子を勧めもしない。「手短にお願いします。もう朝の祈祷《きとう》の時間なので」早口で言いながら、左手はすでに銀の十字架に触れている。

初めて求婚したときのアリシアの恥ずかしそうな表情と母親の強欲な喜びとは、何という違いだろう。

セバスチャンは息を吸い込んだ。「ミス・マーティンに結婚を申し込みたいのですが」

老婦人の顔に衝撃が走った。ぐっと眉根を寄せ、強烈なまなざしを向けてくる。「あの子が何かふしだらなことをしたんですか？　血は争えないわね」

「ミス・マーティンが品行方正だったことは保証します」無理に傲慢な口調を心がける必要はなかった。サラのために憤りを感じている自分に驚いた。

「あの子はもう若くありませんよ」

「年齢は重要ではありません」

「お金はないし素性も疑わしいです。母親が――」

「素性も問題ではありません」相手の話を素早く遮った。この女性に嫌悪すら感じる。

「では、キリスト教徒の務めを果たして警告しましたからね。していないとは言わせませんよ」

「ミス・マーティンはあなたを大切に思っています。そのあなたが彼女を悪く言うので驚きました」

「正直に話して務めを果たしているだけです」ミセス・クローフォードは羊皮紙のような肌の下の指関節が透けて見えるほど強く十字架を握りしめている。

「もう務めは果たされましたよ。そろそろ祝福していただけませんか？」

「同意はしますが、私は聖職者ではないので神の祝福を授けることはできません」

「それはそうですね」この唇の薄い女性にコンパニオンの話をどう切り出せばいいかわからない。

「他に何か？」

「ミス・マーティンは心配しています」セバスチャ

ンは無意識に指で太股を叩いていたが、それをやめた。「あなたを一人で置いていきたくないそうなので、コンパニオンを手配させてもらえ――」

「コンパニオン？　もう一人食べさせて部屋を暖めてやる余裕などありませんよ」痩せた手が黒い服の上をそわそわと動きまわる。「布教活動のために倹約する必要があるんです」

「費用はこちらで負担します」

「私は施しの対象ではないし、無駄遣いはいけません。あなたも神の仕事に寄付するといいわ。私より異教徒にあげたほうが、ずっとあなたの魂の平和のためになりますよ」

「あなたが安心して暮らせることで、僕の花嫁に心の平和がもたらされるんです」

「あの子の心の平和ならお祈りでもたらされますよ。お祈りはなさるの、ラングフォード卿？」

「お祈りは――」そのときエリザベスのことを思い出した。エドウィンのことも。「最近しています」

だが言い終わらないうちに、老婦人の表情が変わった。目つきがぼんやりしている。

彼女はとまどったような顔で後ずさりした。

「あなた、誰？」数秒前には強くしっかりしていた声が甲高く震えている。

「ミセス・クローフォード」声を和らげた。

「モリーはどこ？　私のお人形がなくなったの。見つけて取り戻したいのよ」

「お人形？」

「モリーが見つけてくれる。そうでなければ、サラが。一緒にいると安心なの」

「サラ？　それともモリー？」

「わからない」彼女は張りつめていた肩を落とした。

セバスチャンはどうしていいかわからず、体重を右から左へ移し替えた。サラがコンパニオンが必要だと言ったわけがわかった。ミセス・クローフォードの承諾に意味がないことも納得した。彼女は一瞬で拒める立場ではなくなる。

「あなたは見つけるのが得意?」ミセス・クローフォードの声は疲れきった子供のように震えている。

「僕が――」またエドウィンのことを考えた。「得意であるように、神に祈ります」

サラは自室で座っていた。

婚約――その言葉にはどうもまごつく――はあっさり終わった。玄関ホールを歩く彼の足音に続いて、ドアが開いて閉まり、馬の蹄《ひづめ》の音が聞こえた。

許可が下りたのだろう。

結婚話に弾みがついて、大海の波のように止められない力で進んでいく。そして月曜日には結婚する。よく知りもしない人と今度の月曜日に結婚するのだ。

月曜日――まるで火曜か水曜なら、そんなにおかしくないかのように頭の中で繰り返す。今から五日後、百二十時間後だ。

母からもらったロケットを握りしめ、それを開けて、長い間大切にしまっている姉の髪に触った。

結婚するだけの価値はある。シャーロットを見つけられるなら。いつもそばにいてくれた姉。二人を産んだ華やかで魅惑的な女性より、はるかに母親らしい存在だった。あきらめるわけにはいかない。あきらめてはいけない。手の届くところにこんなチャンスがあるのだから。それに、多くの女性が便宜や財産や地位のために、あるいは親が命じるからという理由で結婚しているではないか。私も同じだ。

ミセス・クローフォードが現れて、一人の時間は終わった。ドア口にじっと立って、まるで支えが必要であるかのように戸枠を握りしめている。

「ラングフォード卿があなたに求婚しに来たわ。あなたは同意しているの?」

サラはうなずいた。

「それなら、何も言うことはないわ。準備ができたら知らせてちょうだい。もちろん、あなたのために祈るから」ミセス・クローフォードは向きを変えて立ち去ろうとした。

「あの――」

ミセス・クローフォードは手をドアノブまで落としたところで動きを止めた。「何？」

雷の鳴る日の過酷な蒸し暑さのように、不安と疑念がサラに重くのしかかった。胸骨の下辺りが慣れ親しんだ痛みで疼《うず》く。抑圧された愛情への憧れだ。

「寂しくなります」サラは静かに言った。

「それなら、神を頼りなさい」

やはりそれだけだ。会話は始まる前に終わった。

サラは後見人が踵《きびす》を返して立ち去るのを見守った。きびきびした足音が遠ざかるにつれ、疼きが強まる。彼女を責められない。この家にサラが来た日は、ミセス・クローフォードにとって最大の悪夢だったに違いない。サラと母がロンドンにいる間は、夫の不貞を無視できただろう。ロンドンのいかがわしい地区にある小さな家など、存在しないふりをすればよかった。

だがその後、母が死んだ。家は引き払われ、ミスター・クローフォードはサラをここへ連れてきた。

あの冷たい迎え方を思い出して身震いする。サラはかがんでベッドの下から古い帽子箱を引き出した。蓋を持ち上げ、香水とインクの混じり合ったなじみのかび臭い匂いを吸い込む。

シャーロットの手紙だ。

インクの染みも姉の子供じみた筆跡も、すべて暗記している。当然だ。一日に何度も繰り返しむさぼるように読んだ。時には枕の下に置いて、紙の端に触れ、かさかさいう音を聞いて、これを姉が手に持ち、たたみ、郵送したのだと思って慰められた。

誰かに愛されているという目に見える証拠だった。

7

サラはミス・シンプソンの仕立屋でウエディングドレス用の生地を選び、四日で仕上げるよう頼んだ。

ミス・シンプソンは承諾したが、グレーの生地に触れながら確信が持てない様子で言った。「これを結婚式で着るんですか？」

サラはうなずいた。

「確かに丈夫で良質な生地ですが、結婚式にはもっと明るい色のほうがいいんじゃないですか？」

サラは色とりどりの生地が山積みになった小さな店内を見まわした。母はそういう服を着ていた。

「明るい色は似合わないの」

母は、サラの白い肌と灰色がかった茶色の扱いにくい髪が不満で、よく顔をしかめてそう言っていた。

「虹色の服を勧めるわけではありませんけど、このライラック色はどうですか？　お似合いですよ。白い肌を輝かせて、髪の栗色《くりいろ》を引きたててくれます」

サラは迷った。紫を着れば、本当にペチュニアのような気分になれる。そしてペチュニアならミス・マーティンよりうまく結婚式に対処できるだろう。

だが、これはビジネス協定だ。いちばん重要な役目は家庭教師で、それ以外のイメージは必要ない。私はペチュニアではないのだから。

「グレーのほうが実用的だわ」決然と宣言した。

セバスチャンは、というより彼の代理人は、異例の早さで老婦人のためのコンパニオンを見つけた。

その人、ミス・シャープルズは結婚式の前日にセバスチャンの馬番が連れてきた。ふっくらした顔と全体的に丸みを帯びた体格にはそぐわない意志の強そうな顎を持つ、感じのいい服装の小柄な女性だ。

「閣下から事情を聞きましたか？」サラは殺風景な廊下を通って同じくらい殺風景な応接間にミス・シャープルズを案内して尋ねた。この家を模様替えするチャンスがあったら太陽光のような黄色にしよう。

「ええ、聞きました。病弱な人には慣れています」

サラは眉をひそめた。「ミセス・クローフォードは病弱ではありません。少なくとも体はね。錯乱していて、教会のためにお金を貯めなければいけないと断固決意しているんです」

「心配ありませんよ。前の雇い主は超常現象に興味があって、前世で自分はローマ皇帝だったと思っていました。シーザーが暗殺された三月十五日にはベッドに隠れていましたよ。でも死を免れることはできず、八月に睡眠中に亡くなりました。変わった人でしたけど、その前の雇い主より楽でした。その人はベッドのカーテンに繰り返し火をつけたんです。結局マッチを隠さないといけなくなりました」

そのとき、ミセス・クローフォードのきびきびした足音が聞こえた。彼女が部屋に入ってきた瞬間、サラとミス・シャープルズは同時に立ち上がった。

「ミセス・クローフォード、こちらはミス・シャープルズです。私がいなくなったら、彼女がここで一緒に暮らすことになります」

「そう聞いているわ。まったく無駄な出費よ。編み物ができるといいんだけど」

「得意です」ミス・シャープルズが言った。

「異教徒のために編むのよ」

ミス・シャープルズはうなずいた。「人手が多ければ仕事は楽になるって、私いつも言うんです」

「どこかで聞いた台詞《せりふ》だけど、まあそうね」それはこの老婦人なりの承認だったのかもしれない。

「きれいなお部屋ですね。見事なバランスです」ミス・シャープルズが意を決して言った。

「ここは長年、主人の一族の家なの」

ミス・シャープルズはうなずいた。「でも家具が必要です」

サラは、そのあからさまな発言に震え上がった。

「異教徒にお金を送るために売ったのよ」ミセス・クローフォードは説明した。

「ちゃんとした家具がなければ、牧師様にお茶を出せません。牧師様にちゃんと指導していただくには、お茶を出す必要があります」

サラは口元に笑みが浮かぶのを感じた。ミス・シャープルズは、この仕事に向いているかもしれない。

最後の晩、サラは動物たちに別れを告げに納屋へ行った。皆を恋しく思うだろう。特にポーシャとクレオパトラを。この動物らしい匂い、ぬくもり、優しい目。この子たちは、私がねずみのような色の髪だとは知らない。婚外子だという事実も。


「ロンドンの牛は、あなたたちの半分もすてきじゃないでしょうね」サラは二頭をなでた。「お隣の坊やにあなたたちの乳しぼりを頼んでおいたわ。きっと、ちゃんとやってくれるはずよ」

家に戻ったらすぐに寝るつもりだったが、応接間のドアの下から明かりがもれているのが見えた。

開けてみると、ミセス・クローフォードが暖炉のそばの背もたれがまっすぐすぎる椅子に座っていて、そこから不気味な長い影が伸びている。

「来てくれてよかったわ。納屋の動物たちに話しかけていたんでしょう。今に動物たちが答えてくれると言いだすわね」

サラは微笑《ほほえ》んだ。「確かに答えてくれますよ。何かご用でしたか？」

「あなたと話がしたかったの」ミセス・クローフォードはいつもより背筋を伸ばし、珍しく何も持っていない両手を強く握りしめている。

「私もです」サラはむかい側に座った。

「あなたにとって、今は私がいちばん母親に近い存在なのはわかっていたわ」

「ええ、そうですね」

「そして誰かが話さなければいけないのなら、それは私だわ。警告よ」ミセス・クローフォードは握り拳をほどいてショールのほつれた糸をいじった。

「何について？」

「男性の欲求について」

「まあ」サラは笑いをこらえて赤面した。何とも愉快な場面になりそうだ。だが、実際に体験するより、物語にするほうがずっといい。「話してくださらなくても、少しはわかります。もちろん動物から学んだんですけど」

「そうよ。動物向けの生殖システムなの」ミセス・クローフォードの手はショールの上を忙しく動いた。

それをシステムと呼ぶのを今までに聞いたことがない。とはいえ、サラの限られた社交の場で取り上げられる話題ではない。

「心配ないです。基本概念はわかっていますし、たいていの女性が乗りきっているようですから。ラングフォード卿《きょう》も他の男性とそう変わらないでしょう」断固として現実的に言った。

「楽しんではだめよ」当初の気まずさを克服して任務に熱が入ったかのように、さらに強く言った。

「あなたの母親のような女性だけがそれを楽しんで、善良な男性を堕落させるのよ。あなたは楽しまないと約束しなさい」

「ええと、楽しまないよう精いっぱい努力します」

サラは老婦人の手に触れて動揺を鎮めた。

「これは義務なの。それだけよ」

「義務」サラは繰り返した。「それで子供が授かるなら、それだけの価値はありますね」

老婦人の顔に複雑な感情がよぎった。「私もそれを期待したの。子供が授かると思ったから、夫にそれをさせたのよ。子供がほしかったからね」

「お気の毒です」サラは子供のいない老婦人の人生に突然同情を覚えた。

ミセス・クローフォードは会話に疲れたように背中を丸めた。「ええ、あなたは幸運だといいわね」

「ずっとよくしてくださって感謝しています」

「キリスト教徒としての務めを果たしただけよ。務めを怠ったことはないわ」

「誰もが期待した以上に、よくしてくださいました」今なら簡単に優しくできる。

「努力したわ」

「寂しくなります。もし体調がよかったら、ミス・シャープルズと一緒にロンドンへ遊びにいらしてくださいますか?」

「ロンドン? 行かないわ。不道徳な場所だもの」

「では、私がここへ遊びに来ます」

「歓迎するわ」ミセス・クローフォードは少しぎこちなく立ち上がった。「あなたはそばにいても気詰まりじゃないから」

今まででいちばんほめ言葉に近かったので、サラは目頭が熱くなった。だが返事をする間もなく、老婦人の表情が変わり、目がうつろになった。

「明日、モリーは来る?」彼女は色あせた壁から姉が現れるのを期待するかのように部屋を見まわした。

「明日は来ません」

「明後日?」

「たぶん」

「寝る前に無事に着くようお祈りするわ」

「それはいい考えですね」サラはろうそくを持ち、老婦人が階段を上るのを手伝った。

「おやすみなさい」寝室の前でささやいた。

「おやすみ、モリー」

結婚式当日の朝、目覚めると小雨が降っていた。納屋の屋根や木々の梢《こずえ》に触れそうなほど低く雲がたれ込めている。頭上では、見慣れた白い天井が薄明かりに光っている。

ここに初めて来たとき、寒くて陰鬱な家だと思った。母は明かりや暖房を節約したことがなかったので、前の家には活気があった。それが恋しかった。寂しさを埋めるために、しゃべるろばとイタリアへ行く物語を考え出した。この夢の中ではシャーロットが見つかり、ろばとともにトスカーナの太陽の下、暖かいぶどう園で暮らしていた。いろいろ想像したのを覚えている。日射《ひざ》しのぬくもりや強い花の香り、かぐわしいそよ風、そして飲んだことはないが濃厚で甘いに違いないと思ったワインの味。

今日が終われば、この部屋はもう自分の居場所でも夢の目撃者でもなくなる。これからは見知らぬ家の見知らぬ天井の下で目覚めることになるのだ。サラは部屋を見まわした。擦り切れた敷物、表面がゆがんだ鏡、ミセス・クローフォードが若い頃に仕上げた刺繍《ししゅう》までが突然愛おしく見えてくる。

そしてウエディングドレス。実用的なグレーのドレスで、かつて想像したものとは全然違うが、ロマンティックな考えはずっと前に原稿の中へ追いやった。そこではペチュニアはレースを身に着けている。サラはもう一つの帽子箱に目を向けた。それも運び出されるのを待っている。子供じみた書き物を持っていくのはばかげているが、置いていけばとてつもなく大切なものと別れることになる気がする。

立ち上がり、帽子箱の蓋を開けて見慣れた原稿に目を向けた。一束ずつ青いリボンできちんと結んである。すべてロンドンに送り、戻ってきた作品だ。これが出版されていたら、この結婚に踏み切る必要はなかっただろう……だが原稿はいつも戻ってきた。

ふいに我慢できなくなってガウンをつかんでくる

まり、朝の肌寒さをしのいだ。起きたかもしれないことをくよくよ考えてもしかたがない。目の前の現実に集中するべきだ。今は姉を捜すために必要なことをしようとしている。

そして、これは正しい選択だ。サラはため息をついた。豊かな金髪で本物の巻き毛だったら、大胆で勇敢になるのもはるかに簡単なのに。

サラは台所に行って朝食を作るつもりだったが、そうする間もなくミス・シャープルズがサラの部屋のドアをノックした。朝食のトレイを持っている。

「さあ、どうぞ。私が来たからには、結婚式当日に家事はやらせませんよ。ミセス・クローフォードにも朝食を持っていきます」

「そんな必要はありません」

「その判断は私に任せて。台所仕事には詳しいのよ。それに、あなたには他にやることがあるでしょう」

サラは部屋の中に戻った。もちろん、やるべきことはある。何しろミス・ペチュニア・ハードキャッスルは数人のメイドと美容師と裁縫師の手を借りて、結婚式の身支度に午前中いっぱいかかったのだから。

それにひきかえ、サラは時間を持て余し、いたたまれない気分で紅茶をすってトーストをかじった。全身を入念に洗い、髪をきちんとシニョンに結ってグレーのドレスを着た。ドレスに合わせた新しい手袋とボンネットも実用的なデザインだ。

身支度が終わり、楕円《だえん》形の鏡に映った自分の姿に見入った。清潔で見苦しくなく、きちんとしていてことのほか落ち着いた装いだ。

この仕上がりが妙に不満で眉をひそめた。ミス・シンプソンが勧めたもっと派手な生地を今さら望むのはばかげている。状況を考えれば、流行や美しさより良識があってきちんとしているほうが重要だ。

玄関ホールの時計が時を告げた。〝誰《た》がために鐘は鳴る〟ふいに浮かんだフレーズを頭から追い出す。

馬車の車輪と馬の蹄《ひづめ》の音がして、時間どおりにキットがやってきた。サラが玄関ホールに下りていくと、キットは高度な方程式に集中しているかのようなしかめっ面でサラのトランクを見ている。

キットは少年時代、困ったときにやっていたように額にかかった髪をかき上げた。「母には大騒ぎするなと言われたけど、本当に結婚していいのか？」

サラはうなずいた。

「でも、あの人のことを何も知らないだろう」キットは応接間に入り、椅子に身を投げ出した。

「上流社会ではたいていそうだけど、それで結婚をやめる人はいないわ」

「それは話が別だよ。きみは称号や宝石や衣装を重要視するタイプじゃないだろう」

「今まで一度もチャンスがなかったから」サラはむかい側に座って苦笑した。

「それじゃ、金のために知らない男と結婚するのか？」キットは信じられないというように尋ねた。

「私にとやかく言えるの？　あなただって裕福なお嬢さんを見つけるように命じられているじゃない」

「ああ、それはそうだけど、そこそこ好きになれる人を見つけるつもりだよ」

「私だってラングフォード卿をそこそこ好きよ。何かよくないことでも知ってるの？　本物の殺人鬼だとか？　人目につかないところに吊《つ》るされた先妻たちを見つけることになるのかしら？」

「ほら見ろ！　心配なんだろう。きみは怖いときにいつも冗談を言うじゃないか」

「確かに緊張はしているわ。結婚式当日なら当然でしょう。でも、もう決心したの。心配しないで。ほら、私は花やヴァイオリンは期待していないから」

キットは眉根を寄せて体の向きを変えた。「でも、恋愛や白馬の騎士の存在を信じているだろう」

「私が？」

「ああ、というか、以前は信じていたよ」

「以前は母がつけていた金の結婚指輪や妖精の存在も信じていたわ。今もうさぎや狐《きつね》を助けているけど、それ以外の点では大人になったのよ。ラングフォード卿が私を愛していないのはわかっているし、期待もしていないわ。私も彼に対して深い感情は持っていないもの。これはビジネス協定なのよ」

「でも、どうして？　それに縛られても、きみには何の得にもならないじゃないか」

「姉を捜せるわ」サラの声が小さかったので、キットは身を乗り出して聞いた。

「それは無理かもしれない。ロンドンは広いから」

「やってみるしかないでしょう」

「ラングフォード卿は知っているのか？」

サラは首を振った。「言えないわ。もし言ったら、私が婚外子だとわかってしまうもの」その不快な言葉をひるまずに口に出せた。

「それは賢明な策かな？　あの人、嘘《うそ》は嫌いだよ」

「嘘はついていないわ。両親のことは一度もきかれていないの。でも、前の奥さんとお母さんのことはひどく軽蔑した様子で話していたわ。似たような女性の子供だとはとても言えないわよ。だって、彼はすでに妻を好きにならないと決めているんだもの。私を軽蔑する理由を与えたくないわ」

「それでも、この結婚が賢明だと思うのか？」

「シャーロットは私にとって母親のような存在だったの。私のためなら何でもしてくれたわ。今度は私がそうしないといけないのよ」

ミセス・クローフォードとキットとサラは、この日のために借りたイーブンシャム家の馬車で教会へ向かった。馬車は轍《わだち》のついた道を揺れながら進んだ。側面を小枝がかすめる。サラは歩いていければよかったのに、と思った。そのほうがずっと自然に感じられるだろう。少しの間、いつものように日曜日の礼拝へ行くために田舎道を歩いているだけだというふりができる。

だが、今はすべてが違う。レディ・イーブンシャムの香水の匂いが交じった馬車のかび臭さ、珍しくまじめなキットの顔、規則正しい馬の蹄の音。

やがて揺れが鎮まり、蹄の音がやんで、馬車が止まった。キットはミセス・クローフォードに手を貸して馬車から降ろした。サラはそれを見守った。これはすべてが変わる前の瞬間だ。束《つか》の間、時を止めてこの瞬間を封じ込めたかった。

やがて、時が再び動きだした。サラは馬車から降りて芝生を横切り、小さな入場口に入った。イーブンシャム卿が落ち着かない様子で待っている。サラは彼の隣で位置に着き、ミセス・クローフォードとキットは素早く教会の中に入った。サラも教会の心地よい薄暗さの中で、匿名の参列者になりたかった。

だが、今日は違う。

全身の筋肉をヴァイオリンの弦のように張りつめ、あらゆる音に耳をそばだてて待っている。

「準備はいいかい」イーブンシャム卿の声が耳にとどろいた。サラはうなずいた。急に彼の巨漢や、反応の遅い笑みや、たとえ鈍いとしても優しい表情がありがたく思えてきて、目頭が熱くなった。

「先週末の狐狩りは残念でしたね」

イーブンシャム卿は紅潮した顔で驚いたように眉を上げた。「きみの結婚式の日に、そんなことは気にせんよ。次回はうまくいくさ」

笑いが込み上げる。「ええ、きっと」

二人は礼拝堂に足を踏み入れた。いつものように濡《ぬ》れた靴の革や花、ろうそくや家具の艶出し剤の入り交じった匂いがする。

皆が振り向いた。見慣れた顔には、好奇心、ねたみ、非難、哀れみが刻まれている。ミセス・クローフォードとレディ・イーブンシャム、それにミス・シンプソンの顔まで確認できた。

列席者のむこうに彼――セバスチャンが立っている。完璧な装いをした彼のせいで牧師が小さく見えるが、その険しい表情はサラの動悸《どうき》を鎮める役には立たなかった。もちろん、ペチュニア・ハードキャッスルに恋する求婚者のような顔を彼に期待してはいけない。何しろ、彼は死んだかもしれない息子を捜す資金を確保するために、いかれた伯母に結婚を強いられているだけなのだから。

結婚行進曲が始まった――当然ながら音が外れている。いつもオルガンを弾くミスター・タンジェントが病気になったので、神経質そうな独身女性ミス・プリムコが代役を買って出たのだ。

「前へ進め」イーブンシャム卿が言った。どうやら言葉遣いはまだ軍人のままらしい。

再び抑えきれない笑いが込み上げた。

一歩、二歩……。

近づくにつれ、セバスチャンの表情がよりはっきり見えてきた。確かに険しい顔だが、その中にもっと何かある。極度の疲労、強烈な緊張と悲哀だ。そこに引かれた。それを癒やし、力になれたらいいが。

その気持ちが、サラを容赦なく前へ進ませた。

いったい何を着ているんだ？　セバスチャンは近づいてくる地味な姿に驚いた。ウエディングドレスを一ダース買えるくらいの金を与えたのに、彼女は殉教者のような服を選んだのだ。

グレーはないだろう。少なくとも、そんな暗い色にするべきではない。髪に関しては、これ以上ふさわしくない髪型はないはずだ。ただ後ろでまとめただけで、印象を和らげる巻き毛の一房もない。

さらに悪いことに、視線を上げようともせず、最愛の動物が解体されに連れていかれたかのように、突然悲しそうな顔をした。

セバスチャンは肩をそびやかした。自分は非情な人間ではないし、誰かに結婚を無理強いしたいとは思わない。実際、この結婚では社交界にデビューしたてでロマンティックな夢を持つ若い女性の将来を奪わないよう相手を選んだ。

それに、彼女には文句を言う理由がない。認知症の親戚との貧しい生活より、自分と結婚したほうが望ましい暮らしができるはずではないか。

サラが祭壇の前まで来て隣に立った。いつもどおり落ち着いている。「おはようございます、閣下」

普通、花嫁はボンド・ストリートで知り合いに会ったみたいに祭壇の前で花婿に挨拶するものか？ 最初の妻アリシアはしなかったが、あのときの表情はベールとフリルに隠れてほとんど見えなかった。

「親愛なる皆さん、私たちはここに集い……」牧師が厳かに話しだし、喉仏が上下に動いた。「神と皆さんの前で、この二人は正式に結婚の……」

セバスチャンは気づくと実用的なグレーのドレスを着た小柄できちんとした女性に永遠の誓いを捧《ささ》げていた。相手も落ち着いた事務的な口調で応えた。

そして驚くべき素早さで式は終わった——朝刊を読み終えるよりも早かったくらいだ。調子外れな祝いの曲が始まり、セバスチャンと花嫁は会衆席に座った参列者の間の通路を進んだ。

レディ・イーブンシャムがハンカチで目を押さえながら微笑み、あのミセス・クローフォードが涙を見せずに身をこわばらせて座っているのを見て、客観的な興味を覚えた。ミス・マーティン、いや新伯爵夫人レディ・ラングフォードをちらりと見る。いつものように落ち着いていて、目鼻立ちの整った顔にはほとんど感情が表れていない。

玄関ホールを通って明るい外に出ると、村人たちが待っていて二人に米粒の白いシャワーを浴びせた。

式のあとの会食を提供するというレディ・イーブンシャムの申し出を断っておいてよかった。もちろん彼女は反対したが。〝それはきわめて異例よ〟

〝この結婚は何もかも異例ですよ〟そう言い返した。

皆が静まり、サラが前に進み出てミセス・クローフォードの手を取った。

「お元気で」サラは老婦人の頬にキスした。

「あなたが堕落しないよう祈っているわ。都会は誘惑にあふれているから」

「ありがとう。か――体に気をつけて」

「私たちは大丈夫ですよ、ミス――じゃなくてレディ・ラングフォード」ミス・シャープルズが言った。

「そうですね」妻が言った。

〝妻〟セバスチャンはラテン語の語形変化を復唱する生徒のように、その言葉を頭の中で練習した。

「私のスーツケースは?」馬車に乗ると妻が言った。

「きみの荷物を積むように従僕に指示したよ」

「ありがとう」サラは座った。ビロードの豪華な座席の上ではいっそう地味に見える。だが、すぐに身をこわばらせた。「オリオン! 忘れるところだったわ。あの子はどこ?」

地味かもしれないが、退屈ではない。驚いたことに、彼女はまるで馬車に縛りつけられたうさぎを見ようとするかのようにドアから身を乗り出した。

「御者が預かっているよ」キットが籐籠《とうかご》を持って近づいてくるダブスを指差した。

「オリオンも一緒に行くんだね」セバスチャンは見物人たちの興味津々の表情を強く意識して言った。

「ええ、他にどうすればいいかわからなかったし、あなたはもうあの子に会ったことがあるでしょう」

「一、二回ね。ダブス、その子をどこかに乗せて」

「ここがいいわ」サラが指示した。

「馬車の中でよろしいのですか、閣下?」

「それが奥様のお望みなら」セバスチャンは答えた。

ダブスは籠を乗せてドアを閉め、馬車を出発させた。サラは遠ざかっていく一団に窓から手を振ったが、馬車が角を曲がると人々の姿も見えなくなった。サラは手を止めたが、最後にもう一度見えるのを期待するかのように窓の外を見つめ続けた。

そしてついに手を下ろして向きを変え、座席の背にもたれた。表情は読めない。

セバスチャンは田舎の景色を眺めた。自分には、この最初の気まずい空気を和らげるために会話を始める義務がある。だが、何について？　動物に興味があること以外、この女性の好き嫌いについてはほとんど何も知らない。おそらく初めて、結婚生活の詳細について考えた。朝食、夕食、散歩、遠出、それがとりとめのない会話につながる。

「領地のことを教えて」サラが言った。

こうして会話が始まった。

8

時間はゆっくりと過ぎていき、サラは断続的に眠った。馬を取り替えて昼食をとるため馬車は宿屋で止まったが、その後旅は再開され、二人は見知らぬ人同士のようにどうでもいい話題で時折会話した。

だが夕方近くになって、サラは胃の辺りの不快感に気づいた。空腹感にも吐き気にも感じられる。頭痛がして、巨大な輪の中をまわっているように道が果てしなく思えた。

「閣下、陸で船酔いするなんてあり得るかしら？」

耐えきれなくなって尋ねた。

セバスチャンは心配そうな顔で振り向き、驚くべき速さで隣の席に移ってきた。

「僕の配慮が足りなかったな。きみは旅に慣れていないんだった」彼はサラのふらつく体を優しく支えると、片手をサラの体にまわしたまま屋根を叩《たた》き、素早く窓を開けた。冷たい空気が入ってくるのと同時に馬車が止まった。「深呼吸してごらん」彼はサラの体を窓のほうへ向けさせた。「新鮮な空気が効くかもしれない」

馬車の横に来たダブスがいぶかしげに眉を上げた。

「妻が車に酔ったんだ。ここでしばらく止まろう。後ろから何も来ないか？」

御者は馬車の後ろを見た。「今のところ来ません、閣下」

「では少し休んで、最初に見つけたよさそうな宿屋に泊まることにしよう」

サラは目を閉じ、静かになった馬車の中で田舎のかぐわしい空気を吸い込んだ。やがて吐き気が治まるにつれ、他のことが気になりだした。体にまわされた彼の腕、その筋肉の固さ、腕に触れている彼の手のぬくもり、彼の胸の鼓動。

男性とこんなに長い時間、体が接触していた経験はない――密着して座っているだけでも破廉恥な気がするが、嫌ではない。身を引きたいとも思わない。それどころか、さらにぴったり寄り添い、引きしまった顎の輪郭に触れたい……。心地よさと恐ろしさが入り交じった疼《うず》きを感じる。

セバスチャンが腕を引っ込め、その呪縛を解いた。「気分がよくなって次の村まで行けそうかい？」

「ええ、もう大丈夫」サラはほてった頬と速くなった息遣いを強く意識しながら慌てて離れた。

再び走りだしてわずか三十分で村に着いた。小さな村の中心的な建物が、巨大な木材梁《ばり》と鉛枠の窓を持つチューダー様式の赤れんが造りの宿屋だ。夏なら絵のように美しい村なのだろうが、今は生け垣も濡《ぬ》れ、家々のわらぶき屋根も茶色くなってひさしから滴が落ち、くすんだ風景に見える。

中庭で馬車が止まると、すぐに従僕が馬車のドアを開けた。サラは窮屈な姿勢だった体を伸ばして馬車から降りた。立ってひんやりした外気を頬に感じ、草と肥料とわらの匂いの田舎の空気を吸い込むのは、いい気持ちだ。

「ああ、宿の主人だ」馬車を降りて隣に立っていたセバスチャンがはげ頭に頬髭《ほおひげ》を生やした恰幅《かっぷく》のいい紳士に会釈した。紳士は陸より船の甲板の上のほうがふさわしい歩き方で体を揺らして近づいてきた。二匹の犬が吠《ほ》えながらついてくる。

「ようこそ、ようこそ、閣下。家内が大喜びで、おいしいおいしい食事をいろいろお出ししますよ」

サラは嬉《うれ》しくなって微笑《ほほえ》んだ。実に愛すべき登場人物になりそうだ。物語に織り込むために彼の話し方を書き留めなくては。

不思議なことに、このいつもの衝動に安心した。自分らしさは失っていない。

セバスチャンが馬番に指示を与えている間に主人に案内されたサラは、この宿に独自の魅力を発見した。壁付き燭台《しょくだい》の揺らめく炎に照らされた狭い廊下の壁にはタペストリーが並び、天井は低く、石造りの床はでこぼこしている。チューダー朝時代の人々は小柄で痩せていたに違いない——ヘンリー八世は決してそんなふうに描かれていないが。

食事用の個室はくすんだベージュ色の壁で茶色い馬巣織りの家具が置いてある。火格子の中で小さな炎が燃えていたが、主人はすぐにふいごでそれをかき立て始めた。

「すぐに暖かくなりますよ」なかなか大きくならない火の前で彼は言った。「食事もお持ちしますね」

主人が出ていくと、サラは茶色い馬巣織りの椅子に座った。だが、落ち着く間もなくドアが開いて、女性が入ってきた。りんごとスパイスのいい香りがする重そうな水差しを持っている。

「これを飲めば温まりますよ、奥様」女性はお辞儀して言うと大きなジョッキにたっぷり注《つ》いでくれた。

金色の液体は香りだけでなく、味も最高だった。女性の言葉どおりに体が温まり、部屋とは対照的に気持ちが安らいで緊張がほぐれた。

揺れもなく、夫になった見知らぬ他人ともう会話しなくていいのでほっとしている。規則正しい時計の音を聞きながら温かく甘いりんご酒を飲んだ。

「レディ・ラングフォード」小声で言ってみる。今や私は〝レディ・ラングフォード〟だ。礼拝堂でのあのひとときがすべてを変えた——名前も家も、まわりからの扱われ方まで……。

さらに飲んだ。旅で喉が渇いている。

今朝の情景が頭に浮かぶ。牧師の緊張した顔、ビー玉を頬張っているみたいに唇を動かさない話し方。ミス・プリムコの調子外れの演奏、額のしわ、うろたえた指。サラは笑みを浮かべた。だが、おかしいのはミス・プリムコではない。婚外子から奇跡的に貴族のレディへと変身したサラ・マーティンだ。

レディ。

サラは椅子の上で背筋を伸ばして二杯目を注ぎながらくすくす笑った。

笑いながらさらに飲む。昔シャーロットと貴婦人のお茶会をまねてやったように小指を立ててみた。

「こんにちは、奥様。ごきげんよう、奥様。お茶はいかが、奥様？」舌の上で転がすようにつぶやいては、また飲む。

「失礼、奥様」セバスチャンが背後から部屋に入ってきた。「何か言っていたかい？」

サラは微笑んだ。馬車の中にいたときほど威圧的には見えない。「練習していただけよ、閣下」振り返らずに頭を後ろへ傾けたので、生涯の伴侶の顔が上下逆に見える。サラは声をあげて笑った。「この角度から見たあなたの顔、おもしろいわ――顎ばかり目立ってる」

あら、でも背が高くて肩幅が広いのね。

彼は眉をひそめた。「気分はよくなったかい?」

サラはうなずき、椅子の背にだらしなくもたれているい自分に気づいて座り直した。その拍子にジョッキを床に落としてしまった。幸い空だったたし、金属製なので割れなかった。

セバスチャンは立ち止まってそれを拾った。

「ありがとう」

「飲んでいるのか?」

「飲んでいる? そうよ。さわやかでおいしいの」

彼は空になったジョッキの匂いをかいだ。「温かい酒だな。きみは酔っているんだ」

「酔ってる?」サラは威厳を保とうとさらに背筋を伸ばしたが、大きなしゃっくりがその努力を台無しにした。

「どれくらい飲んだ?」

「二杯よ。喉が渇いていたから」

「昼はほとんど食べなかったたし、きっと朝食もろくに食べていないんだろう?」

「朝食?」実のところ、朝食に何か食べたことさえ思い出せない。驚いたことに、彼の体が波打っている。もっとよく見ようと頭を傾けてみた。やはりそうだ。かげろうのむこうにいるように波打って見える。このほうがいい。偉そうでも怖そうでもない。ゆらゆら波打ったまま威厳を保つのは難しいからだ。

「女将《おかみ》さんはまだ食事を持ってこないのか?」

「まだだけど、あまりおなかは空《す》いていないわ。それより眠いの」サラはあくびしながら言った。部屋が動いているように見える。目を閉じると、もっとひどくなった。「ここは変だわ。海の上にいるみたいに動いてる。海に出たことはないけど」

サラはジョッキにおかわりを注ごうと水差しに手を伸ばしたが、セバスチャンが両方とも遠ざけた。

「もう飲まないほうがいいよ」

「でも、おいしいんだもの」

「同じくらいおいしくてアルコールじゃないものを頼もう」

サラが答える前に廊下から足音と食器が触れ合う音が聞こえた。

まもなくドアが開き宿の主人が食事を運んできた。

「わあ」言いかけたサラは、自分の声が異様に大きく聞こえて驚いた。「これもおいしそうだわ」

「あとは僕がやるから、下がってくれ。今夜は泊めてもらう」セバスチャンは主人に言った。

「かしこまりました、閣下」

「本気？」サラはドアが閉まるとすぐに尋ねた。

「今日中にロンドンに着きたかったんでしょう」

「きみの具合が悪いのに先を急ぐほどじゃないよ。それにロンドンは何世紀にもわたってあそこにある。もう一日くらい逃げないと思うよ」

「優しいのね。今まで私の具合が悪いかどうか気にした人はいなかったわ」

「僕を優しいと言った人もいなかったよ。少なくとも、最近はね」

「それはきっと、あなたが気難しくて怒りっぽかったからよ。人は悲しいとそうなるわ」

「僕は……」彼は珍しく自信のなさそうな顔をした。

サラは笑った。「私、あなたを驚かせた？」

「きみには驚かされてばかりだよ」

「私も驚いたわ。だってあなたも自信のなさそうな顔ができるんだとわかったから。その顔、気に入ったわ。怖く見えなくて好感が持てるもの。それに、ちょっと変だけど波打っているわ」

「波打っている？」

サラはうなずいて疑わしげに部屋を見まわした。

「この場所が波打っているの。魔法だと思うわ」

「きみには食事が必要だと思うよ」セバスチャンはサラのそばに料理の大皿を置いた。

サラはありがたくその匂いをかいだ。やはり少しおなかが空いているのかもしれないが、取り分けられた量は控えめに見える。

「私たちも異教徒のために倹約するの？」

「いや、でもきみの胃に負担をかけたくないんだ」

「私の胃なら大丈夫よ」

「そうかな」

セバスチャンは愛想のいい知的障害者のように微笑む妻を見て、自分に悪態をついた。この哀れな女性はワインを飲んだことがなかったのだろう。レディ・イーブンシャムの夕食会でも水しか飲んでいなかったし、ミセス・クローフォードは家にワインを置いていそうもない。

だが、アルコールはサラの食欲に影響を与えてはいないようだ。明らかに先刻の車酔いからは回復したらしく、指を一本ずつ入念になめながら旺盛な食欲を見せている。その動作が妙に官能的だ。目を閉じて人差し指についた肉汁を丁寧になめているサラを見つめた。開いたピンクの唇が光っている。

形のいい口は自然に笑みを浮かべるようにできているようだ。彼女の気質は髪型や服装から連想されるほど堅苦しくとりすましてはいないらしい。

とはいえ、もう髪型も服装もきちんと整ってはいない。シニョンからほつれた髪が顔にかかり、地味なドレスの第一ボタンが外れてV字形に開いた襟ぐりから白い肌がのぞいている。その小さな三角形が驚くほど魅力的だ。

サラに身体的魅力がないと思わせたのは誰だ？ミセス・クローフォードだろう。怒りが込み上げる。

「染みでもついている？」

「何だって？」

「ドレスに染みがついている？」

「きみのドレスはきれいだよ。というか、汚れてはいないよ」

「それなら、どうしてじっと見ているの？」ろれつがまわらなくなったサラは首を傾《かし》げた。

「夫が妻を見たらいけないのかい？」

「わからないわ。結婚生活についてはほとんど経験がないから。でも、じっと見られると妙な感じよ」

「妙？」

「ぞくぞくするわ」

セバスチャンの口元がほころんだ。「実のところ、きみはなかなか魅力的だと思っていたんだ」

サラは笑って首を振った。「前にも言ったけど、たわごとはやめて。残念ながらあなたは不器量な妻で我慢しないといけないわ。便宜結婚の代償よ」

セバスチャンはサラの辛口の評価に顔をしかめた。

「きみは自分を過小評価していると思うよ。髪型をおしゃれにすれば、もっと引き立つはずだ」

「おほめの言葉をありがとう。でもミス・ハードキャッスルの婚約者のすてきな演説には負けるわ」

「何だって？　それは誰だ？」

「知り合いよ」サラの唇は内に秘めた冗談に関与しているかのように、再び笑みを浮かべた。セバスチャンはそれを知り、共有したいと思った。

夕食後、サラが眠ってしまってもセバスチャンは起こそうとしなかった。実際、混乱した頭を整理するには一人のほうがいい。新妻に不安を感じている。もっとはっきり言えば、新妻に対する自分の反応に不安を感じているのだ。

アリシアが出ていってから、修道士のように暮らしていたわけではない。最初の数カ月は酒と女を極限まで楽しんだ。どれほど自滅的であろうと、とにかく忘れたかった。その後はライオンの使者と会うために、社交行事に出て酒を飲んだ。

だが、この女性は今までに出会った誰とも違う。どうも落ち着かない。まるで喉がひりひりして胸郭の中で何かが疼いて膨張しているような感じだ。セバスチャンは立ち上がった。急な動きで、椅子が音をたてて壁に当たった。

「サラ」乱暴に呼びかけたが返事はない。「一晩中ここにいるわけにはいかないぞ」

サラは目を覚まさない。かがんで肩を強く揺さぶった。わけのわからないつぶやきが返ってきた。

まいったな。

セバスチャンは部屋の中を歩きまわった。サラと距離を置く必要がある。冷静な思考を取り戻さなければいけない。

「自分で動かないなら、僕が運ぶぞ」そう言ってサラを抱き上げた。

驚くほど軽い。ドレスの生地がずれ、シニョンからほつれた髪が流れ落ちる。

髪がこんなに長くて豊かだとは知らなかった。

サラはため息をつき、妙に信頼を寄せた様子で胸にもたれてきた。彼女の髪は強い香水の香りではなく、すがすがしい匂いがする。

これは保護だ。保護したいのだ。まるでサラが守らなければいけない特別なものであるかのように。

だが、時間も活力もあらゆる手腕も、子供たちのために使わなければならない。決心を鈍らせるわけにはいかない。気を取られてはいけない。

アリシアが子供たちを連れて出ていったあと、どんなに頭が働かなくなったか覚えている。まるで悲しみと怒りが鉛の塊になって思考にぶら下がっているようだった。またあんなふうになるわけにはいかない。なってはいけない。

ミス・マーティン、いやレディ・ラングフォードは、セバスチャンが階段を上がって、ドアを押し開け、ベッドに下ろしても起きなかった。

〝さて、どうする？〟小刻みに自分の腿を叩く。女将を呼んでもいいが、少々がさつな女性に見えた。それに、主人夫婦はもう寝ている。

セバスチャンがベッドに腰を下ろすと、コルセットの鯨髭がきしんだ。サラは背を向けて丸くなっているので、背中に並んだ小さなくるみボタンが見える。そっとボタンに触った。ボタンはかすかな衣擦《きぬず》れの音をたてて外れた。

ボタンを一つずつ外してドレスの背中を開く……。思わず含み笑いをもらした。予想するべきだった。サラの下着はドレスと同じようにきわめて質素で、目の粗い木綿地でできていてレースも装飾もない。

サラが寝返りを打ち、片腕を枕の上に投げ出して仰向けになった。

セバスチャンは息をのんだ。

ドレスから解放されたクリーム色の胸は豊かでなまめかしく、木綿の下着からこぼれ落ちそうだ。その豊満な肉体と無意識の奔放な姿勢に魅了された。昼間の地味な見た目とは大違いだ。

動揺したセバスチャンは悪態をつきながら急いで立ち上がり、毛布でサラの全身を覆った。そして決然とした足取りで立ち去った。

サラは半開きのカーテンの隙間から射《さ》し込む朝日にまばたきして額をさすった。頭が痛い。舌が思うようにまわらず、まぶたが重い。

片肘をついて起き上がり、まわりを見まわす。部屋は殺風景だが、清潔で暖かく、十分快適だ。小さな整理だんすと無名の人々の無愛想な肖像画だけが白漆喰《しっくい》塗りの壁を遮っている。

頬髭を生やし片眼鏡をかけた紳士の彫像に眉をひ

そめた。昨夜は気づかなかった。

実のところ、昨夜の記憶はほとんどない。

そう考えて起き直り、乱れた髪に手を突っ込んだ。三つ編みに編まれてもシニョンのままでもない。

何てことだ。寝間着ではなく下着を着ている。服を脱いだ記憶はないが、椅子の上にグレーのウエディングドレスがたたんで置いてあるのだから、脱いだに違いない。

でも誰が脱がせたのだろう？ セバスチャン？

衝動的に毛布の下に潜り込み、彼がまだ部屋にいるかのように毛布を顎まで引き上げた。

頬がほてる。

夫が服を脱がせたのなら、二人の間にはそれ以上のこともあったのだろうか？ 自分たちはもう――。

誰かがドアをノックした。

「はい……どうぞ」サラは毛布を握りしめた。

「よかった。目が覚めたんだね」セバスチャンが入ってきた。

いつものように彼の存在感が部屋を満たし、活力が空気を震わせた。

「メイドかと思ったわ」サラはぎこちなく答えた。

「さっき見たときは、まだ眠っていたんだ。気分はどうだい？」

「少し頭が痛いわ」

「あんなに飲ませるんじゃなかったよ。ミセス・クローフォードが家でワインを飲むのを許すはずがないと気づくべきだった」

「とても質素に暮らしていたから」

毛布は顎の上まで引き上げられているが、まだ十分でない気がする。こんな下着姿で男性と話をしたことなどなかったのではないか。

確かにそのとおりだ。あるわけがない。

「そうだろう」彼もとまどっているかのようにカーテンのほうへ顔を背けた。「急《せ》かしたくはないんだが、朝食とお湯を頼んでおいたよ。食べたほうがいい。そのほうが胃が落ち着くだろう」

「ありがとう。優しいのね」

それは本当だ。誰かに胃の具合を気にかけてもらった記憶はない。

「きみのプライバシーを尊重して居間で待つよ」彼は向きを変えて立ち去ろうとした。

「閣下」サラは思わず声をかけた。

「何だい？」

「昨夜、誰が私の服を脱がせたの？」

「僕だよ」彼の口元に笑みが浮かんだ。

「何かあった？　し、知っておく必要があるの」早口で尋ねた。

「何もないよ。意識のない女性を抱く習慣はないからね」彼はそう言うと、お辞儀してドアに歩み寄ったが、そこで立ち止まり振り返った。「ちなみに、僕が本当にきみを抱いたら、きみは必ず気づくよ」

9

ドアが閉まり、サラは息をついた。頬が熱い。金輪際、ワインやりんご酒には手を出すまい。

ふらつきながら立ち上がり、鏡の前に行って顔をしかめた。頬の赤い斑点を除くと顔は青白く、目の下には隈があり、髪は干し草の山のようだ。

初夜の床入りをしなかったのにセバスチャンがあまり残念そうでないのも不思議ではない。きっと気が進まないのだろう。

他に子供を授かる方法がないのが残念だ。ミセス・クローフォードの言ったとおり、これは動物用の生殖システムで、人間はそれを改良したのだろう。

髪を前に引き、指に巻きつけてカールを作ってみた。巻き毛にすれば、見た目がよくなるだろうか？　ミス・シンプソンの店で読んだ雑誌の記事に、巻き毛が大流行だと書いてあったのを思い出す。ばかげている！　巻き毛は若くて美人なら似合うかもしれないが、どちらでもない者にはふさわしくない。それを覚えておいたほうがいい。

サラは決然と肩をそびやかしてブラシを取り上げると、少々痛くても勢いよくもつれた髪をとかした。

再びドアがノックされ、思わず落としてしまったブラシがテーブルに当たって音をたてた。夫ではないかと思って振り向いたが、宿の女将《おかみ》が新しいタオルと湯を運んできただけだった。その後ろにはココアの入ったマグカップを持った若いメイドがいる。

「もう下がっていいよ、ブリジット」女将が言った。

メイドがココアをテーブルに置いてお辞儀すると、金色の巻き毛が楽しげに宙を舞った。

「他にご用はありませんか、奥様？」

「大丈夫よ」

「もし何か必要なときは呼んでください」

女将も出ていった。ドアが閉まると、サラはほっとして肩の力を抜いた。どうやら富裕層が不自由するのはプライバシーだけらしい。

夫は食事用の個室で新聞を読んでいた。朝食はすでに用意され、焼きたてのトーストの香りが部屋を満たしている。

「やあ」セバスチャンは新聞を置いて立ち上がった。

「お待たせ」

サラを見て、彼は表情を硬くした。「また大変な一日に備えているようだな」

「旅の一日でしょう」サラは困惑して眉をひそめた。

ウエディングドレスは旅で汚れたので、茶色の教会用ドレスを選んだ。

「きみが納屋の掃除か乳しぼりを買って出たんじゃ

ないかと心配していたんだ」

「何ですって?」

彼はため息をついた。「何でもない。座って、朝食にしよう」

サラはむかい側の椅子に座って、会話を進めようと尋ねた。「今日ロンドンに着くんでしょう?」

「そのつもりだよ」

「首都を見るのが楽しみだわ」

「本当に?」彼は言ったが、サラには会話が必要だと気づいたらしく、優しくなった。「何がいちばん見たい?」

〝シャーロット〟サラは湧き上がる喜びを抑えた。

「そうね……博物館かしら」

「博物館? 驚いたな!」夫は心からおもしろそうに笑った。「博物館を見にロンドンへ来るレディなんて、きっときみくらいだよ」

「昔よく行った……」そこでためらった。「昔よく行きたいと思っていたの」

「どうして博物館に興味があるんだい?」

「物語があるから」子供の頃、時折訪れたのを覚えている。「すべての展示物に物語があるのよ。歴史ほど魅力的な物語はないわ」

「物語が好きなのか?」

サラはうなずいた。「大好きよ」

「エリザベスも好きだった」

「きっとまだ好きよ」

「そんなそぶりはまったく見せない」

「ときには」サラは穏やかに言った。「目に見えないものの存在を信じる必要があるわ」

セバスチャンは困惑した表情でため息をついた。疑念が顔に出ている。「信じ続けるのが難しいときもある」

「そうね」

姉から最後の短い手紙が届いたあと、何年も音沙汰がない。それでも信じている。信じるしかない。

「お嬢さんの話をもっと聞かせて」

セバスチャンはためらったが、要望に応じた。

「今、八歳だ……」一呼吸置いてから付け加えた。

「フランスへ行く前も変わっていた。無口でよく体を揺らしたり何時間も人形を並べていたり――」

彼のまなざしが和らぎ、驚いたことに口元に笑みが浮かんだ。

「それで今は？」

「何もしない。無表情でただ座っているだけだ。いや、ぐるぐるまわったり、体を揺らしたり、手を振りまわしたりはする」

「辛いわね」

「ああ、そして今はきみに望みを託している。僕にも、ミス・クラレンスやミス・ニュージェントや他のご立派な女性たちにも成し遂げられなかったことをしてくれるんじゃないかと期待しているんだ。なぜかはわからないが」

「希望が必要だからよ。誰にでも希望は必要だわ」

人口数百万の都市で姉が見つかるという希望が私に必要なように。

サラは衝動的に手を伸ばして前に乗り出したが、彼の手に触れてはっとした。「私ではないかもしれないけれど、きっと誰かが成し遂げるわ。とにかく希望を持ち続けないとね。お嬢さんには、あなたの希望が必要よ」

二人は目を合わせた。

「きみのおかげで希望を持ち続けられた気がする」

二人の間に間違えようのない濃密な空気が流れた。そして、突然同じ考えが浮かんだかのように、サラが手を放したのと同時にセバスチャンが身を引いた。

「よし」彼は再び控えめな興味を示す表情に戻って言った。「きみがすぐに博物館に行けるようにしよう。でも今はもう出発したほうがいい。日暮れまでにロンドンに着きたければね」

「ええ、もちろん」サラは勢いよく立ち上がった。不安の入り交じった興奮を感じながら。

二人はその日の午後にロンドンに着いた。旅の間、セバスチャンはほとんど馬車の外で馬に乗っていた。サラは一人でいるのが嫌ではなかった。背筋を伸ばした彼のたくましい姿や日光にきらめく黒髪、馬と一体になったような落ち着いた動作をじっくり観察できたからだ。頭の片隅では、この人が生涯の伴侶だとは、まだ信じられない。

市街地に入ると、セバスチャンは馬車の中に戻ってきた。サラは窓ガラスに顔を押しつけて、家や店が立ち並ぶ混雑した石畳の道をうっとりと眺めた。新しいものと古いものが混在していて、馬車の車輪が石畳の上を走る音や、テムズ川のゆるやかな流れ、外から漏れ入ってくるすえた匂いに、なじみがある感じや子供の頃の記憶がかき立てられる。

サラは鼻筋にしわを寄せた。

「家はもっとましな匂いだよ」彼が言った。

サラはうなずいた。川から漂ってくる汚水の匂いなら覚えている。

やがて馬車はごみごみした不潔な地区をあとにした。道は広くなり、立ち並ぶ家が大きく立派になった。家も通りもたくさんある。どうしてこの都市の規模――広大さ――を忘れていたのだろう？

胃が締めつけられるのを感じながら馬車の壁に体を押しつけた。長い間ロンドンに行くことだけを夢見てきたので、ここに来たらどうやってシャーロットを捜すか、ほとんど考えていなかった。そういう作業にはどう取り組めばいいのだろう？

もちろん、夫ならやり方を知っているはずだ。横目でちらりと夫を見る。落ち着いた有能さが感じられる。だが、秘密をうちあけることはできない。自分も姉も婚外子だ。先妻や母親に対する夫の冷淡な侮蔑を思い出して身震いした。

「さあ、着いた」馬車が止まり、夫が沈黙を破った。

驚いて我に返ったサラは背筋を伸ばした。旅は果てしなく続くように思えたので、その結末はとまどいを感じるほど予想外だった。

御者が開けたドアから外気が吹き込んだ。玄関前の階段と装飾柱に挟まれた黒いドアが印象的な石造りの家が見える。

優雅だが壮大だ。予想より大きく、この屋敷が我が家になるなんて、急にあり得ない気がしてきた。サラは目を見開き、唾を飲み込んだ。喉が干上がる。

「ようこそ」セバスチャンが優しく言った。

「ありがとう」

サラは長時間座っていてしびれた足で馬車から降りた。セバスチャンが隣に立って肘に手を添えた。服の生地越しに彼の力強いぬくもりを感じる。

絶好のタイミングで玄関のドアが開き、お仕着せを着た使用人がお辞儀した。二人は家に入り、広い階段につながる白黒のタイルの床を進んだ。階段の下に制服姿の人々が並んでいる。

「やあ、ただいま、ハーディング」セバスチャンは彼の手を借りて大きな外套《がいとう》を脱いだ。「ハーディングはうちの執事だ」

セバスチャンより手ごわそうに見える執事がお辞儀をした。「奥様、使用人たちに紹介させていただけますか?」

「ええ……ハーディング」サラは何とか答えた。

大丈夫。ちゃんとできる。何しろペチュニアが不幸にも幽閉される前、似たような状況を経験して、立派にやってのけたのだから。実際、使用人たちは彼女の華奢《きやしや》で金髪の完璧な容姿を崇拝した――。

サラは背筋を伸ばし、顎を上げて、前に進み出た執事についていった。汗をかいた手のひらが不快だ。

ペチュニアは手のひらに汗などかかなかった。

「あの——奥様のうさぎですが、ミスター・ハーディング」馬番のドーソンがサラの後ろで言った。「使用人エリアに連れていきましょうか？」

ペチュニアはうさぎも飼っていなかった。

「その子は私の部屋に連れていくわ」サラはふいに力をこめて自分の主張を押し通した。だが、もし誰かに反対されたら、この計画はトランプのようにあっけなく崩れるであろうことは誰も知らない。

「奥様、まず誰かにケージを掃除させて餌をやらせたほうがいいのでは？」ハーディングの口調には批判や感情表出はいっさいない。

「ええ、それがいいわ」

「かしこまりました、奥様」

サラは息を吐き出した。

馬番が厳かにうさぎを従僕に渡すと、従僕は即座に使用人エリアと思われる方向へ向かった。

執事は紹介を続けた。皆一人ずつ前に出てお辞儀した。それが終わると執事は返事を期待するようにサラのほうへ顔を向けた。当然ながら、ペチュニアならこういうとき、見事に感動的なスピーチをして、直ちに熱烈な忠誠心を抱かせただろう。

「初めまして。皆さんと知り合えるのが楽しみです」不十分な挨拶で、一生心に残るなどということはありそうもない。

「よし」セバスチャンが一同を見まわしてきびきびした口調で言った。「妻への奉仕は僕への奉仕だということを忘れないように。ジャイルズ、頼んだぞ。ミセス・ローリング、妻を部屋に案内してくれ」

指示を与えるとセバスチャンはそっけなくうなずいて玄関ホールから狭い廊下へと足早に立ち去った。

一同は静まり返り、その沈黙が気まずさをもたらした。サラは落ち着きなく体重を左右の足に移し替えながら、旅でしわになった茶色のドレスに汗ばんだ手のひらをこすりつけた。

「それでは——みんな下がっていいわ」サラの声は甲高くなってしまった。

皆が教練中の兵隊のように向きを変えて立ち去り、長身の痩せた女性だけが残った。

「家政婦長のミセス・ローリングです。お部屋にご案内します。どうぞついてきてください、奥様」彼女は黒いドレスを着ていて、首から下げた鍵束の長い鎖以外、何も飾りがない。

「ありがとう」

サラは歩くというより滑空しているように見える女性のあとについていった。彼女の動きはとても静かで、聞こえるのは鍵束の音だけだ。この家と使用人のすべてが優雅さと気品と権威を物語っている。求婚された当初はセバスチャンの地位がよくわかっておらず、イーブンシャム卿《きょう》夫妻と同じような下級貴族だと思っていた。彼の階級はもっと上だ。

そしてエリザベス——問題のその子は、この広大な屋敷のどこにいるのか？　継母になるこの見知らぬ他人にどう反応するだろう？

「こちらが奥様のお部屋です。閣下の着替え室に隣接していて、当然、寝室にもつながっています」

「ああ……はい、ありがとう」部屋に足を踏み入れたサラは突然立ち止まり、茫然《ぼうぜん》とした。

これはすごい。不気味なくらい独創的だ。

サラは目をしばたたいた。壁は藤色に塗られ、天井と窓のまわりには金箔《きんぱく》細工が施されている。カーテンは光沢のある紫色のサテン地でばら色の雲に乗った裸のまばゆいキューピッドが天井を飾っている。

笑いが込み上げてきた。ミセス・クローフォードには絶対にこの部屋を見せてはいけない。卒倒してしまうだろう。

巨大なベッドは部屋の中央の高台の上に置かれ、

すみれ色の透けるカーテンに覆われている。

「奥様が、いえ、前の奥様が、ここを改装されたんです。独特の好みをお持ちで、かなりの時間をかけて、細部までこだわっておられました」ミセス・ローリングは歯切れのいい高慢な口調で言った。

「なるほど」

母は鮮やかな色の内装が好きだったのを覚えている。おそらくそれは母の卑しい好みを証明している。

「荷ほどきをいたしましょうか、奥様？」

「いいえ」サラは急いで答えた。この人にわずかばかりの自分の持ち物を触ってほしくない。

ミセス・ローリングはますます背筋を伸ばした。

「わかりました、奥様。お手伝いが必要なときは遠慮なくお呼びください」

「ありがとう」

家政婦長が立ち去り、ついにドアが閉まった。サラは静かに安堵《あんど》のため息をついた。


ようやく一人になれた。紫色のビロードの椅子にへたり込み、目を見開いて藤色の部屋を見まわす。

ここは私の居場所ではない。

この家はもちろん、この部屋も私には合わない。この部屋が私に腹を立て、丸々としたキューピッドが敵意を抱いているようにさえ思える。サラは異国の風景を見るように部屋を見まわして身震いした。

それから窓に近づいた。誰かに見られているような妙な感じがしてうなじの毛が逆立つ。

たぶんキューピッドだろう。

そのとき、ベッドのむこう側にうずくまる人影が見えた。サラは息をのんだ。叫び声を抑えてとっさに身を引いた拍子に窓枠に腰がぶつかった。

金髪でまばたきをしないうつろな目の女の子だ。

エリザベスに違いない。

「こんにちは」サラは優しく声をかけた。

少女は反応を示さない。シンプルな服を着ていて身だしなみは整っている。中央で分けた髪はきちんと三つ編みにして白いリボンが結んである。

だが、顔は不気味なほど表情がない。目を向けてはいるが見ていないという印象だ。

だがこの子はここに——この部屋にいた。目的があって入ってきたに違いない。セバスチャンがこの急な結婚について話したのだろうか？　この子は理解したのか？　あるいは何も知らず、亡くなった母親を身近に感じられるこの部屋に来るのが日課になっているのかもしれない。

それなのに、この子は母親の紫色の寝室で見知らぬ侵入者を見つけた。

「私はサラよ。会えて嬉《うれ》しいわ」

エリザベスはまだ何の興味も注意も示さない。そして無言のまま立ち上がり、室内履きの静かな足音とともに遠ざかっていった。部屋のドアが閉まった。

サラはどさりと座り込んで閉まったドアを見つめた。どうしたら役に立てるというのか？　セバスチャンはどうして私が役に立てると思ったのだろう？　子供のことなど何も知らない。普通の子供でさえわからないのだ。コマドリなら救えるかもしれないが、あの子は……。私はこの結婚にはまったく向いていない。あの子を助けられないし、セバスチャンの世界にしっくり収まって伯母が望む再出発を彼に提供することもできない。誰かできる人がいるとすれば、それは彼と同じ階級の教養のある美女であって、こんな取るに足りない私のような人間ではない。

まばゆいばかりに色鮮やかな部屋とは対照的な醜い茶色のドレスに顔をしかめる。

やはり、ここは私の居場所ではない。自分の居場所を持ったことなどない。母の家では器量が悪いと言われ、父の家では高潔さが足りないと言われた。

そしてここ、この藤色の部屋には、やけくそになった男性のただの思い違いでやってきた。

10

エリザベスは庭を見渡せる子供部屋の小さなテーブルに向かって座っていた。部屋はセバスチャンがいつも感じている異常な静けさに包まれている。その静けさを破るのは、暖炉の炎が時折パチパチいう音や子守係のドリスが縫う布の擦れ合う音だけだ。

隣に立っている妻は、すでに夕食用の別の地味なグレーのドレスに着替えている。

「エリザベス」セバスチャンは呼びかけた。

娘は動かない。顔は無表情のままだ。実のところ、騒音で目を覚ましたり、家庭教師の一人がピアノの音に反応したと報告したりしなければ、娘は耳が聞こえないのではないかと疑ったかもしれない。

「紹介したい人がいるんだ」

娘は反応しない。

「サラだよ。この人と結婚したんだ。お父さんの奥さんで、おまえのお母さんになってくれる」

「まずはお友達になりたいわ」サラは静かに言った。「こんにちは、エリザベス。さっきも会ったわよね。また会えて本当に嬉《うれ》しいわ」

一瞬娘の視線がサラのほうへ向いたと思ったが、違った。見たのは揺り木馬だった。娘は無言のまま木馬に歩み寄り、リズミカルに揺らし始めた。

「エリザベス、失礼だぞ」

「すみません、閣下」子守係が立ち上がり、縫い物が落ちた。「本当ですよ、ミス・エリザベス。お父様が新しいお母様を連れて会いに来られたのだから、笑ってくれませんか？」

「お友達よ」サラは繰り返し、頬を染めて前に進み出た。「それに命令されて笑うのは難しいわよね」

「はい、奥様」

サラは子供の目の高さまでしゃがんだが、まだ一メートル以上離れている。「エリザベス、あなたのお母さんの代わりになるつもりはないの。私は自分なりのお母さんになってみるわ」

「奥様、お嬢様にはわからないかもしれません」

「そうかもしれないけど、本当にわからないかどうかもわからないわ。それならわかると思ったほうがいいじゃない」

「はい、奥様」子守係はお辞儀した。

「では、エリザベス、明日また会いに来るよ」セバスチャンが言った。

サラも一緒に立ち去りかけたが、ほとんど衝動的に娘のもとへ戻った。

「あなたのお馬さん、いいわね。私、本物の馬はちょっと怖いんだけど、この大きさなら大丈夫だわ」

そして二人は暖かい子供部屋から肌寒い廊下へ出た。エリザベスは大勢の家庭教師に対するのと同じく、サラに何の興味も示さなかった。

だが、何を期待していたのか？　サラが何かとっぴなことをしてエリザベスが笑いだし、たちまち以前のような普通の子供に戻るとでも？

「時間をあげましょう」押し殺したため息が聞こえたのか、サラが静かに言った。「あの子をおびえた野生動物だと思ってみて。そんなにすぐに信頼してはくれないわ」

「おびえた野生動物には関わったことがない」

「私はあるわ」

その瞬間、希望がわずかに光を取り戻した。

夕食が終わった。食事中は終始、大英博物館とキリンについての他人行儀な会話が続いた。キリンが話題に上ったのは、博物館には実物大の動物の剥製があるらしいからだ。

今は従者のドーソンがいつもどおり主人の寝る支度をしている。セバスチャンは従者の白い指が手入れの行き届いた爪で、自分の上着の生地から綿埃《わたぼこり》を取るのを見ていた。いつもなら、この作業はそれほど気に障らないのだが、今夜はいらいらする。

ドーソンはようやく作業を終え、お辞儀して気取った足取りで退室した。ドアが閉まると同時に時計が時を告げた。

セバスチャンはノックして隣室に入り、一瞬紫色に圧倒された。ここの内装を忘れていた。なぜ他の部屋を用意するように指示しなかったのだろう？　だが、サラはこの部屋が気に入ったかもしれない。

「何か気に障った、閣下？」

サラはベッド脇のテーブルに向かって座っていた。昼間のどのドレスにも負けないくらい完璧に全身を覆うだぶだぶの白い木綿の寝間着姿だ。いつも束ねている髪をほどいてブラシでとかしているが、背中に流れ落ちた髪は驚くほど豊かに波打っている。ランプと暖炉の火明かりが、イーブンシャム家で最初に気づいたのと同じ輝きを白い肌にもたらしている。

サラが視線を上げ、二人は鏡の中で目を合わせた。

孤独と願望と不安を暴露しているそのまなざしがセバスチャンの心に刺さった。胸中では予期せぬ動揺を感じている。差し迫った欲求と言ってもいい。

〝もしやってしまってそれですべて決着がつくなら、すぐにやったほうがいい……〟

マクベスの一節が頭をよぎる。だが、妻と寝ることをスコットランド王暗殺にたとえるのはロマンティックさに欠け、理にかなってもいない。なぜ欲望と抵抗感の交じり合ったこんな気持ちになるのか？

無意識のうちに目の前の豊かな髪に触れていた。サラはびくっとした。唾を飲み込む喉の動きが見える。サラの頬に唇を寄せた。その肌はしっとりしていて柔らかい。髪を脇に寄せてうなじにキスする。

サラの匂いは――セバスチャンは声をたてて笑った――ラード石鹸《せっけん》だ。

「閣下?」

「きみには驚かされてばかりだ」

「それはいいこと?」

「わからない」それは本当だ。サラといると、世界の軸が移動してすべてが以前とは変わってしまったような妙な気分になる。サラの不安が見て取れる。

「いいことだよ」自分が与えた傷を修復しようとして言った。

彼女は唇を噛《か》み、両手にガウンの紐《ひも》を絡ませている。

「サラ」

サラは顔を上げ、まっすぐにこちらを見たが、そのグレーの目の奥には本物の恐怖が見える。

「僕を怖がる必要はないよ。きみを傷つけたりしない。少なくとも、できるだけ」

「怖がってはいないわ。というか、あなたを怖がっているわけではないの。男の人にはあまり出会ったことがないけど、あなたはとてもいい人に思えるわ。ただ……一週間足らずで行き遅れから既婚女性に変わって、少し不安なの」

セバスチャンは、サラ特有の控えめな表現に、またしても口元がほころぶのを感じた。「そうだろうね。男やもめからこんなに短期間で既婚男性に変わったのも、いささか不安だよ」

彼は立ち上がり窓に近づいて夜のロンドンを眺めた。ガラスに押し当てた指先に冷たさを感じる。

「でも、こ、心の準備はできているわ」

セバスチャンは一呼吸置いてからゆっくり振り向いた。「僕らは急いで結婚したから、ベッドをともにするには多少の調整が必要だと思うんだ」

「そうなの?」

「お互いのことをほとんど知らないだろう。交際期間を省略してしまったから、たった数日で僕に親しみを感じてもらえるとは思えない。だから今夜は、キスだけに集中しようと思うんだ」

「キス？」

「そう、キスだ」

「他には何もしない？」サラの声に安堵《あんど》がにじむ。

「ああ、何もしない」欲望が全身を駆けめぐっているにもかかわらず、セバスチャンは後悔していなかった。この女性が義務感ではなく心から自分を求めてくれることが、自分の欲求や満足より突然はるかに大事に思え――。

彼は考えるのをやめた。

サラの首と繊細な顎の輪郭をそっとなでる。

「キスは楽しいよ」かがんでサラの額、鼻、顎、そして脈が速くなっている首のくぼみにキスした。

それから顎を上向かせて唇を求めた。サラは身をこわばらせた。本能的な抵抗だろう。優しく唇をついばみ、甘美な感触を味わう。

サラは立ち上がり、両手で肩につかまってきた。彼はそのウエストに手をまわした。サラの緊張が和らいで体を預けてきたので、押しつけられた胸の柔らかさを存分に感じることができた。

予想外の欲求が突然生き返った。何も考えずにサラを引き寄せ、抱きしめる。

サラは抵抗しなかった。ためらいがちに両手を上げ、さらに体を預けて髪に指を差し入れてきた。

「サラ」彼はつぶやいた。かつてないほど圧倒的な切望を感じている。思わずうめいて、もはや優しくない手つきでガウンの分厚い生地をサラの肩から押しのけ、目の粗い寝間着の生地を引き下ろした。胸の鼓動が雷鳴のように響き渡る。彼女が、この女性がほしい。全身をくまなく探索して味わいつくし、苦悩を葬り去って希望を見出《みいだ》したい――。

興奮が高まり、熱波が押し寄せ、体の中心に火がついた。サラは無意識のうちに体を彼に押しつけていた。両手はガウンの生地の下で引きしまった筋肉を感じながら彼を引き寄せる。

首から顎へとキスをされて肌がぞくぞくした。そのキスが唇に到達した瞬間、点火した炎が体の奥へ突進したような気がした。自分の中で手に負えない激しい何かが解き放たれた感じだ。快楽と苦痛の入り交じった感覚の矢が全身を駆けめぐる。

サラは彼にしがみついた。体が何かを求めている。なじみのない感覚だが、めくるめく最高の気分だ。セバスチャンがうめいた。その原始的な響きがサラの激しい胸の鼓動と交じり合う。

彼はサラをベッドに仰向けに横たえ、上に覆いかぶさった。サラは彼の大きさ、重さ、力強いたくましさを感じたくて、肩につかまりしがみついた。

みずから望み、求めた。

〝あなたの母親のような女性だけがそれを楽しむ〟

ミセス・クローフォードのよけいな一言が頭をよぎった。

〝あなたの母親のような女性だけがそれを楽しむ〟

サラの体は凍りついた。興奮や渇望や激しい欲求など感じるべきではない。彼に手を伸ばしてしがみついたり、たくましい筋肉や汗で湿った温かい肌の感触を楽しんだりしてはいけない。

セバスチャンはサラの異変に気づいたに違いない。

彼も身をこわばらせた。荒い息遣いが聞こえる。反射的にシーツを握りしめた拳が白くなっている。

「約束は――守る」彼は途切れ途切れに言った。「きみが別の選択をしない限り」

サラは唾を飲み込んだ。「私は――」

彼が――彼のすべてがほしい。口の中が干上がっている。彼が怖いわけではない。自分が怖いのだ。

体の交わりを求め、彼があきれるような反応を示してしまうかもしれない自分の中の奔放な部分を恐れている。

「いいえ、私は――」

生まれてからずっと、価値のない存在だった。今こそ自分は娼婦《しょうふ》ではなくレディだと証明する選択をしなければならない。

セバスチャンは起き上がった。呼吸はまだ荒いが、落ち着いた表情に戻っている。あらわになった肌が夜の冷気にさらされ、サラの気持ちは萎えた。

セバスチャンははだけたガウンを優しく整えた。

「一人にしてあげるから、ゆっくり休むといい」

「ありがとう」口ごもりながら答えたが、空虚なやりとりに思えた。だが、形だけでも正常さを求めるには、何か言う必要がある気がした。

彼が部屋を出ていく間、じっと横たわって紫色の天井を見つめながら、足音や衣擦《きぬず》れの音、静かにドアが閉まる音を聞いていた。フランネルのガウンを着ているのに、寒さに身震いした。

セバスチャンはコニャックをあおり、喉が焼ける感覚を味わった。

まったく予期していなかった猛烈な欲求に駆られ、驚かされてばかりの地味で小柄な妻を求めた。

約束を守るためにありったけの自制心をかき集めなければならなかったが、今もまだ強烈な切望の疼《うず》きを感じている。

一瞬、妻も同様の情熱を感じていると思った。感じていてほしかった。

だが、それはすべて恐怖にのみ込まれてしまった。ビロードの肘掛け椅子に腰を下ろした。妻に性的欲望がないことがわかって喜ぶべきなのかもしれない。少なくとも母のように情事にふけったり、フランス人の愛人と駆け落ちしたりはしないだろう。

セバスチャンはグラスを握りしめて空の暖炉を不

機嫌に見つめた。

いや、気になるのは妻ではなく自分の反応だ。彼女がほしくてたまらなかった。あの瞬間、妻を性的に満足させたいだけでなく、抱きしめ、ぬくもりを感じ、唇を味わい、彼女の中に入りたかった。そういう行為で人とつながれるとでもいうように。

このつながりを求め、必要としているかのように。だが自分は、体のつながりが心をつないでくれるとか、そういうつながりが自分に力をくれると信じる未熟な花婿ではない。

これは便宜上の結婚だ。新しい妻を愛してはいけない。敬意を払い、義務は果たすが、それだけだ。

かつては、切れない絆《きずな》や誓いを信じていた。

だがもう違う。

人間のもろさに依存すると、人は弱くなる。

子供たちのために、自分は強くなければいけない。

11

ノックの音がして朝のココアが運ばれてきた。重いまぶたの隙間から、紫色のカーテンを開けるメイドが見える。

「奥様、ココアをお持ちしました。他に必要なものはございますか？」メイドが膝を曲げてお辞儀した。

「お湯をお願い。あなたの名前は？」

「アリスです、奥様」

アリスにはサラが知っている田舎の人たちとは違う訛《なま》りがある――ロンドン訛りだ。

「よろしくお願いね、アリス」

「はい、奥様」アリスは再びお辞儀した。「朝食を召し上がりますか？」

「そうね、トーストだけでいいわ」

アリスは暖炉に火をつけ始めた。

「ここで働くようになって、どのくらい？」

「そんなに長くはありませんし、本当は侍女でもありませんが、奥様にちゃんとした侍女が決まるまでは、私がやるようにとミセス・ローリングに言われました」彼女は暖炉の前で立ち上がり、赤くなった両手をエプロンの前でもみ合わせた。

「あなたはきっと立派にできると思うわ」

「はい、奥様」アリスは三度目のお辞儀をして、急いで部屋から出ていった。

一人になったサラは今後の課題と昨日のできごとについてじっくり考えた。正直なところ、セバスチャンのキスを予想外に楽しんだことは認めざるを得ない。

きちんとした女性は男性の求愛行為を楽しんだりしないことも知っている。母でさえそう言っていた。

昔ハイドパークで母と馬に乗っていた際、上流階級のレディたちが皆目をそらし、母が笑ったのを覚えている。〝みんな見ないふりをするけど、だんな同様あの人たちにも私のような女が必要なのよ。だんなを楽しませる面倒を省いてあげてるんだから〟

当時はもちろん何のことかわからなかったが――。今ミセス・クローフォードの言葉の信憑性《しんぴょうせい》が高まった。頭が混乱し、妙に泣きたい気分になる――けれど泣いてはいけない。

〝あんたは泣いて男を惹《ひ》きつけられるような見た目じゃないんだから、現実的になったほうがいい〟

母の言葉は賢明だった。それに、自分の根本的な部分を制御してきたという事実に慰めを見出《みいだ》さなければいけない。そしてついにロンドンへやってきて、シャーロット捜しが可能になった。

そう考え、これから始まる一日に目を向けたサラは唐突に立ち上がった。エリザベスに会いに行かなければならない。それが自分の役目であり、この婚姻契約の不可欠な要素だ。それに、あのうつろなまなざしの無口な少女の顔が頭から離れない。

シャーロットのことも。

意欲がみなぎる――長年封じ込められてきたからこそ、いっそう活力が増すのだ。もう待ちきれない。外に出かけてあらゆる手がかりを追い、人にきき、ドアを叩《たた》いてまわりたい。

サラは服をつかみ、急いで顔を洗って着替えを始めた。

エリザベスは揺り木馬をリズミカルに動かしていた。きっちり編まれた二本の三つ編みが前後に揺れ、黒っぽい服に金色に輝く縞《しま》模様を作り出している。

暖炉のそばに座ったメイドは縫い物に余念がない。

「おはよう」サラは静かに言った。ばかげているが、子供の沈黙に合わせる必要がある気がした。


「おはようございます、奥様。何か入り用のものはありますか？」

「いいえ」

〝洞察力とひらめきと奇跡以外はね〟

メイドはお辞儀して縫い物に戻った。部屋は静まり返っている。静けさを破るのは木馬のきしみと暖炉の火がはぜる音と縫い針が布をこする音だけだ。

サラはためらいながら低いテーブルに近づいた。二脚の椅子が置いてあり、木馬にも窓にも近い。

「座ってもいい？」サラは尋ねた。

エリザベスが返事をしないので、サラは小さな家具に合わせて窮屈に膝を曲げて座った。

「こんにちは」

エリザベスはこちらを見ず、わらでできた馬のたてがみと自分の動きに集中しているかのように視線を下に向けている。この角度からは少女の白い顔が同じくらい明るい髪に同化して見える。

サラは部屋の白い壁を見まわした。三枚のリスの絵と窓の他には何もない。窓ガラス越しに枝を広げた大きな栗《くり》の木が見える。家を——というよりクローフォード屋敷を思い出す。

「動物は好き?」

エリザベスは答えない。

「私は好きよ」

返事はない。

サラは唾を飲み込み下を向いてテーブルの木目をこすった。エリザベスがいつもの行動をやめて絵を描くのを期待して誘うように紙と鉛筆が置いてある。

窓の外では一本の枝が静かにガラスをノックしている。昨夜の雨で濡《ぬ》れた葉裏に水滴が光る。

ある動きがサラの注意をとらえた。茶色いリスが枝を這《は》い上ってきたのだ。素早く動いたあとは、じっと止まっている。

「ロンドンにいたとき、というか、前にロンドンに住んでいたとき、よくリスに餌をあげたわ」

エリザベスは話を聞いたそぶりを見せない。

サラは衝動的に紙を引き寄せ、鉛筆を取り上げた。大したことはないものの、多少はスケッチの心得があるので、今はそれを使うことにした。

輝く目を強調し、木の実でいっぱいの頬のふくらみとしっぽの大きさを追加して、素早い筆遣いでリスをスケッチした。

手足のバランスが悪く、耳はうさぎの耳に似ている。肩をすくめて、頬髭《ほおひげ》とベストとシルクハットを描き加えた。

エリザベスの視線はちらりと紙に向き、素早く離れた。やはり何の反応も示さない。少女が表情一つ変えなかったことに、サラは予想外の困惑を感じた。何を期待していたというのか——幼稚な絵をすぐに鑑賞してくれるとでも?

「あとで、うさぎを連れてくるわね」サラは気まずくなってきた沈黙を埋めた。「部屋で飼っているの。その子は田舎で怪我《けが》していたのよ。昨日あなたが部屋に来たときには、いなかったかもしれないわね」

木馬の動きがゆっくりになった?

そのとき静かなノックの音がして夫が入ってきた。

娘に近づく彼の無防備な表情は優しさに満ちていたが、サラの存在に気づいてこわばった。

「やあ、きみがここにいるとは思わなかったよ。よく眠れたかい?」

「ええ、ありがとう」頬が紅潮した。

エリザベスは木馬を揺らし続けている。セバスチャンは娘に歩み寄り、しゃがんで木馬の動きを少しゆるめた。

「おはよう、エリザベス。顔を見られて嬉《うれ》しいよ。お父さんが帰ってきたから、本物の馬に乗るのもいいんじゃないかな。アナベルを覚えているかい?

おまえはあの子が大好きで、いつもベラと呼んでいあの子はとてものんびりしていて、速く走ったことはなさそうだよ」

エリザベスは反応を示さない。

子守係がお辞儀した。「それは楽しみですね」

「やめろ」セバスチャンが言った。

「何とおっしゃいました?」

「この子の代わりにしゃべるのはやめろ。ミス・エリザベスは自分で話すべき言葉を見つける。実際、楽しみじゃないかもしれないだろう」

「はい、閣下」

「でも、この子の世話をしてくれて感謝しているよ」彼はおそらく自分の発言を和らげる必要を感じたに違いない。

サラは立ち上がり、夫とともにひんやりした廊下へ出た。

「きみも、ありがとう」

「何が?」

「あの子を訪ねて、服を着たうさぎを描いてくれて。それともあれは他の動物かな？」

彼はよく見ている。

「リスよ。でも美術担当は、あのメイドよね。壁に貼ってあるリスの絵は、彼女が描いたんでしょう」

夫は首を振った。「ドリスは確かに貴重な人材だし絵もうまいかもしれないが、想像力がないんじゃないかな。彼女はシルクハットをかぶった動物なんか絶対に描かないよ」

サラは微笑《ほほえ》んだ。「残念ながらエリザベスは私の力作に感心してくれなかったみたいだけどね」

「きみは頑張ったよ」

二人は階段の上で立ち止まった。夫が手を上げ、サラのほつれた巻き毛をそっと耳に掛けた。サラはその接触に驚いた。温かく少しざらついた指先の感触に、呼吸が速まり頬がほてった。

サラが身を引くと、彼は手を下ろした。「きみが時間を持て余すんじゃないかと思って、予約を取ったよ」

「予約？」

「今日の午後、仕立屋が来る」

「仕立屋？　でも丈夫で長持ちするドレスが何着かあるわ。それに時間があるかどうかわからないし」

「時間？　もう乳しぼりも卵集めもしないんだぞ。他に何をするんだ？」

「それは……」サラはためらった。夫が知らない婚外子の姉を捜すつもりだったとは、とても言えない。「荷ほどきよ」

「荷物はほとんどなかったじゃないか。というか、それはメイドにやらせればいい。それに、きみにはちゃんとした服が必要だ」

「私の服はみんなちゃんとしているわ」

「ミス・マーティンにはそれでよかったかもしれないがね」彼は向きを変えて歩きだした。「昼食のときにまた会おう」

サラは眉をひそめ、ドレスの生地をつまんでこすりながら、遠ざかる夫の足音を聞いていた。

「でも、私はまだミス・マーティンだもの」

実際、いくら高級なドレスを着せられても、私はクロフォード家に引き取られ、その素性がずっと噂《うわさ》や中傷の的だった変な子供、ミス・マーティンだ。

自分には価値がないというなじみの感覚に重く包み込まれる。

自室に戻りながら考えた。シャーロット捜しは後日に延期したほうが賢明だ。

だが、できない。するつもりもない。ミス・マーティンとして享受してきた自由をあきらめてレディ・ラングフォードになる準備はまだできていない。

それに、ミス・マーティンには目的がある。

三十分後、ハンドバッグとマントを持ったサラは玄関ホールに下りていき、従僕に迎えられた。

「馬車をご用意しましょうか、奥様？」彼は驚いた顔で言った。

しまった。そんな選択肢は考えていなかった。どこへでも歩いていくのに慣れているからだ。サラは唇を噛《か》んだ。馬車なら手っ取り早く目的地に着ける。でも、だめだ。御者が噂を広めるかもしれない。

サラは首を振った。「いいえ、結構よ。ただ外の空気を吸いに行くだけだから」

「馬番を呼んできましょう、奥様」従僕が言った。

面倒だ。サラはまた眉をひそめた。レディは同伴なしで外に出てはいけないらしい。

「あの――結構よ」

従僕は疑わしげな顔をした。このままでは自分の使用人に脱出をはばまれてしまう。レディ・パンプルムースを呼び出さなければいけない。レディ・パンプルムースはお気に入りの登場人物で、すべての作品に登場している。

「一人で歩きたいの」サラは高圧的な口調で言った。

ありがたいことにパンプルムース流の宣言は功を奏した。従僕はドアを開け、サラは脱走する逃亡者のような気分で朝の冷気の中へ進み出た。

一瞬ためらっただけで、まるで自分がどこにいるのかよくわかっているかのように、足早に通りを歩き始めた。幸い、角を曲がるとすぐに貸し馬車が数台見つかり、この茶番を長く続ける必要はなかった。急いで馬車を一台呼び止め、おそるおそる汚い床を踏んで乗り込んだ。古く干からびた革の座席をきしませながら前に乗り出し、把握している姉の最後の住所を御者に伝えた。

少なくとも、そこが捜索を始めるべき場所だ。

馬車が走りだすと、新たな興味を持って辺りを眺めた。かつてはロンドンが自分の町だった。この町が恋しかったのだと今気づいた。縁石から叫ぶ新聞売りの少年、慌ただしく店に入っていく通行人、通りを行き交う馬車、ここは活気に満ちている。

馬車が角を曲がり、通り沿いの家がセバスチャンの屋敷がある通りより大幅に小さくなった。正確に言えば、確固たる中産階級の家という感じだ。馬車が止まり、馬の蹄《ひづめ》の音もやんだ。

「ここで待っていてくれる？」サラは馬車から降りて御者にハンドバッグから出した硬貨を渡した。

御者がひどく疑わしげにそれを凝視しているので、海賊のように噛むのではないかと思った。しかし、彼は肩をすくめて硬貨をポケットに入れ、うなり声で答えた。

サラは目の前の四角い建物を見つめた。慌てて来たので、どう尋ねるかはほとんど考えていなかった。もちろんまっすぐ玄関に向かうこともできるが、レディ・ラングフォードとして出ていけばゴシップを巻き起こしてしまう。

それに、おそらく一家の女主人は何年も前に辞めた使用人のことなど覚えていないだろうが、使用人同士なら覚えているかもしれない。

決心がついて、地階へ下りていく階段に近づいた。幸い、この訪問にはふさわしい身なりだ。

階段を下りたところでドアを叩いた。

「何かご用?」

ドアが開き、その空間を占めるかなり大柄な女性が現れた。大きな体をきちんとコルセットで締め、断固とした雰囲気を漂わせている。

「職を求めてここへ来ました。ミセス・ロジャースはコンパニオンをお望みではないかと思って」

「そうは思えないね。ここの奥さんには未婚の娘が三人いるから、その役目は間に合ってるよ」

「まあ」がっかりした顔になるのを感じる——この口実はもう使えない。


サラの失望を感じ取ったらしい女性は同情を示した。「誰かから間違った情報を聞いたんだね」

「ええ、この前若い女性に出会って……確かシャーロット・マーティンという名前だったと思います。彼女がここのことを話してくれたんです。ここで働いていたそうです。彼女を覚えていますか?」サラはハンドバッグのリボンを指に巻きつけた。

女性は黒く濃い眉根を寄せた。「その名前はもう何年も聞いていないし、あんたが昨日彼女に出会ったとも思えない。あんた何か企《たくら》んでいるね。私をだまそうとしているなら、話はここまでだよ」

女性は素早くドアを閉めようとした。

「違うんです。待ってください」サラは慌てて言った。「おっしゃるとおりです。初めから本当のことをお話しするべきでした。彼女は私の姉です。姉を捜したいんです。今どこに住んでいるかとか、姉について何かご存じじゃありませんか?」

女性は表情を和らげ、ドアを押さえていた手を放して首を振った。三重顎が揺れる。「残念だけど知らないよ。あの子は何年も前に追い出されたんだ。紹介状もなしにね。ひどい話だよ」

「なぜ追い出されたんですか？」

「若い女の子と中年紳士のよくある話だよ。シャーロットがミスター・ロバーツの目にとまったのさ。ミセス・ロバーツはもちろんよく思わなかった」

サラは身震いした。若い女性、特に知人も金も技能もない女性にとって、紹介状なしの解雇が何を意味するのか、嫌というほど知っている。「転送先の住所を残していきましたか？」

「転送先の住所？　それはずいぶんごたいそうだね。私らは女王や摂政王太子じゃないんだよ」

「すみません。わかればいいなと思って……」サラは込み上げる涙を無視して向きを変えた。

「おや、戻っておいでよ。私は口でガミガミ言うほど怖くはないんだよ。お茶をいれるから。ひょっとすると、あの子が何か送ってきていたかもしれないよ。もう何年も前の話だけどね」

希望が湧いてくる。「ありがとう。本当にありがとう、ミセス……？」

「クルックスだよ。ずっと昔からここにいるんだ。こっちにおいで」

ドアを大きく開けてくれたミセス・クルックスのあとについて、サラは狭い廊下を進んだ。廊下は彼女の巨体のおかげでいっそう狭く見えた。

「楽にして」ミセス・クルックスは盛大に腕を振った。

狭苦しい廊下のあとで見る台所は広く暖かく快適で、ちり一つないほど清潔だった。長いテーブルと大きな暖炉があり、磨き上げられた鍋が天井からぶら下がっている。コンロではスープ鍋がぐつぐつ煮立ち、湿った空気は牛肉と玉葱《たまねぎ》のいい香りがする。

ミセス・クルックスがやかんに水を入れて沸かしている間にサラはテーブルに着いた。

「それじゃ、あんたのことを教えて。どうしてロンドンに来たの？」彼女は椅子に腰を下ろして丸々とした腕をテーブルに置いた。

サラは一瞬口ごもった。自分はレディ・ラングフォードで、最近伯爵である夫とともにロンドンへ引っ越してきた、とはとても言えない。それに、信じてもらえるとも思えない。

「あの……」少しためらったあと、自信を持って続けた。「姉と私は両親の死後に生き別れになったんですけど、最近ちょっとした財産を相続したので、姉を捜しにロンドンへ来る旅費ができたんです」

「あんたはシャーロットに似てないね。もう何年も前だからちゃんと覚えてないのかもしれないけど」

「異父姉妹なんです。姉の父親である最初の夫が亡くなったあと、母は再婚しました」サラはハンドバッグの紐《ひも》を握りしめながら何とか嘘《うそ》をついた。

やかんの笛が台所の静けさを切り裂き、ミセス・クルックスは立ち上がって紅茶をいれ始めた。

彼女が食料貯蔵室《パントリー》からパウンドケーキを取り出している間に、サラは時計を見に行き、ずっと落ち着いて座っていたような顔をして席に戻った。

「あの――急《せ》かすつもりはないんですけど」二杯目の紅茶を飲み終えてしばらくしてから、サラは言った。「そろそろ帰らないといけません。住所を捜していただけますか？」

「まあ、時間が経《た》つのが早いね。今日はご家族がお出かけで他の使用人も半休日だからよかったよ」ミセス・クルックスは立ち上がってサイドボードに近づき、書類があふれそうな引き出しの中を捜した。

サラの心は沈んだ。あんな混沌《こんとん》の中で十年以上無事でいられるものなどありそうもない。

「あった」ミセス・クルックスはしわくちゃの紙を

戦利品のように高く掲げた。「あんたの顔からすると、私が見つけられそうもないと思っていたんだろう。引き出し一つのファイリングシステムも捨てたもんじゃないね。ほら」彼女は残りの書類を引き出しに押し込み、サラに紙を手渡した。

「ありがとうございます」サラはその紙をしっかりつかんだ。シャーロットの字だ。一目見ただけで、姉が金色の眉根を寄せて真剣に子供じみた丸文字を書いている姿が目に浮かぶ。

「どういたしまして。私はいつも何でも取っておくんだよ。見つかるといいね。あの子はいい子だったから」

「ええ」サラはミセス・クルックスが無意識に使った過去形に身震いしそうになるのをこらえて答えた。

12

セバスチャンは眉をひそめた。

広大なテーブルに一人で向かい、肉汁たっぷりのローストビーフを入念に噛《か》んでいる。仕立屋は上階で待ち、料理長はサラの食事を厨房《ちゆうぼう》で温めている。

サラはいない。

苛立《いらだ》ちに混じって不安がつのりだす。どこにいるのだろう？　ロンドンに着いたばかりだから、尋ねる相手もいないはずだ。訪問にふさわしい服もない。

それに従僕の話では、非常識なほど早い時間に出かけたらしい。一人で、歩いて。

通りに面した窓をちらりと見た。

事故にでもあったのだろうか？　あるいは道に迷

って今頃ロンドンの通りを一人でさまよっているのか？　人が靴下を置き忘れるように、自分は妻をなくす運命なのだろうか？　なぜ歩いて出かけた？　そもそも、どうして何も言わずに出かけたんだ？

セバスチャンは牛肉にフォークを突き刺した。家の前に馬車が止まる音がして思考が中断された。その貸し馬車からすぐにサラが降りてきた。

安堵《あんど》のあと、急速に腹が立った。

醜悪な茶色い服を着たサラが足早に階段を上がる。おびえたり困ったりしているようには見えない。

セバスチャンは立ち上がって玄関ホールへ向かった。「書斎で話がある――都合がよければ今すぐ」後半は従僕のために付け加えた。

サラは驚いて何か言おうとした。

「二人だけで」使用人にどう思われてもかまわない。ハーディングは好きなように考えればいい。

サラは外套《がいとう》を脱いであとについてきた。

セバスチャンはドアを開けた。「座れ」

「床に転がって獲物も取ってきたほうがいい？」

「何だって？」

「私はどうやら犬役みたいだから」

怒っているのに、どこかでおもしろがっている自分もいる。「僕の妻は貸し馬車に乗ってはならない。うちには、きみが自由に使える馬車があるんだから。僕の妻は従僕かメイドの付き添いなしに外出してはいけない。僕に行き先を言わずに出かけるのも、昼食に遅れるのも、仕立屋を待たせるのもだめだ」

「やってもいいことを教えてくれたほうがいいんじゃない？　そのほうが短いリストになりそうだわ」

「どんな約束でも時間を守る。それが礼儀だ」

「その約束とやらを取り決めるときに、私が相談を受けていればね。それが礼儀でしょう」

イーブンシャム家の狐《きつね》狩りを逃れて小川の中に立っていたサラの、怖いもの知らずの正直さを思い出す。

セバスチャンは眉をひそめた。「相談？　相談なんか必要ない。きみは明らかにマダム・エイメに会う必要がある。そんな服で出歩いてはだめだ。どう見ても……家庭教師じゃないか」

「それが私の主な役目だと思っていたけど？」

「いや、それは――」セバスチャンは珍しく言葉に詰まった。「いちばんの問題はきみの服ではない。何も言わずに出かけたことだ」彼は窓に近づき、窓枠を小刻みに叩《たた》きながら外を見た。

「それで、午前中あなたは何をしていたの？」

「何だって？」

「あなたの行動についてきいているだけよ。それとも、自分の行動に説明責任があるのは私だけ？」

「いや、そんなことは――」セバスチャンは顔をしかめた。十年前に父が死んでから、誰にもそんなことをきかれたことがなかった。母もアリシアもほとんど気にしなかったし、他の皆は怖くて近寄らなかったのかもしれない。

アリシアが出ていった直後はむしゃくしゃして酒浸りだった。その後、革命が勃発して酒の量は減ったが、不機嫌は治らなかった。

「僕はロンドンの危険や交通量に不慣れな、付き添いなしの女性ではない」ようやく答えた。

「私を心配してくれたの？」純粋に驚いた口調だ。

「そうだよ。また妻を埋葬したいとは思わないからね」セバスチャンは窓から振り返った。

「その点は賛成よ。埋葬されたくはないわ」サラが微笑《ほほえ》んだ。田舎で見て以来、久しぶりのおてんばな笑みだ。腹立たしいのに、どういうわけか、その笑みが嬉《うれ》しかった。

「よし。それじゃ、このめったにない意見の一致を昼食の間も続けよう」

「いいの？　すぐにマダム・エイメのところに行っ

たほうがよくない？」

「彼女はきみの服を作っていても、足を投げ出して噂話《うわさばなし》をしていても、たっぷり報酬をもらえるんだ。きみにひもじい思いをさせるつもりはないよ」

セバスチャンはサラを伴って食堂へ戻り、食事を持ってくるよう従僕に合図した。部屋に入ると、サラは明らかに嬉しそうに顔を輝かせた。

「きれいな部屋ね。昨夜は気づかなかったわ。もちろん、太陽も出ていなかったし」

セバスチャンはサラの視線を追った。長年見慣れているせいで忘れていたが、この部屋を改めて新鮮な目で見直した。

ここは昔ながらの揺るぎない魅力があって美しい。石造りの暖炉が壁の一面を占め、むかい側の壁には鏡が数枚並んでいる。外ではたれ込めた雲の間に太陽が顔をのぞかせ、窓から射《さ》し込む陽光がテーブルの上に低く吊《つ》るされたシャンデリアに当たっている。無数の揺らめく虹がカットグラスのダイヤモンドのような輝きと混じり合って壁に模様を描く。

サラは子供のように目を輝かせた。

「確かに魅力的だな」セバスチャンはいつになく自慢に感じた。やはり、サラは今を楽しむこの能力で腹立たしいほど人を惹《ひ》きつける。

サラはテーブルに近づいて立ち止まり、笑いながら言った。「まあ、お昼はそんなに形式ばらないと思っていたのに。これでは話をするのに大声を張り上げないといけないわ。二人だけのときはあなたの左側に座ってもいいわよね」

「いや、ずっとこういうふうにしてきたんだ」

「だからといって、いつもこうしないといけないわけじゃないでしょう」

「きみの好きにしていいよ。だが、ただ変えるためだけに変えるのは好きじゃないな」それでも彼は従僕に合図してテーブル・セッティングを変更させた。

「それなら、あなたは何が好きなの？」サラはいつものように率直で無遠慮に尋ねた。

「何だって？」

「ただ変えるためだけに変えるのが好きじゃないなら、何が好きなのかなと思ったの」

〝エドウィンやエリザベスと田舎を歩き、チェスを教え、一緒に釣りをして二人が顔を輝かせるのを見て……エリザベスが話すのを聞いて……めったにないあの子の笑顔を見る……〟

「クラブで政治の話をするのが好きだよ」

「本当？」驚いたことに、サラは興味があるようだ。

「あなたが政治の話が好きだとは知らなかったわ。ホイッグ党なの？　トーリー党なの？」

どうしてそんな言葉を知っているのだろう？

「生活環境を改善して貧困を減らせるなら、どの政党でも支持するよ」

「地主の大部分はトーリー党員で、穀物法や今の体制を支持しているんだと思っていたわ」

「穀物法のことなんか知っているのか？」

サラは赤くなった。「キットがお父さんとそのことで議論していた頃、よくキットと話をしたの。そういう話を聞くのが好きだったわ」

「ほとんどの政治家がそうだろう」

「あなたは？　何に関心があるの？」

「僕は生まれながらの貴族院議員だ。でも、きみの言うとおり、関税と穀物法に反対している点で多少普通とは違う。英国人が抜本的な解決策を模索するのを避けたいんだ」

「つまり革命ね。フランスで起きたような？」

サラは頭の回転が速い。

「そうだ」セバスチャンは口を引き結び肩を張った。

「あなたのそういうところが好きよ」

「何だって？」

「不平等に気づいて、改善したいと思うところ。私が動物に感じるのと同じ気持ちだわ」

セバスチャンは笑わずにはいられなかった。自分の耳にもなじみのない笑い声だった。「それはずいぶん広い視野で物事を見ているんだな」

「侮辱したつもりはないわ」

「わかっている。きみはまた……笑わせてくれた」

そして、またしても調子が狂った。

スープを飲み終えると、サラはスプーンを置いて子供のように両手で頬杖《ほおづえ》をついた。「英国がフランスと同じ道をたどることもあり得ると思う？」

「すぐにはないだろうけど、やり方を変えなければ、同じ道をたどるかもしれない。我々はフランスの経験から学ぶ必要があるのに、ほとんどの英国人は、それを嫌がる」

サラはローストビーフを運んできた従僕にうなずいた。「それは学びたくないのではなく、むしろ違う教訓を排除しているのよ。たとえばイーブンシャム卿《きょう》は、英国はどんなに小さくてもあらゆる犯罪にもっと厳しい判決を下すべきだと思っていたわ。そういう政策が革命を防ぐと考えていたの。キットは、そんなことをすればかえって革命を誘発すると信じていたわ」

「その件に関しては、息子のほうに賛成だ」

サラは口いっぱいに食べ物を詰め込んでいたので答えなかった。よく味わおうと集中している表情で明らかに食事を楽しんでいる。顔に表れているのは気取りのない率直さで官能的な喜びと言ってもいい。

セバスチャンはまたしても強い欲望を感じて眉をひそめた。性欲も渇望も注意散漫の原因にならない限り大いに結構だが、この女性にはどこか人を惹きつけるところがある。彼女の知性と率直さと妙に魅力的な特性には、心を乱される恐れがある。

そうだ。肉体的な欲求には耐えられるが、精神的な能力や明晰な思考力に影響が及ぶのを許すわけにはいかない。

　二度も女性に人生を狂わされたのだ。もうそんなことがあってはならない。

　サラはミセス・クルックスがくれたしわくちゃの紙のことしか考えられなかった。マダム・エイメが採寸する間じっと立っていなければならず、緊張のあまり震えだしそうだった。

　マダム・エイメは白髪交じりの女性で背が低くぽっちゃりしている。動作は念入りでゆっくりしていて、採寸のときも生地をまとわせるときも、すべての動きが正確だ。ときどき動きを止めてサラをじっと見る。待ち針をくわえたまま少し首を傾《かし》げ、舌打ちするだけで何も言わない。

　炉棚の時計は遅々として進まず、サラは体を動かした。生地が衣擦《きぬず》れの音をたてる。

「じっとしていて、奥様！」

　とんでもなく時間の無駄だ。家にいたら、料理や掃除や乳しぼりなど、役に立つことをいくらでもできるのに。

　いや、家ではない。クロフォード屋敷はもう自宅ではない。この圧倒的な紫色の部屋が自分の家だ。たとえ約束がなくても、再び家から飛び出してセバスチャンの疑念をかき立てるわけにはいかない。

　それに、この切迫感がばかげているのはわかっている。姉を捜すのを十四年も待ったのだから、あと数日くらい大した問題ではないはずだ。

　いや、やはり大した問題だ。

　サラは小柄な仕立屋に気づかれないよう願いながら思いきって肩をまわした。すると初日にここで経験したのと同じ、誰かに見られているという妙な感覚を覚えた。紫色の寝室を見まわしたが、サラと仕立屋とうさぎのオリオン以外、誰もいない。

「奥様」マダム・エイメは待ち針をくわえたまま不

満げに言った。

妙な感覚は続いている。そのとき、ふいに気づいた。暗いドア口の隙間にエリザベスの白い顔が見える。マダム・エイメの注意をそこへ向かせてはならないと本能的に察知して叫び声をこらえた。

もしエリザベスの顔に認識や反応が出るのを期待していたら、落胆しただろう。少女の表情は変わらず、まなざしは不気味なほどうつろなままだ。

「キャー!」突然マダム・エイメが叫んで身を引いた。くわえていた待ち針が口からこぼれ落ちる。

「何? どうしたの?」

仕立屋は悲鳴をあげた。「ねずみ!」

「何ですって? どこ?」

サラは部屋を見まわした。特にねずみが怖いわけではないが、疫病を運んでくる可能性もある。マダム・エイメが指さした方向を見て笑った。

「ああ、あれはオリオンよ。ねずみじゃなくてうさぎなの。さっきからいたのに、気づかなかった?」

「うさぎ! うさぎですって! マダム・エイメにうさぎと一緒に仕事しろと言うんですか?」声量も声の高さも音節ごとに上がっていく。

「いいえ、そんなことは――」

「うさぎと一緒に仕事はしません。不愉快です。同じ部屋に立っているなんて耐えられません」

サラは思わず言いそうになった。〝だったら座ればいい〟だが、もともと不作法な人間ではない。

「うさぎ小屋に入っているじゃない」サラはなだめるように言った。

「やだ! 匂いをかぎまわられそう!」

「でも小屋から出られないのよ。いいわ。そんなに嫌なら、小屋を着替え室かどこかに移すから」

だが、サラが足を踏み出す前にエリザベスが入ってきた。無駄のない動きで部屋を横切って立ち止まり、何も言わずにうさぎ小屋を持って出ていった。

「あの、ありがとう」サラは言ったが、返ってきたのは案の定ドアが閉まる音と静かな足音だけだった。

その後、子供部屋へ向かったサラはためらいながらも希望を抱いていた。エリザベスは部屋に入ってきて、分別ある判断と同情からうさぎを運び出してくれた。これは間違いなくいい兆候で、あのうつろなまなざしの奥に知性と思いやりがある証拠だ。

足を踏み入れた子供部屋の光景は今朝とまったく同じだった。暖炉の火がぱちぱち音をたて、エリザベスが木馬を揺らすかたわらでメイドが縫い物をしている。唯一の違いはむかい側の壁際に置いてあるうさぎ小屋だ。

サラはエリザベスに近づき、セバスチャンのまねをして子供の目の高さまでしゃがんだ。「私のうさぎのオリオンの面倒を見てくれて、マダム・エイメをヒステリーから救ってくれて、ありがとう」

エリザベスは無表情のままだ。

「ええと……あの……」一方通行の会話を続けるのは思いのほか難しい。「とにかく二人に代わってお礼を言いたかったの。きっと二人ともびっくりして固まっていたんだと思うわ」

暖炉で赤く燃える石炭が音をたてて崩れた。エリザベスは木馬を揺らすのをやめてじっと座っている。

「あの、馬に乗る以外に、あなたが何をするのが好きかわからないけど、もしよかったら本を読んであげましょうか?」サラはおそるおそる付け加えた。

「それか、考えた物語を話すこともできるわ」

エリザベスは何も言わなかったが、ゆっくりと立ち上がって円テーブルに近づき、今朝サラが描いた絵の前に座った。

「うさぎの紳士とリスの紳士のお話をするわね」

エリザベスの頭がかすかに動いた。というか、サラはそう見えた。サラは二枚目の紙を引き寄せてしわを伸ばし、鉛筆をなめながら大きくふくらんだ昔風のフープスカートをはいた女のうさぎを描いた。

「うさぎの紳士には奥さんがいます。二人は古い栗《くり》の木陰の巣穴に住んでいます。あなたの窓の外にあるみたいな栗の木よ」

エリザベスはじっと見ている。笑顔にはならないが、表情が和らいだような気がした。サラは勇気づけられて、大きなチェックのテーブルクロスをはおった小さいうさぎを描き加えた。

「夫婦には子供が二人います。この子はオズワルド、略してオジーと呼ばれています。オジーは両親の服がとてもすてきなので、お母さんのいちばんいいテーブルクロスで自分の服を作ることにしました。目指したのは騎士が着るようなマントです。オジーはできあがりに大満足でしたが、お母さんは怒りました。罰として、オジーは家で〝二度とお母さんのテーブルクロスを切りません〟と書かなければいけませんでした。これは厳しい罰です。手じゃなくて足しかないと、字を書くのはとても難しいからです」

サラは最後に、額に玉のような汗を浮かべてテーブルにかがみこむうさぎの絵を描き加えた。

物語が終わるとエリザベスは席を立ち、木馬に戻って再び揺らし始めた。

サラも立ち上がり、スカートの生地に両手をこすりつけた。「絵はここに置いていくわね。よかったら、あなたも描き加えるといいわ。今度は一緒にお話を作りましょう。オリオンをここに置いておきたい？　あなたがそうしたければ、いいわよ」

エリザベスは無表情のままだ。その細い体は外部からの影響をいっさい遮断するバリケードに覆われているように見える。

サラは息を詰めた。もう一度提案を繰り返すべきか、うさぎ小屋を持って出ていくべきかわからない。

すると、ゆっくりとエリザベスがうなずいた。

13

「今日はクラブに行ってくる」翌日、朝食の席でセバスチャンは言った。

　前日にライオンからと思われる簡潔なメモを受け取った。いつものように期待と不安が胸に渦巻いている。待っていないふりをして長時間待つよりは、一日中クラブで過ごすほうがいい。

　サラは表情で気づいたに違いない。眉間にしわを寄せ、テーブルに両肘をついて心配そうに見つめてくる。あまり行儀はよくないが、ひどく魅力的だ。

「私で何か役に立てることがあれば言ってね」

　セバスチャンはサラに鋭い視線を向けた。使用人がいなくてよかった。サラは頭の回転が速すぎる。

「クラブできみの助けが必要になることは、まずなさそうだよ」

「いいえ、そういう意味じゃなくて――」サラは途中で黙った。言いたいことはわかる。

「ここでの生活が退屈すぎないといいんだが」

「そんなことはないわ」

　セバスチャンはサラの表情を観察した。熱意が感じられる。文句は言えない。あまり気遣ってやっていない。昨日は大伯母からの出資を取りつけるため、ほぼ一日中出かけていた。それに、この結婚はまだ曖昧なままだが、感情の制御を完全に取り戻すまで、この状態を変えたくない。

「まただわ。染みか汚れでもついているみたいに私を見ている」

「すまない」

「大丈夫。ミセス・クローフォードにもよくそんな目で見られたわ。靴下を編むのを忘れたときにね」

「きみに編み物は期待しないと約束しよう」

「よかった。編み物は苦手なの。私が編んだ靴下は人間の足用には見えなかったわ。いつも伸びすぎで、キリンには合うかもしれないけど」

「そういえば、キリンを見に博物館に行きたかったんじゃないのか？」

「行きたいわ。まだあるなら」

「あるよ。よかったら、そのうち行こう」

「ええ、ぜひ」

セバスチャンは朝食のテーブルから立ち上がりながら、気づくと博物館のキリンや大理石の彫像のことを考えていた。サラは微笑んで、理にかなっていながらまったくばかげた意見を述べるだろうか？

彼は顔をしかめてそっけない口調で馬車を用意させた。ライオンに連絡を取らなければいけない。慎重になる必要がある。妻の予想外の批評についてあれこれ考えていないで息子を救わなければいけない。


サラは朝食が終わるとすぐに寝室へ戻り、執事に頼んでおいた地図を広げた。それからミセス・クルックスにもらった紙のしわを伸ばし、シャーロットの丸みを帯びた筆跡の数字を判読した。

ドブクロフト通り二十一番地。地図にかがみ込んで細い黒線の上に画鋲《がびょう》を刺した。その通りはオックスフォード通りと交差している。また一人で出かけたら物議をかもすだろうが買物だと言えば……。

サラは呼び鈴の紐《ひも》を引いた。現れたアリスに馬車を用意するようてきぱきと命じた。それから急いで着替えて階段を下り、御者にオックスフォード通りへ向かうよう指示を与えた。

オックスフォード通りは子供の頃の記憶どおり、明るく活気があって色彩豊かだった。新聞売りの少年や花売りの少女の声が響く中、ばかみたいに堅い襟の服を着た若い男性たちがそぞろ歩き、社交界デビューする女性と怖そうな母親たちが慌ただしく店に出入りしている。

サラは馬番に馬車で待つよう指示してハンドバッグを握りしめ、馬車を降りた。そして新しいボンネットを買う以外に差し迫った用事などないかのようにぶらぶらと歩いていった。

それが事実でないのが残念だ。ただ買物に来たのなら、このにぎわう街の光景を楽しんで観察できただろう。田舎は大好きだが、都市には活気や色彩や音があふれている。来客ベルが鳴り響き、行き交う馬車の車輪がきしむ。空気には喫茶店から流れ出るコーヒーの香りやすれ違った女性たちの香水の残り香が漂っている。

詳細を書きとめてペチュニアの物語に使えたらいいのに。特に書店が魅力的だ。無意識に足取りが遅くなり、体が入口に向いてしまう。読んだことがある小説は母の持ち物で古かった。新しい本を買ってインクの匂いをかぎ、柔らかい革の表紙に触れられたら、どんなに嬉《うれ》しいだろう。

サラは書店から離れた。小説は姉を見つける役には立たない。

もう馬車から見えなくなったことを確認したあと、サラは貸し馬車を呼び止めた。数秒後には、貸し馬車の中に身を隠しオックスフォード通りから離れた。

驚いたことに少し走ると周囲の環境は劇的に変わり、ここは地理的にはロンドンの西端に近いが、まったくの別世界なのだとすぐにわかった。

狭くなった道沿いに低い建物が軒を触れ合うほど密集している。空気中にたれ込めるのは、もはやコーヒーの香りではなく石炭の煙だ。人々は上質で明るい色の服ではなく、皆似たようなグレーや茶色の服を着ている。

「お客さん、着いたよ」貸し馬車が止まったのは正面がれんが造りのぱっとしない家だった。「本当にこの住所でいいのかい？」

「そう願っているわ。はい、一ギニーよ。必ずここで待っていてね。戻ってきたらちゃんと払うわ」サラはレディ・パンプルムースの口調で言った。

レディ・パンプルムースなら常に目的を達成するし、この辺りで立ち往生したいとは思わない。

サラは背筋を伸ばし、不安を抑えて道に降り立った。ここは川のそばのように空気が冷たく湿っている。でこぼこの敷石で足が痛い。汚い顔の痩せた二人の浮浪児が歩道から大きな目でこちらを見ている。

ドアを叩《たた》くと、女性の大声と足音が聞こえた。ドアが開き、狭い戸口にしわくちゃの女性が現れた。

「何だい？」女性は華奢《きやしや》な体に似合わない大きな声で言った。

「気持ちのいい朝ですね」

「そうかね」老女は明らかに疑問視しているようだ。

「力を貸していただけませんか」サラは切り出して眉をひそめた。恐るべきパンプルムースなら、こんなにおずおずと尋ねない。「情報が必要なんです」

「それで私に何の得があるんだい？」擦り切れた袖からしわだらけの手が突き出された。

サラは意図を察して硬貨を取り出した。鉤爪《かぎづめ》のような手はそれをつかんで素早く引っ込んだ。

「数年前ここにいたシャーロット・マーティンという女性を捜しているんです。ご存じですか？」

「知っていたよ」

サラは息をのんだ。胃が締めつけられる。「知っていた？　彼女は……死んでないですよね？」

「私の知る限りは死んでないよ。でも出ていったのは何年も前だ」

「あの、今どこにいるかご存じですか？」

「かもしれない」老女はそっと手を差し出した。

サラは硬貨をもう一枚出した。「どこですか？」

「知らないね」節くれ立った指が硬貨をつかんだ。

「でも、知っていると言われたでしょう――」

「かもしれないと言ったんだよ」

「では何も知らないんですか？」落胆で心が沈む。

「自分の名前と住所なら、まだ知ってるよ」

「いえ、私がきいているのは――」レディ・パンプルムースの人格はどこかに行ってしまった。

「何をきいてるかはわかるけど、戸口で話すのは嫌だから中に入るといい。立ってると足がガクガクするんだよ。ちなみに私はミセス・ネヴィルだよ」

ドアが大きく開き、女主人はじめじめしたゆでキャベツの匂いがする狭い廊下の奥へ引っ込んだ。

サラは彼女のあとについて小さな応接間に入った。ここも暖炉に火が入っていなくて寒い。色あせた花柄の壁紙には結露の染みができている。

「楽にして」

「ありがとう」サラは馬巣織りのソファにぎこちなく腰掛けた。「もしシャーロット・マーティンについて何かご存じなら、教えてください。どんなことでも私には助けになります」

「きれいな子だけど、覚えている限り、つきに見放されたんだ。すぐに持ち金を使い果たしたんだよ」

「仕事が見つからなかったんですか？」

「前の職場の紹介状がなかったんだ。ここにはできるだけ長く置いてやったんだよ。私だって無慈悲な人間じゃないからね。私の記憶が確かなら、あの子は女中か洗い場担当のメイドの口を探していたけどだめだった。できるだけ長く置いてやったんだよ」

「そのあとは？」

「追い出すしかなかったさ」ミセス・ネヴィルは肩をすくめた。

サラは強い怒りを感じたが、そのすべてがこの女性に向けられていたわけではない。実際、ミセス・ネヴィルが短い間でも家賃なしでシャーロットを置いていたのなら、たいていの人よりよくしてくれたのだ。「ここを出てどこへ行ったんですか？」

「街角に立つか、売春宿か波止場に行くか、選ぶしかなかっただろうね。どれも大差ないと思うけど、常連客を相手にするほうがまだましかもしれない」

胃がひっくり返りそうだ。サラは唾を飲み込んだ。

「どこへ行ったかわかりますか？　その――施設の名前は？」

「施設だって？　気取ってるね。それは知らないけど、同じ商売をしている別の女の子の話では、シャーロットは何とか卿《きょう》の妾《めかけ》になったそうだよ」

サラは息をのんだ。「それは最近ですか――というか、彼女はまだそこにいますか？　その何とか卿の名前をご存じではないですか？」サラの指はドレスの生地の上をせわしなく動いた。

「知ってるかもしれない」またしわだらけの手が差し出され、サラは硬貨をもう一枚その手のひらにのせた。老女の肌は冷たく、骨が透けて見える。

「名前は何ですか？」

「ウィンターグリーン卿だよ。ミントみたいな名前だろう」ミセス・ネヴィルはまた笑った。「二、三年前のことだけどね」

「住所はわかりますか？」

「悪いけど、そこまでは知らないよ」

「まあ、とにかく、千里の道も一歩からだわ」サラは思わず笑みが浮かぶのを感じた。「ありがとう」

サラは馬巣織りのソファから立ち上がり、衝動的に節くれ立った手にもう一枚硬貨を押しつけた。

「紅茶か何か飲んでいったらどうだい？」ミセス・ネヴィルは急に訪問客を帰したくなくなったように尋ねた。

サラは首を振った。実のところ、走らずに歩いてここから出るのに意識的に努力する必要があるくらいだ。この家のキャベツの匂いと絶望に満ちた雰囲気に耐えられず、外に飛び出して新鮮な空気を胸いっぱい吸い込みたくてたまらない。

それなのに、姉はこんなみじめな場所にもとどまる余裕がなかったのだ。

ミセス・ネヴィルはサラとともに玄関へ戻り、ドアを開けた。外に出たサラは、光も広い空間も、ごみの匂いがする外気でさえありがたく思った。

貸し馬車は待っていた。パンプルムースのおかげだ。

「今度はどこまで？」御者が駆け寄ってきた。

「ウィンターグリーン卿って聞いたことがある？」

「ウィンターグリーン卿？　ああ、あるよ」

「よかった。その人のところへ連れていって」

「でもお客さん、それは無理だよ」御者は額に手を当てた。

「どうして？　お金ならちゃんと払うわよ」

「その人は死んだよ」

14

セバスチャンは絨毯《じゅうたん》敷きの快適なクラブに入っていった。屋内は暖かく静まり返っている。

なじみの肘掛け椅子に座り、暖炉に向かって脚を伸ばしながらブランデーを頼んだ。

観客なしで唯一の演目を繰り返し上演するように、よくこうしてきた。ここに座ってかつての自分――暇な紳士――のふりをするのだ。

だが今日は違う。

今日はふりではない。これが山場であり、茶番劇を演じる理由だ。給仕係が持ってきたブランデーを飲んだが、味はほとんどわからなかった。それから椅子の背にもたれた。

半開きの目で部屋を見まわす。むこう側にはトランプに興じているグループがいて、部屋の隅では新聞の陰に隠れて男が一人居眠りをしている。トランプのゲームは笑い声や小声の悪態やカードを叩《たた》きつける音で時折中断されながら進んでいく。そこに暖炉の火や新聞紙の音が入り交じる。サイコロの目や上質なローストビーフのことしか考えていなかった頃から、どのくらい経《た》つのだろう？　くつろいだふりをするのは、ひどく辛い。

パーマー卿《きよう》が入ってきた。新鮮な空気と狩りを愛する田舎の紳士らしい陽気でにぎやかな登場だ。

セバスチャンは硬直した。力を抜こうとしても、全身の神経と筋肉が張りつめる。

「やあ、どうも」パーマーはいつものように陽気でなれなれしい口調で挨拶しながらむかい側の肘掛け椅子に座った。

「こんにちは、パーマー」セバスチャンは型どおりに挨拶した。「ブランデーでいいですか？」給仕に合図してグラスをもう一つ頼んだ。

「いやあ、嬉《うれ》しいな。めでたい話がまとまったんだろう？」

セバスチャンはうなずいた。「それで、そちらはどうですか？」

「何とかやっているよ。しばらくヨークシャーに行っていたんだ。いいところだよ、ヨークシャーは」

パーマーは領地でのできごとを語った。左足首をくじいた狩猟馬、轍《わだち》で起きた彼自身の不運――些《さ》細《さい》な話を連発するのは、その中に重要な話を隠すためだ。

「もちろん田舎は好きだが、やっぱりロンドンはいいね。なじみの場所が恋しかったよ」彼はクラブのダークウッドの家具やビロードのカーテンを見まわした。「今夜カールトン・ハウスへ行こうと思っているんだ。きみも来るかい？　新婚の奥さんにぜひ会いたいな。きっと奥さんも喜ぶだろう。女性はこういうくだらない外出が好きだから」

「何とか行けると思います」セバスチャンは胸ポケットから嗅ぎたばこ入れを出して開けた。

「十二時頃には行くよ。あまり混んでいないといいが。新鮮な空気が吸いたいからね」

「新鮮な空気は格別ですからね」

これで完了だ。

重要事項が伝えられた。

セバスチャンはようやく肩の力を抜き、パーマーはどうでもいい話——卵を産まない鶏や狩りをしない犬や子供を産まない牛の話——を続けた。

パーマーはついに立ち上がり、体を揺らす歩き方で別の知り合いに近づいていった。

十分後、セバスチャンもその場を離れた。帰って妻に伝える必要がある。今夜、皇太子に拝謁すると。


「また出かけたのか？」

「馬車でお出かけです」ハーディングは、馬車がいないことが事態を百倍悪くしているかのように、沈痛な表情をいっそう深めた。

「どこへ行ったんだ？」

「オックスフォード通りです、閣下。数時間前にお出かけになり、昼食にも戻られていません」

「数時間？　でも、まだ知り合いもいないはずだ」

「女性は買物が好きですから」

「彼女は——」セバスチャンは最後まで言い終えずに肩をすくめた。

苛立《いらだ》ちが込み上げる。サラは買物したがっているようには見えなかった。マダム・エイメに服を注文するのも無理やり承知させたほどだったのに、今度は買物に何時間も費やしているというのか。

どうして妻の行動を把握できないのだろう？

「帰ってきたら、すぐ知らせてくれ」セバスチャンは書斎へ向かった。

三十分後、玄関ドアの音がした。

「やっと帰ってきた！」

セバスチャンは立ち上がり、玄関ホールへ行こうとして足を止めた。妻を追いかけまわしたくはない。いらいらしながら呼び鈴を鳴らして執事を呼び、妻をすぐに書斎へ来させるように頼んだ。

そして不機嫌な顔で机のむこう側に座った。

「今何時だと思っているんだ」サラが入ってくるなり、唐突に言った。

サラは炉棚の時計を見た。「六時よ」気もそぞろな様子で部屋を見まわしている。

苛立ちがつのった。「夕食の着替えもまだなのに遅いじゃないか。きみは時間を守れないのか？」

「ああ、ごめんなさい」サラは力なく言って眉間にしわを寄せた。

「どうしたんだ？」心配になって口調を和らげた。

顔色が悪い。浮かない表情で目の下に隈ができている。

「それが――」サラは珍しくそわそわと両手を動かした。

不安が湧き上がる。「エリザベスは大丈夫か？」

サラは夢から覚めたようにはっとした。「ええ、大丈夫よ。あの子のことではないし、あなたを心配させるような問題ではないの」

「でも、何かあるんだろう」セバスチャンは机をまわってサラに近づき、上を向かせて表情をよく見た。

「心配そうだ」

サラは唇を噛《か》んだ。ピンクの唇に歯の白さが際立つ。

「ミセス・クローフォードに何かあったのか？」

「いいえ、お願いだから心配しないで」

「僕はきみの夫だよ」セバスチャンは親指でサラの

顎にそっと触れて、束《つか》の間肌の感触を楽しんだ。

「いつでもきみの幸せを気にかけるし、できる限りきみを助けるつもりだ」

「本当？」見開いたグレーの目には困惑と疑念が渦巻いている。

「ああ、本当だ」彼はサラに一歩近づいた。

やめるべきだ。親密な行為は寝室でしたほうがいい。物理的に位置を制限することで、それがもたらす影響を抑えられる。

そのとき、小さな吐息とともにサラの唇が開き、あらゆる決意を鈍らせた。

セバスチャンは温かく柔らかい唇にキスしていた。キスが深まり、サラがかすかに自分のほうへ傾いてきたので、欲望が大きくふくれ上がった。抱きしめ、髪に指をからませ、手を肩からウエストへと下ろしていく。心臓が早鐘を打ち脈拍が耳の中で鳴り響く。気づくとサラの背中を机に押しつけ、ごわごわしたドレスの生地の上で手をさまよわせながら、むさぼるようにキスしていた。

ノックとドアが開く音で現実に引き戻され、セバスチャンは振り向いた。

「何だ」困り果てたドーソンにつらく当たった。

「お手紙です、閣下。それから馬車は何時にご用意しましょうか？」

「九時でいい」彼は封筒を受け取った。

ドーソンが立ち去り、セバスチャンは要求の厳しい大伯母からの手紙を読んだ。妻だという人を紹介しなさい。〝もし本当にいるのなら〟と太字で書き加えられている。

彼は頬を染めた花嫁を見た。ああ、本当にいる。本当にいて、あまりにもそそられて気が散る。

「一時間で食事をする。きみは着替えたほうがいい。今夜は出かけるよ。公式行事だ。摂政王太子が出席される」

「何ですって？　それは行かないといけないの？」

心の中でくすぶっていた苛立ちが燃え上がった。

「そうだ。行かなければならない。たいていの女性は王族との夜会を喜ぶだろう。もしかしたら、きみはうさぎと家にいるほうがいいかもしれないが」

「実際そうだわ」

セバスチャンは息を吸い込んで暖炉のほうへ歩いていった。腹が立っているにもかかわらず、サラが夫の不機嫌も摂政王太子との夜会も何とも思っていないことに感心せざるを得ない。そしてその奥にはもっと危険な気持ちが渦巻いている。サラを抱きしめ、キスして、どんな心配事であろうと自分が助けてやると言い聞かせて安心させたい。

だが、実際には無理だ。自分自身も娘や息子も助けられないのだから。

「とにかく、今夜はうさぎではなく王太子を選んでもらう。それでマダム・エイメに来てもらうことにした。きみの髪を結ってふさわしいドレスを用意してくれる」

「そんな必要はないわ」

「妻に場違いな格好をさせるつもりはない」

「それなら違う奥さんを選ぶべきだったわね。でも私は自分の中のペチュニアを呼び出すわ」

不可解な宣言を残して、サラは立ち去った。

サラはベッドの上に散らかった荷物に埋もれて座っていた。口汚い言葉を知っていたら、悪態をついていただろう。

文字どおりにも比喩的な意味でも行き詰まっている。姉捜しはクローフォード家にいた頃に比べてまったく進展がない。なぜ愚かにも広大なロンドンでシャーロットを見つけられると思ったのだろう？

次はどうする？　ウィンターグリーンは亡くなっている。その近親者のところへ行ってシャーロットという名の愛人がいたかと尋ねることなどとてもできない。

厄介だ。マダム・エイメが送ってきた滑稽な帽子についているダチョウの羽根をにらんだ。どうして人はダチョウの羽根を身に着けたいと思うのだろう？　公共の場で、少なくとも自分より背が高い人に危険を及ぼすのではないか？　私の場合、まわりの大多数の人がそれに当てはまる。

エリザベスとの関係も前進していない。オリオンはまだ子供部屋にいるが、あの子はめったにうさぎにかまおうとせず、相変わらず木馬を揺らすか、子供にしては異常な静寂を保ったまま座っている。

そして今度ははなはだしく場違いに思える行事に出席するようセバスチャンに求められた。その上、私の見た目を改善しようというマダム・エイメの間違いなく無駄な努力に耐えなければいけない。

それにセバスチャンのことも悩ましい。

なお悪いのは、セバスチャンに対する私の反応だ。あの瞬間、危うく彼に秘密をうちあけそうになった。わかってくれて力になってくれそうな気がした。

だが、そんなことを期待できるはずがない。傷ついた子供の世話をさせるのが主な目的で結婚した相手が婚外子だなんて、理解してくれるはずがない。

「あの恐ろしい動物はいないでしょうね」マダム・エイメは寝室に入るなり眉根を寄せて、黒い目で落ち着きなく室内を見まわした。

「ええ、彼は子供部屋です」

「よかった。マダム・エイメは動物とは仕事をしませんからね。さて、今夜の衣装として提案する作品をお見せしましょう。本当にひどく急な話ですね。マダム・エイメはそんな要望には慣れていません」

「それは、あの、ごめんなさい」何かしら返事が必要だと気づいて言った。

「ふん、大丈夫。作品をお見せします。アリース、手伝って。お願い《シルブプレ》」彼女は名前を引き伸ばして発音し、アリスに指示を与えた。

アリスはうやうやしく慎重に指示に従い、ドレスをベッドに広げた。

サラは息をのんだ。きれいだ。本当に美しい。絹の光沢が鮮やかなエメラルドグリーンを輝かせ、襟ぐりには小さな真珠が複雑なデザインで縫いつけられている。サラは柔らかい生地に指をすべらせた。

「この半分もすてきでないドレスですら、持ったことがないわ」胸がいっぱいで涙が込み上げてくる。こんなドレスが自分のものになるなんて。

「着てみてください、奥様」

二人はサラの服を脱がせてきらめく滝のようなドレスを頭の上からかぶせた。コルセットなしの新しいスタイルで〝大流行〟なのだとマダム・エイメが保証した。襟ぐりは深く、胸まわりはぴったりしていて、その下はゆるやかなひだが床まで流れ落ちている。

サラははにかみながら鏡を見た。まあ大変！ミセス・クローフォードが見たらショックを受けるだろう。あらわになった胸元を思わず手で隠した。襟ぐりがこんなに深いと不安定な身頃から胸がこぼれ出る恐れがある。

「あの、少し露出度が高いわ。スカーフを巻いてもいい？」

「スカーフ？　公式行事でマダム・エイメのドレスに？　だめです！　断じて許しません」

サラはこっそりスカーフを巻いて出かける自分の姿を想像して思わず笑みを浮かべた。本に書けば新たな名シーンになりそうだ。

「それからちゃんとした侍女を雇わなければいけません。私のドレスを着るには、侍女が必要です。すぐにですよ。いいですね？」仕立屋はうなずいてこの指示を強調した。

「はい」サラは答えた。

どうやらマダム・エイメは顧客のふるまいと見た目に関してかなり厳しいルールを定めているようだ。

「これから少し直しを入れます。アリース、ちゃんとした侍女が見つかるまで、あなたがその役目を受け持つんでしょう？」マダム・エイメは待ち針の箱を取り出して何本かくわえながら尋ねた。

「はい、マダム」アリスはお辞儀した。

「髪を結うのは得意？」マダム・エイメの問いは待ち針のせいで聞き取りにくかった。

「やってみます、マダム」アリスは緊張した様子で両手をこすり合わせた。

「やってみる？」待ち針が口から離れた。「〝やってみる〟ではだめよ。奥様の髪はこれ以上悪くなりようがないけど」

幸い、アリスは期待を裏切らなかった。実際、持って生まれた才能があると証明して見せた。マダム・エイメの指示で前髪を切り揃え、それをカールさせた。ゆるやかなシニョンからも巻き毛をたらし、耳のまわりに丁寧に配置した。

当初サラは前髪にも巻き毛にも異議を唱えた。

「ひどくだらしなく見えるんじゃない？　髪はじゃまにならないように後ろにひっつめにしたいわ」

「何を言っているんですか。私たちが目指しているのは、きちんとすることではなく、美しくなることですよ」

「きちんとするほうが達成しやすいじゃない」

アリスもマダム・エイメもせっせと作業を進め、変身が完了するまでサラに鏡をのぞかせなかった。

「悪くないわ」マダム・エイメは一歩下がって満足げな顔で鼻を鳴らした。

「奥様、お美しいです」アリスが言った。

「あなた、眼鏡が必要ね」サラは声高に笑った。

美しく見えるなんて大いに疑わしい。無理に若作りした大年増《おおどしま》のように、あまりにも不自然に見えないよう祈るばかりだ。

「自分の姿を鏡で見るまで顔をしかめないで。それも、もう一度ドレスを着てからですよ。そうしたら奇跡が見られますからね」マダム・エイメが言った。

サラはしぶしぶ従い、ドレスを着て髪にリボンを結ばれ、最後の仕上げが施されるのを待った。

「さあ、できた!」マダム・エイメは宣言して楕円《だえん》形の鏡をサラのほうへ向けた。

サラは息をのんで口をぽかんと開けた。驚くべき変わりようで、まさに奇跡と言っていい。広い額を覆った前髪が面長な印象を和らげ、顔のまわりにあしらわれた巻き毛が、その効果をさらに高めている。興奮で頬が染まり、目までが大きく輝いて見える。

「すてきだわ」サラはささやいた。

「お似合いですよ。マダム・エイメの名誉になります。これ以上のほめ言葉はありませんよ」

「あなたとアリスは最高の仕事をしてくれたわ」

「最高の仕事ですって! 私たちは奇跡を起こしたんです。正真正銘の奇跡です。私はこれでおいとまして、帰って他のドレスを仕上げます。侍女の件は、このアリースでいいと思います。時には若い人を迎え入れて指導するのもいいものですね。では失礼」

「あの、さようなら……ありがとう」

マダム・エイメは横柄に会釈して立ち去った。

「あなたは審査に合格したみたいよ」サラはメイドに言って笑った。「今度は私もカールトン・ハウスで成功を収められるかどうかやってみないとね」

「奥様なら、きっと大丈夫です」アリスは嬉しそうに顔を輝かせた。「本当にお美しいですもの」

「ありがとう」アリスがそばにいて揺るぎない信頼を寄せてくれるのが、ふいにありがたく思えた。今初めて、田舎での暮らしがどれほど孤独だったかに気づいた。

ノックの音がしてセバスチャンが入ってきた。危険なほどハンサムで非の打ち所がない。漆黒の髪とはっきりした目鼻立ちが古代ギリシャの彫像のようだ。サラの胸は疼《うず》いた。

新しい髪型とドレスを見て、彼が一瞬反応したような気がした。実際、目がきらめいて鼻孔が広がったが、彼は簡潔に言っただけだった。「よし、準備はできたな」

それ以上セバスチャンの表情には変化が見られず、サラは愚かにもがっかりした。だが髪型を変えただけで、なぜ夫が自分の足元にひれ伏すと期待したのかわからない。そんな反応は想像の世界ならあるかもしれないが、サラ・マーティンの退屈な現実では起こり得ない。

「できたわ」サラは衣擦《きぬず》れの音をさせながら部屋を横切った。「この課題を片付けてしまいましょう」

15

サラの以前の生活ではカールトン・ハウスに足を踏み入れることなど考えられなかった。玄関ホールには白と黒の大理石のタイルが敷かれ、広い階段が二階へ伸びている。天井にはいたるところにニンフやキューピッドが描かれ戸枠まで金箔《きんぱく》張りだ。辺りには芳香が漂い、ろうそくでいっぱいの低く下がったシャンデリアが金色の光と陰を作り出している。

「すばらしいわ」サラはささやいた。

堂々たる訪問客とそれ以上に堂々とした使用人を見まわして、背筋に不安が走る。感覚が麻痺《まひ》して何もかも現実とは思えない。現実のはずがない。田舎の紳士の婚外子がこんなところにいるなんて。

「ぼうっと見とれるほど流行《はやり》の場所じゃない」セバスチャンがそっけなく言った。

「流行を追いすぎだと非難されたことはないわ」サラはぼやいたが、我に返って階段を上り始めた。

金縁の巨大な鏡に映った自分の姿をちらりと見て、すぐに目をそらした。家ではすばらしく思えたドレスも、他の女性たちのドレスに比べると色あせて見える。額を飾る豊かな巻き毛も、もう思ったほどおしゃれに見えない。実際不相応かもしれない。

「金髪ならよかったのに」サラは声に出して言ってしまったことに気づいて赤面した。

セバスチャンはサラを見て言った。「僕は茶色い髪が好きだよ。特にきみの髪の色はいい」

サラはますます顔が熱くなるのを感じたが、返事をしたり、彼の発言について考えたりする暇はなかった。二人はすでに階段の途中まで来ていて、舞踏室から音楽や話し声が聞こえる。

階段を上りきったサラは信じられない思いで辺りを見まわした。舞踏室の豪華さは玄関の十倍以上で、まるで妖精でいっぱいのオベロンの宮殿だ。色とりどりの華やかなドレスが踊っている部屋には、ピンクや紫の花束が飾られ、その香りが女性たちの強い香水の匂いと混ざり合って漂っている。

「ラングフォード卿《きょう》ご夫妻」従僕が厳かに言った。

気のせいだろうか？　それとも本当に好奇心をあらわにした何百もの目がこちらを見ているのか？

セバスチャンの袖を握りしめる。胃が飛び出しそうだ。一瞬、震え上がった。とても無理だ。後ろの人混みをかき分けて逃げ出さなければ。

だが、そうはしないで、よろよろと前に進んだ。

「飲み物を取ってきて、きみを何人かの人に紹介するよ。頼むからレモネードだけにしておいてくれ」ダンスフロアに着くとセバスチャンが言った。

「私はばかじゃないのよ」

だが、飲み物を取りに行く間もなく、年配の女性が決然とした足取りで近づいてきた。背中が曲がっているにもかかわらず暴君のような物腰だ。古めかしい錦織の黒いドレスを着て、何年も前に時代遅れになった背の高いかつらをつけている。

「セバスチャン」女性の声は楽団の演奏を上まわる大きさだった。「どうやら花嫁は本当にいたようね。でも、どうでもいい普通の人みたいに舞踏会で紹介されるなんて気に入らないわ」

「大伯母さん、もうよくなったんですか？　昨日うかがったんですが、休んでおられると使用人に言われました」セバスチャンは差し伸べられた手に深く頭を下げた。関節炎ではれて曲がった指に巨大なダイヤモンドが輝いている。

「あのばか医者にけしかけられて、使用人たちが大騒ぎしすぎなのよ。私の心臓に問題があると、あの医者は思っているけど、私は一度だってあの人の話を信じたことはないし、これからも悪習を受け入れるつもりはないわ」

「もちろん、そうでしょう。クララ伯母さん、妻を紹介します。レディ・ラングフォード、僕のいちばん好きな大伯母さん、レディ・ハリントンだよ」

「というより、たった一人の大伯母よ。姉妹はみんな死んだからね。私ほどスタミナがなかったのよ。それで、あなたがこの子と結婚したのね？」

「はい」サラは答えた。

「まあ二人の効率のよさは評価するわ」レディ・ハリントンは隠そうともせずにサラをじろじろ見た。

「お会いするのが楽しみでした」サラは返事をする必要がある気がして言った。

「それは私をよく知らないからよ。友達は誰も私に会うのを楽しみにしないわ」レディ・ハリントンはセバスチャンのほうを向いた。「私を苛立《いらだ》たせるために最初に見つけた女性と結婚したんでしょうけど、腹を立てるつもりはないわよ。むしろその逆だわ」

　サラは口元がほころぶのを感じた。

「それに彼女はユーモアのセンスがあるし、頭もよさそうね。そこは前の結婚相手よりいいじゃない」

　サラはセバスチャンの先妻に対する無神経な発言にたじろいだが、彼は何も感情を表さない。

「では気に入ったんですね？」彼は言った。

「それは大げさな言い方ね。新しい姪《めい》とよく知り合ってからのほうがちゃんと答えられるわ。そのためには、あなたはもうここにいなくていいわよ」

　サラは硬直した。セバスチャンはサラの不安を感じ取ったに違いない。「それはありがたいですが、お疲れになるでしょう」

「何言ってるの。私はすぐに卒倒したりしないわよ。あなたがそういう意味で言っているならね。実のところ、私はベッドの上で上品に死ぬと心に決めているのよ。さあ、あっちへ行きなさい」

「仰せのとおりにしますが、お手柔らかに頼みますよ。それからフランス人を紹介してやってください。彼女は母国語のようにフランス語が話せるんです」

「本当？　嫌な言語よね。家庭教師がさんざん頑張ったのにあまり覚えられなかったけど、それもほとんど忘れてしまったわ。さあ、もう行って」

　セバスチャンはとうとう従い、優雅に立ち去った。

　サラは彼にすがりつきたくなる衝動を抑えたが、レディ・ハリントンに驚くほど力強い手で肘をつかまれ、壁際に並んだ椅子のほうへ連れていかれた際には、ぎょっとして息をのまずにはいられなかった。

〝生身のレディ・パンプルムースだわ〟

「座る必要があるの。足が曲がっていて痛いのよ」

　レディ・ハリントンはゴムの木の後ろの椅子に座った。「外反母趾《ぼし》よ。ひどいの。あの子がいなくなってくれて清々したわ。そのほうがあなたともっとよく知り合えるでしょう。エリザベスはどう？」

その問いは唐突だった。老婦人の無敵の仮面にひびが入って懸念が垣間見え、節くれ立った指はハンドバッグのビーズ飾りをいじっている。

「悲しんでいます」

「あなたを好きになった？　そうなるだろうとセバスチャンが手紙に書いてよこしたのよ」

「わかりません」

「わからない？　それはどういうこと？　あの子はあなたに目を向けたり笑ったりしたの？」

「いいえ、でも私のうさぎを連れていきました」

「うさぎ？」

「ええ、私、迷子の動物を助ける癖があるんです」

「あの子はうさぎをどこへ連れていったの？」

「子供部屋です。初めは私の寝室にいたんですけど、マダム・エイメが嫌がったので」

「ふうん……」レディ・ハリントンは目を細めた。

「迷子の動物？　ばかげた結婚だと思っていた私の見解が変わったとは言えないわね」

「今話しているのはエリザベスの見解ではないんですか？」サラは気分を害した。

「まあ、生意気な！」レディ・ハリントンは声をあげたが、それほど腹を立てたようには見えない。「セバスチャンは女性に関してよく選択を誤るし、男は習慣から抜け出せない生き物だけど、それを別にすれば、あなたのことは好きになれそうだわ」

レディ・ハリントンは急に黙り込み、ふさわしい返事を思いつかないサラも何も言えなかった。

すると老婦人は明らかに苦労して曲がった背中を伸ばし、椅子の上でぎこちなく向きを変えた。「でも、一晩中ここに座っているために来たわけじゃないのよ。やるべきことはたくさんあるわ。セバスチャンはあなたを愛していて、これは恋愛結婚なんだと、みんなに思わせたいのよ」

「それは事実とは違います」

レディ・ハリントンは笑った。「率直なのね」

「どうしてみんなにそう思わせたいのですか？」

老婦人は給仕係から飲み物を受け取って答えた。

「セバスチャンは私のことを怪物みたいに言っているでしょうけど、それほどひどい人間じゃないわ」

「彼はそんなことは――」

レディ・ハリントンはまたしても暴君のように手を振ってサラを黙らせた。「フランスは混乱状態にあるでしょう。もちろん、あの子にエドウィンを捜してほしいけど、心配なのよ。あの子が捜索をあきらめて再出発して、新しい家族に夢中になっていると世間に思われたほうがいい気がするの」

「セバスチャンの身の安全がご心配なんですね」

それは新たな見解だ。彼には何事にも動じない強いオーラがあるので、エドウィン捜索のせいで危険に陥るとは考えてもみなかった。

老婦人は再び肩をすくめた。「少しね。フランス側はライオンとやらを見つけるためなら何でもするつもりだから、あんなに無防備に家族を捜す人間は誰でも標的になるわ。とにかくセバスチャンにはバランスが必要なの。あの子は昔から一つのことに夢中になる子だったわ。このままでは上の子を捜すために下の子への対処がおろそかになるわよ」

「エリザベスです」サラは静かに言った。

「そうね。いずれにしても、おしゃべりは十分だわ」レディ・ハリントンはぎこちなく立ち上がり、杖《つえ》に寄りかかった。「あなたをフランスからの亡命者に紹介するから、フランス語を練習するといいわ。私はあの人たちを疫病みたいに避けているけれどね。むこうはもちろん称号があるから私が好きよ。あの人たちは称号や血筋を信用するの」

レディ・ハリントンは壁から亡命者が飛び出してくるのを期待するかのように舞踏室を見まわした。

「私と話したがってくれるといいんですが」サラは

疑わしげに言った。

「もちろん話したがるわよ。私の身内だもの」

「なるほど」サラは老婦人の傲慢な口調に笑いをこらえた。

レディ・ハリントンはサラに鋭いまなざしを向けてからゆっくりと辛そうに飲み物のほうへ歩き始めた。そして立ち止まり、振り向いた。しわだらけの顔の中で青い目が光っている。

「よく知らない男性や子供を愛してくれるとは期待していないわ。責務を果たしてくれれば十分よ。私は責務が大事だと思っているの。でももしあなたが愛してもいないのに愛しているとあの子たちに思わせたら、この世でもあの世でも呪ってやるから」

「私は――」

「飲み物をもらってから、紹介を始めましょう」

二時間後、サラはロンドン中の貴族に会った気分だった。笑い声や音楽で名前や称号はよく聞こえなかった。頭痛がして巻き毛が汗で額や首に貼りつく。

レディ・ハリントンも疲れたようだが、セバスチャンにエスコートされて舞踏室を出るときでさえ、それを認めようとはしなかった。

「あのやぶ医者が何と言おうと、私は絶好調よ」彼女はセバスチャンの腕にぐったりともたれかかりながら言った。「それに、あなたの奥さんをまだ王太子に紹介していないわ」

「王太子はどうやら今夜は来られないようだし、サラはうさぎと一緒にいるほうがいいんですよ」セバスチャンは出口へ向かいながら言った。

「うさぎとなら面倒を起こすこともないわね」

サラは二人が出ていくのを見ていた。老婦人は無愛想だが、サラはすでに好きになった。それでも、彼女が帰るのを残念には思わない。数時間ぶりにリラックスできた。ああ、十五分でいいから、ダンスも会話もお辞儀も必要ないミセス・クローフォードの質素な家の平和な静けさがほしい。

社交行事にも大勢の人にも慣れていない。まるで舞踏室がどんどん小さくなってカーテンが掛かった壁や音楽、熱気、華やかに着飾った人々が迫ってくるようだ。空気までがよどんで匂いが立ち込め、息苦しい。この六十分間でこれまでの人生で出会ったよりも多くの人に会った。その人たちの名前と顔が入り乱れて渦巻いている。

とにかく一人になりたい。人がひしめき合うこの暑い部屋から抜け出して、少しの間でいいから静かな場所を見つけなければ。サラは逃亡者のように忍び足で奥の壁に沿って歩き、狭い廊下に出た。

息を吐き出し、壁にもたれて目を閉じる。ここは涼しいし、音楽も遠くで聞こえるだけだ。

〝楽園とは人が考えごとをするための静けさのことだ〟だがそう考えた瞬間、話し声と足音が聞こえて硬直した。二分間一人になることもできないのか？

サラは廊下を横切って巣穴にもぐる狐《きつね》のように別のドアを押し開け、図書室らしき部屋に入った。空気がひんやりしていて、高い天井に合わせて背の高い窓と本が詰まった棚が並んでいる。壁に取りつけられた二つの燭台《しょくだい》が明かりを提供し、暖炉では石炭がかろうじて光っている。

サラは大きな肘掛け椅子に深く腰掛けた。もちろん長居はしない。ほんの二、三分——。〝くそっ〟キットの罵り言葉を修正もしないでつぶやいた。絶望と怒りと楽しさが入り交じった思いで真鍮《しんちゅう》のドアノブがまわるのを見たのだ。衝動的に椅子から飛び出し、窓のカーテンの陰に滑り込んだ。

すぐに後悔した。子供じみた愚かな行動だった。そこにとどまれば、いる理由を説明しなければいけなくなる。だが、どうすればいいというのか？　カーテンの後ろにいる妥当な言い訳がない限り、姿を見せるわけにはいかない。

厄介だが、くしゃみが出ないよう祈りながら相手のほうが出ていくのを待つしかないだろう。

「ここでいい。ここなら誰もいない」わずかに外国訛《なま》りがある男性の声だ。実のところ、訛りというよりは英語の発音が完璧すぎると言ったほうがいい。

「どこにいるかわかったのか?」同じ声が尋ねた。

「ご依頼どおり、パーマー卿を監視しました」二人目の声の主も男性だ。

恋人たちの密会でなくてよかった。

「それで?」

「彼が接触した相手全員のリストがあります。あなたの考えたとおり、その中にラングフォードも入っていました。他にも何人かいますが」

ラングフォード? 私の夫? サラは身をこわばらせて息をのんだ。

「会話の内容を教えろ」一人目の口調は厳しい。尊敬されるのに慣れているようだ。

「全部ですか?」

「そうだ。何のために金を払っていると思っているんだ?」彼はぴしゃりと言い返して腰を下ろした。少なくともサラはそう思った。クッションが沈む音が聞こえたからだ。

「パーマー卿は足首と領地について愚痴をこぼしていました。それから今夜カールトン・ハウスへ行くつもりだと言うと、ラングフォードはくだらないことが好きな妻を連れて自分も行くと言いました」

「それだけか? 一言も漏れはないか?」

「ええと……」メモを参照しているらしく紙の音がした。「自分は新鮮な空気が好きだから、ここには十二時に来ると言いました」

「新鮮な空気――何という《モン・デュウ》ことだ!」

バシッ。拳でテーブルを叩《たた》く音に、サラはぎくりとしした。全神経がヴァイオリンの弦のように張りつめる。カーテンのほこりでくしゃみが出そうになるのを必死でこらえて唇を噛《か》んだ。

「テラスだ！」

誰かが急いで立ち上がる音が聞こえた。サラはカーテンの隙間からのぞいて、男性の巨体を確認した。

「ご満足ですか？」

「何？　ああ、だが今はじゃまするな。ラングフォードはあのいまいましい英国のライオンに会うつもりだ。急がないと見逃してしまう」

「ですが、お金は？」

「今はだめだ」ドアが閉まった。サラは人がいる気配がないか耳をそばだてた。自分の心拍と速くなった呼吸音以外は何も聞こえない。

サラはおそるおそるカーテンの陰から出てソファに座り、手がかりが見つかるのを期待するかのように室内を見まわした。

あれはどういう意味だろう？　セバスチャンはどう関わっているのか？　私に何ができる？　というか、どうすればいいのだろう？

サラは頭をはっきりさせようと額をこすった。そして座っていられなくなり、暖炉の前を行ったり来たりして歩きまわった。あの男たちが危険な存在であることは本能的にわかっている。

だが、どうすればいいのか？

何かしなければならない。セバスチャンを罠《わな》に陥らせるわけにはいかない。ドアに駆け寄ったが、ドアノブに置いた手を止めた。〝急いては事をし損じる〟とミセス・クローフォードがいつも言っていた。

しばらくじっと立ったまま動かなかった。炉棚の時計が時を刻んでいる。振り返って見た。もうすぐ十二時だ。あの男たちが誰であれ、セバスチャンがあと数分で英国のライオンに会うと考えている。

事をし損じようがし損じまいが、何かしなくては。

16

舞踏室に入った瞬間、熱気と騒音に迎えられた。サラはダンスフロアの踊り手たちや飲み物のテーブルに群がる人々を見渡してセバスチャンを捜した。あそこだ……夫を見つけた。部屋の中ほどで数人の紳士と話している。夫のほうへ進み始めたが、たどり着くのは容易ではなかった。実際、着いた頃には彼はいなくなっていた。

かすかな冷風を感じて目を向けると、テラスへ通じるドアが少し開いていて青緑色のカーテンがそよ風に揺れている。サラは動いている生地を見つめた。セバスチャンはすでに外に出たに違いない。何らかの答えや解決策を期待するかのように、視線を壁付き燭台《しょくだい》と鏡に移した。

自分にはスパイの才能はない。だが、あの男たちが誰であろうと、セバスチャンとライオンの仕事や子供の救出をおびやかすのを許すわけにはいかない。

サラは背筋を伸ばして肩をそびやかし、素早く外に出た。冷気でほてった肌が粟立《あわだ》つ。暗くて低木と手すりの輪郭以外ほとんど何も見えなかったが、しだいに目が慣れてきて長身の男性の姿が見えた。

「セバスチャン」明るく浮ついた口調で言った。「ロマンティックね。月光って大好き」

セバスチャンは暗い空をちらりと見て答えた。

「やあ、何か用かい?」

「ええ、ええと、ダンスがしたいと思って」

「もちろん、喜んできみと踊らせてもらおう。少しここで涼んだら、すぐにフロアへ戻るよ」

「いいえ、あの――」サラは前に進み出て、自分の手が温かく汗ばんでいるのを気にしながら彼の手をつかんだ。「お願い。今踊りたいの。待てないわ」

「二、三分で行くから」夫の口調に強固な意思を感じたが、サラはわかってもらいたくて目を見つめた。彼に身を寄せ、肩に手をかけて爪先立つ。

「お願い。私の好きな曲なの」サラは愛情表現のように耳元に唇を寄せたが、厳しい口調でささやいた。「中に入って。ここは危険よ」

夫はかすかに身をこわばらせたが、表向きには聞こえた反応を見せなかった。サラは彼にもたれかかり、安定した胸の鼓動を聞きながら待った。

夫はようやくうなずいた。「そんなにきみが踊りたいなら、喜んで従うよ」

安堵《あんど》で体の力が抜け、震える脚でテラスを横切り、夫とともに混雑した部屋に戻った。

セバスチャンは無表情ながら申し分ないマナーでサラをダンスフロアへとエスコートして、メヌエットが始まるとサラと手を合わせた。

「いったい何をやっているんだ？」向かい合ったとたん、彼は言った。

サラの胸に緊張が走った。「こうせざるを得なかったのよ、セバスチャン――」

「笑ってくれ。まるで中世の拷問を受けているみたいな顔だぞ」

〝だって、檻《おり》の中のトラと踊っているのだから〟

だが、笑顔については彼の言うとおりだ。サラは完璧に拍子を取って足を動かしながら無理やり口角を上げた。キットがダンスを習う際に何時間も手伝わされてよかった。

「あなたは監視されているわ。あそこで落ち合うことも知られて――」

二人の位置が離れたので、途中で言葉を止めた。

「きみはどうやって知ったんだ？」彼は物憂げに笑みを浮かべ、ほめ言葉をささやいているかのように顔を寄せて言った。

「偶然、聞いたの」

「間違いない？」

「ええ」

二人は二回まわった。

「わかった。ありがとう」

ふいに熱くなった夫のまなざしに心臓が早鐘を打ち始めた。二人の距離の近さ、夫の大きさ、髪の黒さ、そして物理的な力のように発散される生々しい怒りのエネルギーを強く感じる。

音楽がやんだ。セバスチャンは頭を下げてサラに言った。「化粧室に行って、頭が痛いふりをするんだ。そうすれば帰れる」

一時間後、セバスチャンは書斎の暖炉の前に立って細密画を見つめていた。

見る必要はない。その顔は頭に焼きついている。寝ても覚めても目に浮かぶ。罠《わな》からは逃れたのかもしれない。それについては感謝しているが、接触の機会も逃してしまった。

息子の救出にはいっこうに近づかない。実際ライオンの敵に囲まれて、ますます遠のいているようだ。セバスチャンは身震いした。寒い。暖炉の火が消えているが、つけ直すように命じていなかった。

ドアが開き、サラの足音が背後に近づいてきた。

「それがエドウィン？」サラはささやいた。

「ああ」

少年の顔を見つめる。もちろん、今はもっと成長しているだろう。指先で息子の頬の輪郭をなぞった。

ライオンはどんな情報を伝えたかったのだろう？一日中、希望と不安の間で揺れ動いていた。

今は何もない。何も。

「残念ね」

指先で額縁の宝石とエナメルに触れる。エドウィンは死んでいない。生きている。そう信じよう――

信じなければいけない。そうでなければ、父親にはわかるだろう。魂の奥深くで感じるはずだ。

だが、もしかしたら感じているのかもしれない。毎晩ギロチンの刃が落ちてくる夢を見るのは、そのせいではないか？　刃を引き上げるロープの耳障りな音や風を切って刃が落ちてくる音が聞こえたり、血の匂いがしたり、切断された首が入った籠が見えたりするのは、そのせいかもしれない。

猛烈な勢いで振り向いた。

「全部話してくれ。聞いたことも見たことも全部」

サラはうなずいた。「男の人が二人入ってきたの。顔は見ていないわ。一人はフランス訛《なま》りだけど、ほんの少しだから十分教養があるんだと思うわ。英語の発音が完璧すぎると言ったほうがいいくらいよ」

「それで、もう一人は？」

「初めて聞く声だけど、下層階級の英国人よ」

「何と言っていた？」

「パーマー卿《きょう》を監視していて、あなたが彼に会ったのを見たそうよ。クラブで」

セバスチャンは両手の拳を握りしめた。「我々の会話を聞いていたのか？」

「ええ、パーマー卿は足首と領地のことでさんざん愚痴をこぼしていたと言っていたわ。そしてパーマー卿が今夜カールトン・ハウスに行くつもりだと言ったら、自分も行くとあなたが言ったそうよ」

「それで全部か？」

「自分は新鮮な空気が好きだから十二時に来るとか何とかパーマー卿が言ったんですって」

「くそ」セバスチャンは暖炉の前を歩きまわった。「あそこにいたのはトランプをやっている連中だけだった。だが、みんなキット・イーブンシャムより若そうで大騒ぎしていた。あの中の誰かに聞こえていたとは思えない」

「たぶん使用人だと思うわ。使用人なら誰もあまり気にとめないし、話し方が下層階級風だったから」

　彼はうなずいた。サラの言うとおり、自分の階級の人間は給仕人にも耳があることを忘れがちだ。

「それで、ライオンはまた連絡をくれるの？」

　セバスチャンは眉をひそめた。「ライオンのことを知っているのか？」

「ほとんど知らないわ。有名な英雄だということだけよ。あなたがライオンに会おうとしていると男たちが言っていたから、彼はきっとエドウィンを救おうとしているんだと思ったの。私も手伝いたいわ」

〝手伝う？〟

　誰にも手伝えないが、グレーの目をのぞき込み、慰められた気がした。

「ああ」サラの巻き毛に触れ、指に巻きつけた。「それを聞いて――」その先が続かず、代わりに言った。「この髪型、いいね」

　サラの白い肌がばら色に染まった。「マダム・エイメとアリスが私を人前に出せるように頑張ってくれたの――大変な苦労だったと思うわ」

「そんなことはない」セバスチャンはほんの数センチの距離まで近づいた。「卑下することはない。きみには独特の美しさがある」

　頬がますます紅潮した。「そんなことはないわ。ほめ言葉を期待するわけじゃないけど、自分が不器量なほうだということは十分わかっているの」

　サラは唇を噛《か》んで下を向いた。ランプのほのかな明かりがまつげに当たって、頬に魅力的な影を落としている。セバスチャンはサラに言いたかった。美しさには多くの形がある。派手な美も繊細な美もあって、サラにはどこか人を惹《ひ》きつけるところがある。

　またしても言葉が続かず、ほとんど考えもせずにサラの顎に手をかけて上を向かせ、グレーの目を見つめた。「きみはきれいだよ」声がかすれる。

　唇を重ねた。甘美な唇が驚くのを感じたが、やがてサラは降伏して唇を開いた。片手をサラの手に伸ばした。その手は温かく指先がほんの少し荒れている。顎に当てたままのもう片方の手の親指でなめらかな肌にそっと触れた。レモンの香りがする。

キスが深まり、欲望に火がついた。顎に当てた手を髪にからめ、もう片方の手を背中にまわした。サラを抱き寄せ、曲線美と体の柔らかさを満喫する。サラが呼吸を速め、もたれかかってきた。

ところが、そこでふいに硬直して身を引いた。

「何だ――どうした?」欲望が倍増する。

「ごめんなさい。か、感じないようにしようとしているんだけど」

「何だって?」セバスチャンは顔を上げてサラを放した。あまりに突然だったので、サラは机に倒れ込んだ。「それはいったいどういう意味だ?」

「下劣な本能を見せないようにしているのよ。あなたをうんざりさせたくないの」サラは頬を真っ赤に染めてうつむいた。

「うんざりさせる? 何の話だ……」セバスチャンは怒りをのみ込んだ。サラをおびえさせたくはない。必死で感情を抑えて穏やかに言った。「いったい何を言っているんだ?」

「男の人は妻に楽しんでほしくないんでしょう――よからぬ女たちのように――」

「ミセス・クローフォードがそう言ったんだな」質問ではない。絶対の確信を持って発言した。

サラはうなずいた。

〝ばかな。あの老女をエプロンの紐《ひも》で縛るべきだ〟

「サラ」セバスチャンはサラから離れた。髪がほどけ、開いた唇が濡《ぬ》れて光っている状態で、涙をためた目で見つめられたら、感情を制御して論理的に話すのは無理だ。「いいかい」ふさわしい言葉を探した。「ミセス・クローフォードは多くの点で間違っている。彼女は傷ついた怒れる女性だ。きみの反応に僕がうんざりするなんてあり得ない。僕はきみを抱きしめて、喜ばせたい。きみの反応を感じたい。きみがほしいんだ」

サラは愛らしい驚きの目でセバスチャンを見た。

「本当？」

「本当だ」彼はサラに近づき、目を見て誠意を示すために、もう一度顎を持ち上げた。「そしてこの結婚を完全なものにしたい」

「ほっとしたわ。私もそうしたいと思っていたの。ふりをするのはひどく疲れるもの」

セバスチャンは笑った。「きみを疲れさせたくはない。少なくとも、夜の初めにはね」

セバスチャンの広い寝室はベージュと茶色の落ち着いた色調の内装だ。サラはこの部屋を初めて見た。

「いい部屋ね。落ち着けるわ」

「僕には自分だけの場所が必要だったんだ」

「避難所ね。クロフォード家の私の部屋も――」

「うーん……」彼はサラの首に鼻をすり寄せた。「きみはしゃべりすぎだ」

彼は鎖骨に沿ってキスをつなげていきながら両手を背中にまわしてサラを抱き寄せた。サラの両手はみずからの意思を持ったかのように伸びて彼の肩につかまった。膝の力が抜け、体が熱い液体になって溶けだしたようにふらつくので、支えが必要だ。

「すごくセクシーだ」彼がつぶやいた。

〝きっとペチュニアね。私のわけがない〟サラは思った。あるいは声に出して言ったのかもしれない。

それから思考も言葉も欲望の霧の中に消えていき、考えるのをやめた。

セバスチャンは頭を上げて唇をとらえた。サラはじりじりと後ろに追い詰められながら直感的に舌をからめた。

膝の裏がマットレスに当たり、ベッドの上に倒れた。続けて彼も横たわった。サラは笑いだしてしまいそうだった。この巨大な柔らかいベッドに二人で寝そべっているなんて、楽しくてふしだらで最高だ。

「僕らが抱き合うのに、恥じることは何もない」ささやいた彼の唇が耳をかすめた。「ミセス・クローフォードがどんなばかげた考えを吹き込もうと関係ない」

彼の優しい愛撫《あいぶ》は顔から肩へと下りていき、ドレスの襟ぐりの中に入った。サラはぞくぞくする感覚に身震いした。

「服を着すぎだ」彼がつぶやいた。

だが、予想に反して彼はドレスを脱がせようとはせず、代わりに自分のリンネルのシャツを脱いだ。

「きみの番だ」彼がささやいた。

サラは困惑した。彼はそっと手を取り、手のひらと指に一本ずつキスしたあと、自分の胸に当てた。

「あの——」

「しゃべらないで。感じるんだ」

サラはおそるおそる手を肩へと滑らせ、温かい肌の下に強固な筋肉や腱を感じた。

自信が出てきて、小さな乳首やうねになった腹部に手を這《は》わせた。すると彼は息を吐き出し、筋肉を引きつらせた。

「きみが感じることや、僕にすることを恥ずかしがる必要はない」彼はかすれた声で言った。

それから膝丈《ブリーチズ》ズボンを下ろして脱ぎ捨てた。サラは彼の裸体に目を丸くした。

「こうなるときみは絶対に服を着すぎだよ」

「それなら修正しないとね」サラは起き上がってドレスを脱いだ。大胆で陽気で妙に開放的な気分だ。脱いだドレスを放り投げると衣擦《きぬず》れの音をたてて床に落ちた。彼の視線が体を這うのを感じる。シュミーズの下で胸の先端がつんと頭をもたげたのに気づいて、彼の呼吸が速くなった。

彼は私を求めている。少なくとも今この瞬間は。

ウエストのリボンをほどいてゆっくりと胴着《ボディス》を外した。彼の表情が変わり、目に情熱の炎が燃え上がった。恐れも恥ずかしさも感じない。ただ欲望と支配力に陶然としている。

彼の温かく堅い体が覆いかぶさってきた。石鹸《せっけん》とムスクのような男性的な匂いが入り交じった香りがする。彼のキスが髪から頬、唇、首へと下りていく。サラは引きしまった長身に体を沿わせた。

彼はキスをつなげながら声をもらした。サラにはもう遠慮も抵抗感もない。欲望と何かもっと優しいものに満たされている。

サラが腰を上げて迎えに行くと、セバスチャンが素早く深々と入ってきた。

サラは彼にしがみつき、達成感に満たされた。

自分の居場所に帰ってきたような気がした。

17

翌朝目覚めるとセバスチャンの姿はなく、サラは巨大なベッドに一人で残されていた。残念な気持ちと明白な安堵《あんど》が入り交じる。昨夜のことを思い出して赤面した。あんなことをしたあとで、どんな顔をして朝食を食べながら他愛のない話をすればいいのか？

サラは素早く起き上がり、アリスがココアを持ってくる前に急いで自室へ戻った。プライバシーのない貴族の生活には、まだ違和感を覚える。

あとでエリザベスに会いに行こう。どうせ姉を見つけるために今朝できることはほとんどないし、あの子と心を通わせたければ頻繁に接触するしかない。

そして今、家族という概念が以前よりはるかに現実になっている。今まで持ったことがなく、ずっとほしかったものだ。

子供部屋にはいつもどおり子守係と物言わぬ子供がいて暖炉には炎が揺らめいていた。

「オリオンに会いに来たの」サラはドア口でためらいがちに言った。

エリザベスが木馬を揺らし続け、子守係が立ち上がってお辞儀する間、オリオンはケージをひっかいていた。サラは部屋に入ってドアを閉め、しゃがんでケージを開けた。まずい考えだったのは間違いない。オリオンはまだ野生に近いので、ベッドの下にでも隠れられたらつかまえるのは難しいだろう。

驚いたことに、うさぎは飛び出しはしたものの、物陰に隠れはしなかった。

「人に慣れたのね。あなたになついたんだわ」

サラは部屋中を飛びまわるうさぎを眺めながら、木馬の揺れが遅くなったのに気づいた。息を詰めて様子をうかがうサラの目の前で、エリザベスはぎこちなく木馬から降りてたんすの上から人参を取った。

しゃがんだエリザベスが人参を前に突き出して待っていると、オリオンが耳を傾け鼻をぴくぴく動かしながら近づいてきた。うさぎは人参を取って素早い動作でケージに戻り、ごちそうを楽しんだ。

「オリオンの面倒をこんなによく見てくれて、ありがとう。野生動物が人に慣れるのは大変なのよ。あの、座ってもいい？」

沈黙を同意と受け取り、サラは小さなテーブルの前に座って以前描いた絵に視線を這《は》わせた。

サラは遠慮がちに前に乗り出した。絵が描き加えられている。紙の上の荒々しい線を見て、胸が疼《うず》いた。うさぎを描いたそのスケッチはよく描けているが、注意を引かれたのは荒削りの才能ではない。趣と雰囲気だ。エリザベスが木炭を使って太い線で描いた絵からは暗く陰鬱な印象を受ける。

一つは写実的な絵だが、他は皆、服を着て人間のような表情をした擬人画だ。サラが描いたものに似ているようでいて、まったく違う。

二匹の子ウサギが手をつないで立っていて、大きく見開いた目には明白な恐怖が表れている。

「この子たちは怖いのね」サラはささやいた。

エリザベスはまだうさぎ小屋のそばに立っている。

「どうしてこの子たちは怖がっているの?」

エリザベスは何も言わない。同意を得ずに紙をめくるのは気が引けてためらった。

「他のも見ていい?」

だがエリザベスはテーブルに近づくと、首を振って素早く紙をつかみ取り、固く丸めて握りつぶした。

セバスチャンは馬にまたがっていた。愛馬ジェスターではなく、サラにぴったりだと思うかわいい雌馬だ。これまでのところ申し分ない。動きもいいし気性も穏やかに見える。

したがって不愉快な気分になる理由はない。雲の間から薄日が射《さ》し、ロットン・ロウは暦にもかかわらず春のようだ。

肩をまわした。凝っている。自分の不機嫌に腹が立つ。妻との性行為が予想以上によかったからといって、不機嫌になる男がどこにいる?

手綱を握りしめて馬を速歩《トロット》にさせた。軽いタッチですぐに反応する。これは動物に優しいサラにとってもいいことだろう。

アリシアの裏切りで切り裂かれた心を慎重に復元して鎧《よろい》を着たのに、それを脱ぎ捨ててどうやって無傷でいろというのか? サラとの交わりはあまりにすばらしく、心が鎧の中に収まっていられず、むき出しになってしまった。

こんな無防備な状態ではいられない。もうだめだ。二度と繰り返すわけにはいかない。アリシアと結婚したとき、全身全霊で彼女を愛した。実のところ、その感情に抵抗しようともせず、制御できない勢いで深みにはまるのを楽しんでいた。まるで孤独な子供時代からずっとしまっておいた愛情が彼女を待っていたかのようだった。

そして子供たちが生まれた。最初の何年かは楽しかった。ずっと求めていた家族との一体感を持つことができた。

思い出から逃げ出すのに十分なスピードが必要であるかのように、馬を軽く突いて全速力《ギャロップ》で走らせた。顔に当たる冷風が髪をなびかせる。

アリシアの死とボーモントによる子供たちの誘拐には、打ちのめされたと同時に救われた。アリシアが出ていった当初は自己憐憫《れんびん》に浸っていた。以前父がそうだったように、賭け事と酒に溺れた。

だが子供たちの危機を知り、千の稲妻に打たれたように目が覚めた。自己憐憫とコニャックの霞《かすみ》は晴れ、子供たちを救うために何でもした。今も続けている。

だから、二度と何にも――誰にも――心を乱されて傷つくわけにはいかないのだ。

サラのシャーロット捜しは、無風状態の帆船のように失速してしまった。ウィンターグリーンとその地所についての調査は何の成果も出せていない。セバスチャンの大伯母にまで尋ねたが、彼女もとがめるように首を振るばかりだった。

「ウィンターグリーンはろくな男じゃなかったわ。まともな社交の場で話題にしないほうがいいわよ」

一瞬、切羽詰まってセバスチャンにシャーロットのことを話そうと考えたが、アリシアと母親の浮気の話をしたときの彼の冷たい表情を思い出した。

それに結婚が名実ともに成就すれば、そうなるかもしれないと期待していた親密さは、まだもたらされない。体の関係は心の奥底にまで影響し、彼に近づきたいと思い続けている。だが日中セバスチャンは頻繁に外出したり、新聞の陰に隠れたり、サラが会ったこともない知らない人の話をしたりする。

ときどき、この昼間の抑制は情熱的な夜の埋め合わせではないかと思える。彼はあれほど断言したが、ちゃんとした女性についてのミセス・クローフォードの見解は正しかったのかもしれない。

サラは首を振った。やはり姉のことを話して自分が婚外子だとわかってしまう危険は冒せない。これは守らなければいけない秘密だ。

ロンドンに来ているキットは、サラが呼ぶとすぐにやってきた。コーヒーを飲みながらウィングチェアに座って脚を暖炉のほうへ伸ばし、いやいや起きているかのように眠そうな目をしている。

「どうしてこんな時間に呼び出すんだ？　訪問には早すぎるし、僕は明け方まで〈ホワイツ〉にいたんだぞ」

「ええ、でもこの時間ならセバスチャンが馬に乗りに行くのがわかっていたから」サラは自分にもコーヒーを注ぎ、砂糖を入れてかきまわした。「それにね、キット、どうしてもあなたの助けが必要なの」

キットは顎をこすった。子供の頃から見慣れたしぐさだ。「どんな？　また動物を救うんだろう」

「違うわ。ウィンターグリーンが亡くなったあと、彼の愛人がどうなったのか知りたいの」

「何だって？」コーヒーカップが音をたててソーサーの上に戻され、キットの背筋が伸びた。「きみは……愛人が何かも知らないはずだろう」

「私は愛人の娘よ。もちろん知っているわ。私がレディだからって、その話題を避ける必要はないの」

キットは気まずそうに体の向きを変えた。「それでも、そういう話はしないほうがいい。それにしてもどうして、特にそのウィンターグリーンの愛人について知りたいんだ？」

「私の姉が彼の愛人で、彼が亡くなったあとどうなったのかわからないからよ。売春宿にいるかもしれないの。あなたなら問い合わせられるでしょう」

「何だって？　売春宿の何を知っているんだ？」

キットがひどく憤慨した様子で立ち上がったので、サラは笑った。

「あまりよく知らないわ。それが問題なの」

「笑い事じゃない。きみはそんな場所が存在することすら知っているべきじゃない。お姉さんを捜して、僕にロンドン中の売春宿を調べさせたいのか？」

「あなたなら、きっとうまくできるはずよ」

「だめだ」キットは窓に歩み寄った。「お世辞を言っても無駄だよ」

「それなら、やけくそよ」サラも立ち上がり、キットに近づいた。「捜索をあきらめるわけにいかないのは知っているでしょう。それに、もし手伝ってくれなければ、私が自分で調べることになるわ」

「冗談じゃない。きみはそんなことをしてはだめだ！」

「それじゃ、手伝ってくれる？　お願い」サラは最後の音節を引き延ばした。

キットは髪に手を突っ込んでくしゃくしゃにした。

「きみには夫がいるだろう。この任務は夫にやらせたらどうだ？」

サラは首を振った。「彼は私に姉がいることさえ知らないわ」

「それは簡単に修正できる」キットは顔をしかめて窓から振り向いた。

「キット、私が婚外子だと説明しないで、どうやって姉のことを話せというの？」

「それは率直に話したほうが――」

「だめよ！　できないわ。あなたがやってくれないなら、本当に私が自分でやるわよ」

「それは脅迫じゃないか」

「他に手がないのよ」

キットは部屋を歩きまわった。「どうして……」一瞬止まってサラをにらみつけ、また歩いた。「どうして僕はいつも、きみのばかげた発想に巻き込まれなきゃいけないんだ？」

「やってくれる？」

「わかった。やるよ。こんなことをして、ひどい騒ぎにならないことを祈るばかりだ」キットはドアに向かった。「やるけど、僕の都合のいい時間にやるから、よけいな文句を言うなよ。ご用はそれだけですか、奥様？」

「ええ」サラは立ち上がり、キットに近づいて腕に触れた。「ありがとう」

18

「きみが絵を描けと言ったのか？」セバスチャンが寝室に入ってきてどなるように言った。

サラは驚いて振り向いた。彼は暗い顔で口を引き結び、ベッド脇のテーブルに紙を放り投げた。静かな部屋に音が響き渡る。

「ええ、あの――あの子のためになると思って」

「そうはならなかったようだ」

サラはテーブルの上に積み重なった絵を見て息をのんだ。巣に向かって飛んでいるフクロウの鉤爪《かぎづめ》から小さな二匹のリスがぶら下がり、手前には首を切断された母リスの死体が横たわっている。

「あの子が描いたの？」ばかげた問いだと気づいた

ときには、もう手遅れだった。

「僕には首をはねられた動物を描く趣味はない」

サラは殺伐とした絵をじっくり見た。なぜ夫が腹を立て、ショックを受けたのかはわかるが……。

「これが悪い兆候かどうかはわからないわ」

「何だって？　子供が殺された動物を描くのが健全だと思うのか？」彼は怒りをあらわにして言った。

「いいえ」サラは慎重に言葉を選んで静かに言った。「でもエリザベスの心は今健康ではないでしょう」

「それでも、これは――」彼は紙を取り上げて振った。「これはあの子のためにならない」

サラは母の突然の死を思い出した。母はほんの数日病《やまい》に伏せったあと死んでしまった。サラは姉も母も知っている使用人もいないクローフォード家に、たった一人連れていかれた。書くという表現手段がなかったら、気が変になって鬱状態に陥っていただろう。書くことで慰められ、理解しがたい状況の意味を解明できた。

「あの子は目撃して耐え忍んだことをすべて自分の中に封じ込めているんだと思うの。それを口に出せないし、出したくもないのよ。あの子なりの表現方法として絵を描くのは、何も伝えようとしないよりいいんじゃないかしら？」

セバスチャンは小さな暖炉と窓の間を歩きまわった。穏やかでない動作と引き結んだ口元を見れば、緊張と怒りは明らかだ。彼はスケッチを取り上げ、再び観察した。葛藤が見て取れる。本人の記憶からも娘を守る必要があるが、違う見解をすぐには受け入れられないようだ。

「それもそうだな」セバスチャンはようやく言った。「そんなふうには考えられなかった。ただショックで腹を立てていたんだ」

サラはうなずいた。確かに衝撃的な絵だ。

「本当にあの子のためになると思うか？」

「わからないわ。専門知識があるわけではないから。ただ黙っているより気が晴れるのだけは確かよ。私には書くことが助けになった――なっているわ」

セバスチャンはもう一度うなずくと、窓に近づいて両手を窓枠に置き、肩をすぼめて外を見た。

「父は酒に溺れた。母の最初の浮気を知ったとき、酒に逃げたんだ。そして死んだ。それから、さんざん浮気を重ねた母も死んだ」

「あなたがいくつのとき？」

「母が最初に浮気したのは、というか、父がそれに気づいたのは、僕が八歳のときだ。母が死んだのは十八のときだ。二人は一年以内に相次いで死んだ」

「辛かったわね」

「うちは皆、無口だった」

「クローフォード家も会話のない家だったわ」

父とミセス・クローフォードは村と農場に関する些細《ささい》な話しかしなかった。その間、サラはいつも夫妻の怒りと苦悩が自分の存在のせいでひどくなるのを感じていた。

「絵を取り上げてきてしまった。戻したほうがいいかな？」セバスチャンは最後に尋ねた。

辛そうな口調だが、謙虚な困惑も感じられ、サラは心を打たれた。

「そうね。絵はあの子の物語なのよ。どうするかは、あの子が決める必要があると思うわ」

彼はうなずいた。「一緒に来てくれるか？」

「ええ」

エリザベスはいつもの椅子に座っていたが、二人が入っていくと顔を上げた。オリオンはケージから出て部屋を飛びまわり、その足が断続的に柔らかい音をたてている。何かを拾っていたメイドは二人を見て驚き、立ち上がって急いでお辞儀した。

「こんにちは」サラは静かに言い、野生動物に近づくときのようにゆっくり歩いて少女の隣の椅子に触った。「座ってもいい？」

エリザベスは答えなかったが、サラがためらいがちに隣に座ってもたじろいだり顔を背けたりしなかった。セバスチャンはむかい側に座ったが、小さな椅子には笑ってしまうくらい大きすぎて、居心地が悪そうに膝を曲げている。

「これを返しに来た」彼は気まずそうに言って上質皮紙を娘の前に置いた。「おまえには才能がある」

エリザベスはその紙に手を伸ばして積み重なった他の絵の隣に置いた。

「いい？」サラは再び尋ねた。

今度はエリザベスが絵を取り去ろうとしなかったので、サラはそれを黙認と受け取って絵の山を引き寄せて一枚ずつじっくり見入った。最初は飛んでいるフクロウの絵だ。羽毛まで一本一本丁寧に描かれたフクロウは、絵の中の他のすべて、特に鉤爪からぶら下がった二匹の子うさぎに比べて異様に大きい。

「こんなに小さくて、助けも来なくて……こんなに怖かったら、きっと辛いでしょうね」サラは言った。

エリザベスは答えない。

セバスチャンは無言で訴えかけている。時間を稼ごうと足元で跳ねまわるオリオンの柔らかい毛皮に触れた。驚いたうさぎは猛烈な勢いで逃げ出した。

エリザベスは黙って床に滑り降りた。うさぎに近づくのではなく戻ってくるのを辛抱強く待っている。

サラは思いつくまま白紙を引き寄せ鉛筆を握った。

「エリザベス、このうさぎたちには助けが必要だと思うわ」絵を描き始めながら言った。「傷ついて怖がっているのに、放っておけないでしょう」

少しの間、部屋は静まり返り、紙に鉛筆を走らせる音しか聞こえなかった。サラは、エリザベスがまだ自然とは言えないまなざしを肩越しに注いでいるのを感じて手を止めた。

今ではアリスが毎日巻いてくれる髪にそわそわと手を突っ込み、サラは唇を噛んで唾を飲み込んでからかすれた声で言った。「うさぎの紳士は子供たちが危ないとわかって、助けなければいけないと思いました。子供たちへの愛がとても強いので、二人を取り戻す方法をきっと思いつけるはずです。うさぎの紳士は巣穴に戻り、何か役に立ちそうなものがないかと葉っぱや草の中を探しました。そしてメイドが落としていった糸巻きを見つけたのです」

サラは再び鉛筆を取り上げてうさぎを描き、糸巻きを描き足して糸の端をうさぎの口にくわえさせた。

「紳士はそれを持って塀へ急ぎました。塀はとても高いけれど、そばにベンチがあります。紳士は力強い後ろ脚でベンチへ飛び上がり、そこから塀の上まで登りました」塀をよじ登るうさぎを描きながら、サラの語りに熱が入ってきた。「〝今、助けに行くよ！〟紳士は叫びました。そして糸の端を枝に、反対側の端を自分の腰に結びつけ、フクロウの巣まで飛び上がって子供たちを助け出し、安全に地面まで下りられるように、慎重に体勢を整えました」

サラはうさぎの紳士と二匹の子うさぎが糸を伝って安全に滑り下りている最後の絵を描いた。セバスチャンとエリザベスにじっと見つめられているのに気づいてサラは手を止め、息を詰めて反応を待った。

エリザベスは立ったまま、不安になるほど一心不乱に絵を見つめている。やがて慎重に木炭を取り上げ、指先が白くなるほど強く握りしめて、ゆっくりと二匹目の子うさぎを黒く塗りつぶした。

〈見つかった。午後十一時に裏口で〉

サラは短いメモを何度も読み返した。それは、サラがセバスチャンとともに子供部屋を出てから放心状態でずっと歩きまわっていた直後に届けられた。

見つかった……。姉が見つかったのか、それともウィンターグリーンに関する他の何かのことを言っているのだろうか？　売春宿かもしれない……。

どうしてこんな暗号のような文にするのか？

キットのメモを読み返し、心臓が早鐘を打つ。いても立ってもいられず、大声をあげて走りだしたくなりながら紫色の寝室を歩きまわった。

たとえ姉が見つかったのだとしても、生きているのか？　病気なのか？　投獄されているのか？

キットはなぜ、まともな時間ではなく、スパイのように夜陰に乗じて抜け出してこいというのか？

シャーロットはきっと生きている。キットは間違った期待を持たせるほど残酷ではない。そう信じよう。シャーロットが見つかった。サラは声をあげて笑いながら、知らないうちに流した涙で頬が濡《ぬ》れていることに気づいた。

シャーロットが見つかった。

大事なのは、それだけだ。


だが時間は遅々として進まず、このニュースを誰かにうちあけられればいいのにと思った。セバスチャンが家にいたら、話していたかもしれない。

エリザベスが心の絆《きずな》と家族意識を取り戻したあのとき、セバスチャンは子供部屋の外で壁に寄りかかって長い息を吐いた。「ありがとう」彼はサラの頬に触れて繰り返した。「ありがとう」

だが昼食時の二人の会話はあまりに他人行儀で堅苦しく、台本どおりの芝居をしているようだった。

その後彼はクラブへ出かけ、家に残されたサラはエリザベスに関する心配と結婚生活に対する期待や不安に、明日姉が見つかるかもしれないという恐れ交じりの高揚感が合わさり、複雑な心境だった。

そしてサラを苛立《いらだ》たせるのが唯一の目的としか思えない訪問者もやってきた。マルロー公爵夫人は亡くなった親戚の話ばかりしたがった。公爵夫人が帰ったとたん、ミセス・アームストロングが到着した。彼女のおしゃべりは死人の話ではなかったが、楽しくないのは同じだった。ボンネットのことしか話さなかったからだ。サラはボンネットについてはよく知らないし、知りたいとも思わなかった。

しかし、そんな午後が終わっても、サラの複雑な思いは和らがなかった。セバスチャンが帰ってこないので一人で夕食を済ませ、十一時までの果てしなく長い時間をつぶし始めた。

時間だ。十時五十分、サラは寝室のドアを開けて静まり返った家の中を忍び足で歩き、使用人用出口へ向かった。興奮と恐れと不安、それに少し滑稽さも感じている。いい大人が海賊やスパイごっこをする子供のように夜中にこっそり出歩くなんて。

セバスチャンは帰ってきたが、すぐに書斎に入ってしまったので顔を合わせていない。サラは身震いしながら慣れない階段を下り、密猟者の銃のように大きな音をたててかんぬきを外して外に出た。晴天なので低木の植え込みや馬車置き場の輪郭は判別できる。そわそわとマントの前を引き寄せた。

「キット」サラはささやいた。

返事がない。

「キット」

「ここだよ。しいっ」キットは耳元でささやいた。温かい息に耳をくすぐられ、サラは驚いて振り向いた。「おどかさないでよ」

キットの頭と肩が植え込みから現れ、午後の雨に濡れた葉から冷たい水滴が滝のように流れ落ちた。

「ごめん」キットは芝生の上に出てきた。

「キット！　姉に会ったの？　元気なの？」

「会ってない。わからないよ」

「でも、見つけたんでしょう？　確かなの？」

「そう思う」

「思う？　確かじゃないなら、信じられないわ」

「疑うにしても、もう少し静かにしてくれないかな」キットはぼやいた。「屋敷から離れて、馬車置き場の裏で話そう」

二人は湿った芝生の上を歩いてれんが造りの建物の裏にまわった。苔《こけ》と肥料と湿った土の匂いがする。

「姉はどこなの？」

「今はミスター・オーエンズの愛人になっている」

「オーエンズ？　住所はわかる？　今から会いに行ける？」サラは震える声で尋ねた。

「もちろん、今はだめだ」キットのあきれた口調にサラはヒステリックに笑った。

「どうしてだめなの？　お願い。行かなくちゃ。子供の頃の冒険みたいじゃない」

「はるかに危険だよ。まずきみの評判に関わる」

「姉に会えるかもしれないのに、評判なんかどうでもいいわ」切羽詰まった切望で笑いは消えていた。

「きみの夫にとってはどうでもよくないんじゃないかな。それにそういう計画はじっくり考える必要がある。僕たちはもう大人なんだから」

「それならじっくり考えられるように、もっと詳しく話して」サラはキットの最後の一言を無視して要求した。「そのオーエンズという人のことを教えて。少なくとも売春宿じゃなくて一人の男の人の愛人なんだから、いい知らせでしょう」

「頼むから、その言葉を使うのはやめてくれ。気まずくなるから。それに、そうでもないんだ」

「何がそうでもないの？」

「いい知らせとは言えない。僕が聞いた話ではオーエンズはいい人ではないんだ。少し凶暴らしい」

「凶暴？　それは――つまり姉に暴力を振るっているということ？」

キットはうなずいた。「虐待しているそうだ」

「それなら、すぐに何とかしないと」サラは通りに向かって歩きだした。「馬車はある?」

「ああ。でも行かないよ。断る。そんなことをしたら、お姉さんはもっと危険になる。オーエンズが簡単に引き渡すわけがないし、夫がいるきみを危険な目にあわせるのは絶対にお断りだ」

「でもキット、私たちが助けに行かなきゃ。行動を起こすつもりがないなら、どうしてこんな非常識な時間に来たの?」

「それは——」

「いいわ。あなたが来なくても、私は行くから」

「だめだよ」キットはサラの腕をつかんだ。「だめだ! きみは彼の住所も知らないし、僕は教えない。僕にできることはやったけど、きみの評判を危険にさらすつもりはない。僕の評判だって……」

「あなたの?」

「ああ。実はもうすぐ求婚するんだ」

サラは驚いて動きを止めた。「あなたが求婚?」

やんちゃな子犬のようなキットは、父親の猟犬と同じくらい夫という役割には向いていない。

「レディ・キャロライン・デウィットだよ。称号も持参金もあって、すばらしくきれいな目をしているんだ。父と母は持参金を喜んでいるけど、僕はあの目が好きだ。本当にきれいなんだよ」

「あきれた。くだらないおしゃべりはやめて。それはおめでたいけど、どうして私を助けられないのかはわからないわ」

「既婚女性と一緒に評判のよくない場所へ行って騒ぎを起こすなんてだめだよ。自分の行動に責任を持つ必要がある。もうすぐ結婚するんだから」

サラはため息をついた。キットのことはよく知っている。昔から頑固で、こういうときは何を言っても無駄だ。それにもしキットが思っているようにオーエンズがたちの悪い男なら、キットを連れていくのはラブラドールの子犬に人間の仕事をさせるようなものだ。姉を助けたければ選択肢は一つしかない。

セバスチャンは寝室の窓から外を見ていた。毎晩よく眠れないので、ベッドに入る気になれない。

コニャックのグラスを手に薄暗い庭の木々の輪郭を見つめて考えた。妻のところへ行って肉体的快楽で思考を消し去るべきだろうか？

だが妻を求める思いは圧倒的欲求になりつつあり、それは弱点にもなり得る。外では月の前を通り過ぎる雲が白い菱形の敷石に不気味な影を落としている。

そのとき、姿を見る前に人の気配を感じた。鳥肌が立つ。反射的に手を握りしめて息を詰め、もっとよく庭が見えるようにカーテンの陰に入った。

黒いマントを羽織った小柄な人影が敷石の上を走って芝生をななめに横切り屋敷に向かってくる。フランスのスパイか？　エドウィンが奇跡的に帰ってきたのか？

恐れと希望の間で思考がせめぎ合う。

近づいてきた人影のフードが脱げて女性の白い顔があらわになった。

顔を見て衝撃が走った。

サラだ。

最初はヒキガエルか何かを救おうとしていたに違いないと思った。だがそれも、通りに止まっている二輪馬車とその紋章に気づくまでだった。

ビロードのカーテンを握りしめた。予想以上の痛みで胸が締めつけられる。心臓が一度止まり、猛烈な勢いで鼓動を再開したように感じた。

すべての辻褄《つじつま》が恐ろしいほど明確に合う。なるほど、そういうことか。どうしてもっと早く気づかなかったのだろう？　キットは無一文の婚外子とは結婚できなかったが、二人の好意は明白だった……。

これでは妻を寝取られた愚か者だ。

またしても。

意識的に努力してカーテンを放し、窓から離れた。

おそらくサラが結婚に同意した理由はキットだ。ミセス・クローフォードの家に住む未婚女性より既婚女性のほうがはるかに大きな自由が手に入る。

喉を焼くような酒をいっきに飲み干し、肘掛け椅子に身を沈めて脚を伸ばした。だが一瞬もじっとしていられず、すぐに立ち上がった。

「セバスチャン!」

死人も目覚めるほどの大声が廊下から聞こえた。ドアを開けると、妻が走ってくるのが見えた。マントがはためき、髪が乱れている。

一瞬、驚きで怒りが和らいだが、再びこれまで以上に強く燃え上がった。あの若造に身を任せた女が今度は自分のもとに走って戻ってきた。

「どうした?」

「あなたがまだ起きていて服も着ていてよかった」

「僕に会いたくてたまらなかったわけではないようだが」

皮肉な口調に気づかないらしいサラは、セバスチャンの上着の下襟を両手でつかんだ。

「助けてほしいの」

「キット・イーブンシャムが頼みを聞いてくれないから?」

「何ですって? そうよ。レディ・キャロラインと彼女の目のせいで断るって言うの。でも、どうしても今夜、そこに行かないといけないのよ。今頃、彼に何をされているかわからないわ」サラの目には涙がきらめき、両手は震えている。

「きみの愛人が別の女性を選んだから僕にじゃましてほしいのか? きみはアリシアよりひどいな!」

「私の何ですって? 誰のこと?」

「イーブンシャムだよ。彼の馬車を見た。このままでは、きっときみは不貞行為をするようになる」

サラは口をぽかんと開けて下襟を放した。

「少なくともイーブンシャムと一緒に外にいたことを否定して僕の時間を無駄にするなよ」

「もちろん、一緒にいたわ。キットはシャーロットとミスター・オーエンズのことを知らせに来たの。でも、こんな話をしている暇はないわ」サラはすでに乱れている髪をかき上げた。

「きみを退屈させたのなら謝るよ」

「退屈？　ばかなことを言わないで。キット・イーブンシャムと浮気なんかしていないし、するつもりもないわ。私は助けを求めてここに来たの。シャーロットを二度も失うわけにはいかないわ。絶対に」サラは声を震わせ、その弱さを補うように歯を食いしばった。

サラは大きく息を吸って後ろに下がり、背を向け腕組みして肩をすぼめた。怒りと自己防衛の態度だ。

〝私は助けを求めてここに来たの〟サラの言葉が頭の中をぐるぐるまわる。

「サラ」セバスチャンはようやく冷静な口調を取り戻した。「どうして助けが必要なんだ？　シャーロットというのは誰だ？」

サラは振り向いた。「私の姉よ」

「きみのお姉さん？」

「ええ」サラはすぐに早口で答えた。「私の母は父と結婚していなかったの。愛人だったのよ。そして父の前には別の人の愛人だったの。シャーロットはその人の子供で、私の父親違いの姉よ。母が死んだとき、私はミスター・クローフォードに引き取ってもらえたけどシャーロットはだめで、今はオーエンズというひどい男の愛人になっているの」

頭の中を疑問が駆けめぐっていたが、セバスチャンはそれを追い払い、明白な事実にしがみついて呼び鈴を鳴らした。

「な、何をしているの？」サラは息をのんだ。

「お姉さんを助ける準備だよ」

19

「助けてくれるの？　今？」

「ああ、そうだよ」

「ありがとう」こらえていた涙があふれ出し、頬を流れ落ちていくのを感じる。

　セバスチャンは肩をすくめた。「明日の朝まで待ったほうが賢明かもしれないが――」

「何ですって？」

「彼は賭けに連敗して機嫌が悪いらしい」

「彼を知っているの？」

「噂《うわさ》で聞く程度には知っているよ」

「それなら、何としても行かないと」サラは夫の腕をつかんでドアに向かって歩きだした。

「きみはここに残れ。僕が何とかするから」

　サラは首を振った。「いいえ、一緒に行くわ。私が行かなきゃ。姉はあなたのことを知らないもの」

「きみのことならわかるのか？　最後に会ったのはいつだ？」

「十四年前だけど、絶対に私を覚えているはずよ。それに男の人だと姉が怖がるかもしれないわ」

　夫は異議を唱えるだろうと思ったが、素早くうなずいて同意した。「きみがいればお姉さんも安心だろう。二輪馬車で行こう。そのほうが速いから」

　二人は輪郭が闇に溶け込んだ湿っぽい街並みに馬車をとばした。街灯はまばらで、たまに見える人影は酔っ払いか物乞いのようだ。街角には時折、派手に化粧した顔で必死に客を求める女性の姿も見えた。

「あなたの言うとおりだわ。本当にひどいわね」サラは身震いした。

セバスチャンは馬車を止めた。川と路上で腐りかけたごみの両方から強い悪臭が漂っている。薄明かりの下で側溝を走るねずみの姿が見えた。

二人は小さなれんが造りの家に近づいた。汚れた窓ガラスのむこうにぼろぼろになったレースのカーテンが見え、窓辺のプランターにはしおれた植物がまばらに植わっている。そのしおれた花は、どこか勇気と痛ましさを感じさせた。

セバスチャンはドアを叩《たた》いた。その音は夜の静けさの中に大きく響き渡った。何分も待った気がした。サラは近所の庭で何かが落ちる音にはっとした。セバスチャンはもう一度ノックした。

ようやくドアノブがまわった。サラは気づかないうちにセバスチャンの腕をつかんでいた。ドアが少し開き、狭い隙間から青白い女性の顔がのぞいた。長い巻き毛は垂れ下がり、どす黒いあざのある頬がはれ上がって左目がほとんどふさがっている。

サラは安堵《あんど》と悲しみと怒りの渦に圧倒されて息をのんだ。見覚えのある青い目を見て涙が込み上げる。青白い顔は年齢よりひどく老けて見えるが、間違いなくシャーロットだ。

サラは衝動的に前に進み出たが、シャーロットが恐怖に目を見開いて後ろに下がったので足を止めた。その表情には妹だとわかった様子はない。

「あの人があなたをここへよこしたの？　あの人、負けたの？　私は賞品？」シャーロットは興味なさそうに淡々とした口調で尋ねた。

「いや……違う」セバスチャンが言った。

「シャーロット」サラはささやいた。

女性は首を傾《かし》げて妙にうつろな目でサラを見つめた。「あなた、誰？　どうして私の名前を知っているの？　この人、あなたともやりたがってるの？」

言葉の意味を理解して、サラの顔が紅潮した。

「やめて。私がわからない？　サラよ」

「サラ？」女性はあえぎながら片手で色あせたドレスをつかみ、もう片方の手を壁に伸ばした。

「あなたの――あなたの妹よ。覚えているでしょう？」奇妙で非現実的な会話に思えた。

この瞬間を長い間思い描いてきたのに、これでは想像とあまりにも違いすぎる。それでも、はれた顔や品のない話し方やうつろな青い目にもかかわらず、この女性がシャーロットだと、サラにはわかった。

だが同時に見知らぬ人にも見える。土気色の顔はまるで生気と活力が枯渇しているかのようだ。

「サラ、どうして来たの？ こんなところにいちゃだめよ」シャーロットはまたしても抑揚のない口調で言った。喜びのかけらも感じられず、当初の恐怖も消えている。疲れきってすべての感情をなくしてしまったかのようだ。

「どうしても見つけたかったの。あの最後の日からずっと夢見てきたわ」

馬車が通り過ぎた。馬の蹄《ひづめ》の音に一瞬恐怖の活力を注入されたかのように、シャーロットは背筋を伸ばして唇を噛《か》んだ。「もう帰ったほうがいいわ」

「嫌よ。この日をずっと待っていたんだから帰らないわ。私たちが助けるから――」

シャーロットは首を振った。無表情だった口元が今にも泣きそうにゆがんだ。「無理だわ。あなたも私も危険よ。あの人に見られたら――お願い、帰って。あなたが元気でよかったわ、サラ。でも、私を助けるのは無理よ。もう手遅れなの。元気でね」

シャーロットは素早くドアを閉めた。予想外の動きで、セバスチャンもサラも止められなかった。

「シャーロット！」

サラは玄関先に立ったまま、あちこちペンキのはがれた茶色いドアと磨かれていない青銅のドアノッカーを見つめた。

「シャーロット、私たちがあなたをここから連れ出すから。お願い、出てきて。私たちを入れてくれてもいいわ」涙があふれてサラの頬を濡《ぬ》らした。

こんなことになるとは考えてもみなかった。姉が見つからなかったり死んだとわかったりするかもしれないとは思ったが、こんなことは想像していなかった。母と田舎へ遠足に行った際、流れの速い川の端に立ち、足の指の間から砂や小石が流れ去っていくのを感じたときのような気持ちだった。

足元の地面が崩れ落ちていくようだ。

「どうすればいいの?」

「うちに帰ろう」セバスチャンが言った。

「嫌よ」

「お姉さんも一緒に」

セバスチャンは素早くノックした。「ミス……」そこでためらった。「……ミス・マーティン、我々が朝までここでドアを叩き続けるか、ミスター・オーエンズが帰ってくるのが先か、どちらかだ。だから我々を入れてくれたほうがいいですよ」

しばらくしてドアが開いた。

「ミス・マーティンでいいですか?」

「そう呼ばれることもあります」青い目にちらりと垣間見えたユーモアの片鱗《へんりん》がサラを思い起こさせる。

「僕はセバスチャン・ヘイスティングス、妹さんの夫です」彼は称号を省いて名乗った。

「それで、ミスター・オーエンズのことを知っているか噂で聞いたんでしょう。私のことは放っておいて。サラにも言ってください……放っておけって」

「妻は言うことを聞かない人なんです。中に入れてくれませんか? 玄関先で話をするより安全だ」

シャーロットはうなずいた。三人は狭く薄暗い廊下を通って応接間に入った。家具はわずかだが掃除は行き届いている。

「座って」シャーロットが言った。

一同は腰を下ろし姉妹は信じられないという目で見つめ合った。しばらくの間、二人は相手の姿に見入っていたが、やがてシャーロットが沈黙を破った。

「サラ、あなたに会えて、あなたが元気で、本当に嬉《うれ》しいわ。さっきは失礼な態度をとってごめんね。ここでミスター・オーエンズに見つかってほしくないのよ。本当はもう帰ったほうがいいんだけど」最後は壁に耳があるかのように声を落とした。

「帰らないわ」サラが言った。

シャーロットはセバスチャンに訴えた。「お願いします」

「いや、帰りません」セバスチャンは断言した。もはやサラのためではない。この女性のはかなげで絶望的な様子が行動を求めている。「このままでは、ミスター・オーエンズに殺されてしまいますよ」

彼女は恥ずかしそうに頬に触った。「そんなにひどい人じゃないの。いつもあとで後悔するんです」

「その後悔も長くは続かないんでしょう。それに後悔で折れた骨が治るわけでもない。ここにいたら、殺されますよ」セバスチャンは静かだが、断固たる口調で厳しい言葉を繰り返した。誰かが言うべき言葉だ。「それを許すわけにはいかない。妻が悲しみますから。我々に任せてください」

シャーロットは震えながら逃げ道か解決策を探すように小さな部屋を見まわした。唾を飲み込んだ拍子に細い首が動くのが見えた。

「出ていくことはできないわ」

「いや、できます。今すぐ馬車に乗るだけです。オーエンズには明日、話をつけます」

セバスチャンは彼女のおびえた目を見た。

指はドレスの安物の生地をこすっている。ドレスはきれいに洗濯されているが、ところどころ裂け目を丁寧に繕っているのがわかる。右腕もあざがあってはれている。

「お願い」サラが言った。

「荷物はどうするの？」

「どうしても必要なものだけまとめてください。他にいるものがあれば、サラが何でも提供します」

「おたくの使用人はどう思うかしら？」

セバスチャンは肩をすくめた。「使用人は、こう思えと言われたとおりに考えますよ。みんなにどう紹介するか、あなたとサラで決めればいいんです」

「私の姉だと言うわ」サラが言った。

シャーロットはすぐに断固として首を振った。

「だめよ。あなたに恥をかかせはしないわ」

「それはあとで二人で決めてくれ。荷物をまとめて出発しよう。オーエンズに話をつけるなら、今夜よりしらふでいる可能性が高い明日のほうがいい」

シャーロットは従った。

猛スピードで走る車輪のきしみと馬の蹄の音に一
同ははっとした。振り返ると、二輪馬車が角を曲がってくるのが見えた。

セバスチャンは悪態をついた。サラとシャーロットがもう馬車に乗っていてよかった。もしかしたら、急げばまだ逃げられるかもしれない。だがオーエンズはすでに馬車を降りて千鳥足で近づいてくる。手に持った鞭《むち》が街灯の下できらりと光った。

「何の用だ？」ろれつがまわっていない。

「ミスター・オーエンズ？」セバスチャンは尋ねた。

「それがあんたに何の関係がある？」

「話がある。あんたの得になる話だ」

ウィスキーを注入された脳には言葉の意味を理解するのによけいな時間が必要らしく、オーエンズはしばらくセバスチャンを見つめていた。

「わかった」オーエンズは顎で家のほうを示した。

「私も行くわ」サラが馬車から身を乗り出した。

「俺はかまわねえよ」オーエンズはセバスチャンが

気に入らない冷笑を浮かべた。

「ここにいてくれ」セバスチャンは妻に言った。

「私、役に立てるわ――」

「じゃまになるだけだ」

「私、結構強いのよ。ぶらぶら暮らしてきたわけじゃないのを忘れているでしょう」

「僕が何をすると思っているんだ？」

「けんかでしょう。その人を攻撃するのよね」

セバスチャンは笑った。「そんなことはしない。金を払うだけだ。馬車で待っていてくれ」

馬車は家に向かって疾走していた。サラは姉の手を握りしめた。姉は手を引っ込めはしなかったが、握り返しもしなかった。実のところ、姉はショック状態らしく通り過ぎる街をぼんやり見ている。

セバスチャンはオーエンズと話した内容をほとんど語らず、ただ満足のいく結果に終わり、我々は全員安全だ、とだけ言った。

あの絶望に満ちた小さな家から遠ざかりながら、サラは息をついた。街には夜明けのひんやりした静けさがたれ込めている。しだいにグレーがかったピンク色の光がロンドンの地平線を染め始め、それが広がっていくにつれて、幸福感で胸がいっぱいになった。不可能なことを成し遂げた。シャーロットを見つけた。ついに見つけて救い出したのだ。

家に着くと、サラはシャーロットをすぐに寝室へ連れていった。風呂と食事を用意するつもりだったが、シャーロットはどちらも断り、傷ついた幼子のようにベッドで丸くなった。

サラは夜明けの薄明かりの中に立って、しばらく姉の寝顔を見つめていた。苦労と緊張にゆがんでいた表情が和らぎ、今は若く見える。

姉にそっと毛布を掛けてから、忍び足で廊下に出てドアを閉めた。疑問が頭に渦巻いている。知りたいことや姉に言いたいことがたくさんあるが、時間はたっぷりある。それこそ一生分だ。

セバスチャンが寝室の窓から外を見ていた。

「ありがとう」部屋に入ってセバスチャンに言った。

彼はうなずき品定めするような冷たい目を向けた。

「キットとは何もないわ。信じて。彼は……私にとって弟みたいな存在よ」

「信じるよ」

サラは夫に近づいて手を伸ばしたが、彼の表情は険しいままだ。サラは伸ばした手を下ろした。「そんな目で私を見るのは、私が婚外子だからね」

「違う。初めて会ったときから、そうだろうと思っていた」

「それなら、なぜ？　どうしてそんな目で私を見るの？」恐ろしい苦痛が胸を締めつける。

「僕をだましたからだ」

その言葉は腕力に匹敵する力でサラに襲いかかった。みぞおちに重い一撃を食らったような気分だ。

「だましてはいないわ。そんなつもりは——」

「ロンドン中を隠れて捜しまわっていたのに、僕は黙っていた。だましていたのと同じだ」

「姉を見つけるためだったの」

「きみはアリシアと同じように僕に嘘《うそ》をついた」

「アリシアは他の男の人と逃げたんでしょう！」

セバスチャンは顔を背けると、化粧台からブランデーグラスを取り上げて中身をいっきに飲み干し、再び窓から早朝の薄暗がりを見つめた。

「動機は関係ない。きみがこの家や僕の娘に危険をもたらしかねない選択をした事実は変わらない」

「そんなことはしていないわ。エリザベスを傷つけるようなことは絶対にしないわよ」

「アリシアも、エドウィンやエリザベスを危険にさらすつもりはなかったんだろう。非道な人間ではなかった――ばかだっただけだ。間違った男を信じて革命に巻き込まれたんだ」

「私も同じだというの？　二、三度ロンドンの街へ出ただけで？」

「きみはこの家で暮らしながら、僕に黙って行動していただろう。本当のことを話してもらえず、きみが何をして、どんな危険をこの家にもたらすかわからないままで、きみやエリザベスやきみのお姉さんをどうやって守れというんだ？」

「オーエンズが復讐《ふくしゅう》しに来ると思うの？」

「オーエンズはチンピラで十分金をつかませたから元のはきだめに戻るだろう。だが、きみはそれを知らなかったし、正直にうちあけもしなかった」セバスチャンは部屋から出ていこうとするかのように向きを変えた。「僕たちには愛情はないが、信頼はあると思っていた」

胸が痛い。こんなに辛いとは驚きだ。サラは涙をこらえようと唇を噛んであとずさりした。

こんなに辛いはずはない。

「済んだことはやり直せないが、家族の安全を守るために予防策を講じることはできる。きみは付き添いなしで家を出てはいけない」

「私は子供じゃないのよ」

「そうだよ。きみはレディで僕の妻だ。付き添いなしにロンドンの街をほっつき歩くのは安全でも適切でもない。それにもうその必要もないだろう。他にも行方不明の親戚がいるなら話は別だが」

「いないわ。それでシャーロットはどうなるの？」

「どうなるって？」

「ここにいてもいい？」

「いいよ」

「ありがとう。あのセバスチャン、あなたを信頼してうちあけるべきだったわ。ごめんなさい」

「僕も残念だ」

セバスチャンは書斎の冷気の中で座っていた。もう午前も半ばだが、まだ暖炉に火を入れるように命じてもいないし朝食も食べていない。

サラに何週間もだまされていた。サラはロンドンの入り組んだ街路へ探索に出かけては、それを隠していた。母や妻と同じように。

キットと関係を持っていたと思った際、急激に襲ってきた苦悩を覚えている。あの若者に助けを求めていただけだと知った今もまだ、それは残っていて、理性を曇らせ心をかき乱す。これは弱点だ。

立ち上がり、窓から人気のない通りを見つめた。

子供たちを精神的にも肉体的にも窮状から救い出すことを何より優先しなければならない。注意散漫になる危険は冒せない。嘘は許しがたい。

罪のない嘘などない。半端な真実も、無害な偽りもない。あるのはただの嘘だけだ。

その後の数日間、サラは夫とあまり話ができなかった。セバスチャンは礼儀正しいが、北極星のように近寄りがたかった。

シャーロットが見つかって深く感謝しているが、どれだけの犠牲を払ったのだろう？　セバスチャンと一緒にいることがどんなに大切で、体を重ねる際の感情の高まりをどれほど歓迎していたか、両方を失ってみて初めて気づいた。

そしてセバスチャンが信頼できる相手がいかに少ないかもわかった。

自分はその中の一人だった――少なくとも多少の信頼は得ていた。それを失ってしまった。

怒りもある。それは子供時代にしみついた根深い怒りだ。ずっと批判的な評価ばかり受けてきた。母の使用人からは、不倫の恋の不幸な結果だが母親の美貌を受け継がなかったと陰口を叩かれ、母からは夫や恋人をつかまえられそうもない不器量な娘と言われた。ミスター・クローフォードにとっては迷惑な義務であり、ミセス・クローフォードにとってはキリスト教徒の責務であるのと同時に夫の不倫を思い出させる存在でもあった。

セバスチャンにとってはただの嘘つきだ。そして実際には、その全部であり、どれでもない。ただの一人の人間だ。

あっという間に数日が過ぎた。シャーロットは眠ってばかりいる。使用人には、生活に困った親戚が泊まりに来たと話して服を調達した。二人で花や刺《し》繍《しゅう》などのとりとめのない話をすることもある。サラは時折子供時代のことを話に出したり、母が死んだあとの生活についておそるおそる尋ねたりするが、シャーロットは目に涙をためて顔を背けてしまう。

このさえない状況下で唯一明るいきざしが見られるのがエリザベスだ。まだ話さないが、木馬に乗ることが少なくなり、サラが会いに行くとたいてい木馬から降りてテーブルの前に座るようになった。

オリオンと遊んでいることもある。オリオンは今では水を飲むための白目製の皿を持っていて、縁を持ち上げては音をたてて床に落とす。するとエリザベスは奇妙に立場が逆転したゲームのように、それを拾って元に戻す。

エリザベスは時折絵も描く。小さな部屋と鉄格子の陰鬱な絵で紙を埋め尽くす。サラは幼子が体験した厳しい現実から目を背けずにはいられないが、記憶を胸に封じ込めて苦しむより外に出したほうがエリザベスのためにはいいような気がする。

意外にも訪問客はほとんど来なかった。ロンドンでは悪天候が続き、かぜがはやっていた。レディ・ハリントンまでがしばらく鳴りを潜めていたが、水曜日になるとそっけない手紙をよこし、ミセス・フロビシャーの茶会にサラの出席を求めてきた。〈あなたがみじめにしょげているように見られないことが重要よ〉手紙には太い字でそう書いてあった。

サラが馬車に乗り込むと老婦人は車輪の音より大きな声で言った。「セバスチャンが長時間クラブにいると噂になっているのよ。聞き捨てならないわ」

「それを変えるのがお望みなら、言う相手を間違えていると思います」

「望んでいるんじゃないわ。変えるのよ。そしてあの子があなたに夢中になって、もう息子捜しをやめたとみんなに思わせる必要があるわ」

「まだ捜しているのに、なぜ違うふりをする必要があるんですか？　私はもうふりはやめたんです」

「そうかもしれないけど、今日はあの子も来るのよ。ミスター・フロビシャーにそう言っていたわ」

「私をお茶会に連れていって、セバスチャンと一緒に来たように見せるのがお望みですか？」

「私はすぐあきるから長くいるつもりはないの。そうなれば、セバスチャンにはあなたを連れて帰る義務があるし、それをみんなに見せられるじゃない」

「大事なのはそれだけですか。事実がどうなのかではなく、みんなが何を事実だと思うかなんですね」

レディ・ハリントンは鋭いまなざしをサラに向けた。「くだらない。私はただ、みんながどう思うかを操作しようとしているだけよ。実際の結婚生活を操作するのはあなたに任せるわ」

「残念ながら主導権はセバスチャンにあります」

「それならもぎ取ってやりなさい。男の人が自分が主導権を握っていると思うのは大いに結構だけど、実際に握らせたら悲惨よ」

「それに私が嘘をついたと言って責めるんです」

「セバスチャンが言っていたけど、あなたフランス語を話せるのよね？」

サラは唐突な話題の変更に驚きながらうなずいた。

「あの嫌な言語を話す人は大勢いるけど、少なくともあなたはフランスからの亡命者たちと話ができるじゃない。何人か来るはずよ。ミセス・フロビシャーは蜂蜜の壺《つぼ》に集まる蜂みたいに称号に引き寄せられるの。私が目指す独創的な表現じゃないけどね。でもあなたが亡命者から情報を集められたら、セバスチャンにもっと気に入ってもらえるでしょう」

サラは口元がほころぶのを感じた。「まるで私のことを気に入ってくださっているみたいですね」

「あなたはそう悪くないわ」レディ・ハリントンは認めた。「でもうぬぼれてはだめよ。それにハンドバッグをそんなに引っぱるのはやめなさい。壊れるわよ。私は確かに大金持ちなんでしょうけど、無駄遣いは大嫌いなの。それに旅行や気晴らしのためにお金を残しておく必要があるわ」

それだけ言うと、レディ・ハリントンは頭をクッションに預けて目を閉じた。

ミセス・フロビシャーの応接間はすばらしく優雅だった。白い壁には鏡が並び、高い天井と大きな窓のおかげで明るく開放的な部屋になっている。戸枠には金箔《きんぱく》が施され、高い天井を飾る花綱にはパステルカラーの雲がついている。家具も繊細で、テーブルの脚は細長く、ソファは低くて小さい。

レディ・ハリントンはおしゃれなレディたちの隣のビロードの椅子にゆったりと腰掛け、すぐに大きな声でバラ談義を始めたが、どうしてその話題を選んだのか、サラにはわからなかった。

「バラには優しくしても無駄よ。小さくて粗末な家にこそ見事なバラがあると気づいたことがあるでしょう。バラを育てる秘訣《ひけつ》は手をかけすぎないことよ。秋に刈り込んだら放っておくといいわ」レディ・ハリントンは宣言した。

「レディ・ラングフォード、バラについてのご意見は？　田舎のご出身だとうかがいましたわ」青白い顔の女性が言った。透き通るような肌で明白な悲劇的雰囲気を漂わせている。この人が出席予定だと聞いていた亡命者の一人かもしれないとサラは思った。

レディ・ハリントンはサラに答える機会を与えず、最近刈り込んだばかりだというフロビシャー家のバラを見に外へ行こうと一同に提案した。

レディたちは律儀に立ち上がって応接間を出た。レディ・ハリントンは歩きながら招待主や青白い顔の女性や他の招待客にサラを紹介した。

庭はロンドンの屋敷にしては驚くほど広く、サラは草と湿った土の匂いを思う存分吸い込んだ。田舎から来たばかりなので、こういう瞬間を歓迎せずにはいられず、足元の濡れた芝生の弾力やしっとりしたそよ風の感触を楽しんだ。バラについては注目に値するようなところはなかった。実のところ大幅に刈り込まれていて、裸の茎が立っているだけだ。

「今は何もないように見えるけど、夏になったら、きれいでしょうね」隣でほっそりした女性が言った。ユベール伯爵夫人だ。応接間で聞いたたくさんのややこしい情報の中からその名前を引き出した。

「楽しみですね、伯爵夫人」サラはフランス語に切り替えて答えた。

女性は微笑《ほほえ》んだ。「母国語を聞けて嬉しいわ。とてもお上手ね。うちにもきれいな庭があったのよ」

「お国が恋しいでしょうね」

「恋しいのは――昔の祖国よ。今の祖国は恐ろしいわ。夫は亡くなり、息子は行方知れずなの」

「お気の毒に」

伯爵夫人は肩をすくめ、花のない花壇を通り過ぎて歩き続けた。「フランス人は逆境に負けないの。ここにいて、生きていることに感謝しているわ」

サラは言うべき言葉を思いつけなかった。ペチュニアには、もちろんこんな問題が起きたことはない。

ペチュニアはいつも落ち着いて難局に対処する。

「母がフランス人で、やはり逆境に負けない人でした。亡くなるまでは、ですけど」サラはぎこちなく言葉を紡ぎ出した。

「だからフランス語がそんなにお上手なのね」

「はい、母に教わりました。私は器量が悪いので、特技を持ったほうがいいと言われたんです」

「知性は美貌より長続きするものね。ラングフォード卿《きょう》はまだ息子さんを捜していらっしゃるの?」

サラはためらった。

ユベール伯爵夫人はサラの腕にそっと手を置いた。

「ここではみんなお友達でしょう?」

「ええ」サラは答えた。

「私も捜しているの」

「息子さんを?」

「それと家族みんなよ。もし息子さんについて何か聞いたらお知らせするわ」伯爵夫人は優しく言った。

「ありがとうございます」

伯爵夫人は会釈して皆のところに戻っていったが、サラはその場にとどまった。同情と希望と計り知れない悲しみが胸に渦巻いている。子供たちがそんなに残酷に親の窮境に巻き込まれていいはずがない。

他のレディたちは屋敷に向かって歩きだしていたが、サラは戻りたくなかった。皆と一緒にいて楽しくないことはないが、自分は同じような帽子やレースを身に着けてとりとめのない話をする集団からはかけ離れた変人に思える。田舎が恋しい。あの匂い、広々とした空間、好きなだけ出歩ける自由、田舎の人たちの確固たる良識、そして鶏の餌やりや牛の乳しぼりといった有益な仕事が恋しい。

そのとき、すすり泣きのような音に気づいた。身をこわばらせて頭を傾けた。音は再び、もっとはっきりと聞こえた。小さな生け垣に近づいてのぞき込むと、少年が地面を掘っている。

サラはためらった。他のレディたちはもう屋敷に入ったのに、自分だけこの少年としゃべっていて遅れたら、変に思われる。だが苦しんでいる人を無視できない。サラは生け垣をまわって近づいた。

「こんにちは。何か手伝いましょうか？」

すすり泣きがやんで少年が顔を上げた。涙が顎まで流れ落ち、そこにぶら下がっている。

「あなたのお名前は？」サラは尋ねた。

少年は幽霊でも見るようにサラを見つめている。

「私はサラよ」

「フレッドです」

「それじゃフレッド、何に困っているのか教えて」

「教える？　でも、あなたはレディでしょう」少年は茫然《ぼうぜん》としたまなざしでサラのドレスを見た。「僕はあなたのような人と話してはいけないんです」

サラは微笑んで前に乗り出し、ウィンクした。

「私はあなたのような人と話さないことになっているかもしれないけど、あなたが誰にも言わないなら、私も黙っているわ。何に困っているの？」

フレッドは気が進まないようだ。涙の跡が汚れた顔に白い筋を描いている。「僕の犬のことだけど、あなたには関係ない話です」少年はぼろぼろの袖で鼻をこすりながら顔をしかめた。

「でも、聞きたいわ。そうすれば私は自分の問題を心配するのを一休みできるし、動物が大好きなの」

「あいつがまた食料貯蔵室に入ったから、コックのミセス・コブスが処分するって言うんです。銃で撃つか毒殺するって。意地悪な人なんです」

フレッドは目をしばたたいた。

サラは唾を飲み込んだ。愛する対象を動物に頼るのがどういうことかよく知っている。

「ミセス・コブスが食料貯蔵室の事件を忘れるまで、その子の面倒を見てくれる人は他にいないの？」

「誰もいません。父さんは初めからいないし、母さんは死んだから。レバーだけが友達なのに、コックは今夜やるって言うんです」

また涙があふれ出した。サラは少年にハンカチを渡した。彼は目を丸くして受け取ったが、それを使おうとはしないで、汚れた手でそっと持っている。

「それで鼻をかんで涙を拭いていいのよ」

フレッドはおぼつかない手つきで顔を拭いた。

「犬をかくまってくれる友達はいないの？」

少年は首を振った。「誰もいません。それにみんなミセス・コブスと執事を怖がっています」

「ミセス・コブスはいつも言ったことを実行する人？　口先だけのおどしではない？」

「いつも言ったことはやります」

「わかったわ。では何とかしたほうがよさそうね」

サラは唐突に立ち上がった。「まず犬を見せて」

「え？」フレッドは驚いてサラを見つめた。「でも、あなたはレディだから、あいつに会えませんよ」

「私が会いたければ会えるわよ。だから会うわ」

少年は眉間にしわを寄せ、考えを整理しようとするかのように顔をこすった。

「でも、使用人エリアの外の庭に行かなきゃいけないんです」彼は頭をそちらの方向へ傾けた。

「じゃあ行きましょう。急いだほうがいいわ。案内して。犬の名前は何だったかしら？」

「レバーです。レバーみたいな色だし、レバーが好きだから」フレッドは立ち上がった。痩せていて、擦り切れたシャツの袖口から腕が突き出している。

二人は屋敷の脇をまわって菜園へ向かった。

「あの、泥は大丈夫ですか？」少年は尋ねた。

「そうね――」サラは履いている室内履きのことを考えてためらったが果敢に言った。「大丈夫よ」

少年が口笛を吹いた瞬間、休耕地を跳ねてくる足音がした。痩せたひょろ長い犬が大喜びで羽ぼうきのようなしっぽを振っている。フレッドがなでると、羽ぼうきはますます激しく動いた。

「かわいいでしょう?」少年が言った。

サラは目を細めた。自分なら栄養不足でひどく汚れた動物に、その形容詞は使わないだろう。「優しそうな子ね」

「そうなんです。骨付き羊肉が使用人の夕食用だったなんて、こいつにわかるわけがないでしょう」

「レバーを羊肉に近づけないほうがよかったわね」

「いつもは気をつけているけど、僕が靴磨きをしている間に忍び込んだんです。それに、こいつはしょっちゅう腹ぺこだから。腹がへると動物は必死になるでしょう。あの人、こいつに何もくれないんです。僕が自分の夕食を分けてやっています」

少年の孤独と犬との間にはぐくまれた明らかな愛情がサラの心の琴線に触れた。

「私がこの子を連れていくっていうのはどうかしら?」サラは衝動的に尋ねた。

20

「あなたが?」少年は月へ飛んでいこうと言われたかのようにサラを見つめている。

「ええ、ロンドンにはオリオンしかいないから」

「オリオン?」

「私のうさぎよ」

「そのうさぎを食べるんですか?」

「いいえ」

「レバーが追いまわすかもしれない」

「二匹を近づけないようにするわ」

「本当に助けて……世話してくれるんですか?」

「ええ」

私は何をしているのだろう? セバスチャンに何

を言われるかわからない。使用人にも。最初がオリオンで次がシャーロット、今度はこの犬だ。

だが動物保護に関しては、人に何と言われようとやめたことはないし、今回もやめるつもりはない！

「だんなさんはどう思うかな？　それともいませんか？」

「いるわ」

「じゃあ、だんなさんはどう思うでしょうね」

いい質問だ。ろくな結果にならないだろう。

「それはわからないけど、夫は私が変人だということは知っているわ」

「その変――何とかはわからないけど、お嬢さん、いや奥様は聖人だと思います。本当です」少年は声を震わせて犬のそばにひざまずき、犬を抱きしめてもつれた毛皮に顔を埋《うず》めた。「こいつを今日連れていってくれますか？」

サラはためらった。今日はレディ・ハリントンの馬車で来ていて、帰りはセバスチャンと帰る。どちらの馬車もこの犬を運ぶのには向いていない。

「今日連れていけるかどうかはわからないわ」

「今日でないとだめです。コックに殺されます。立派なレディが引き取ってくれるなんて、コックは絶対信じませんよ。僕だって信じられないんだから」

「明日なら準備できるんだけど」

「それじゃ遅すぎます。お願いします」少年の目には希望と絶望があふれている。期待を裏切るわけにはいかない。

「今日連れていくわ」

セバスチャンはミスター・フロビシャーと話し終えて書斎を出た瞬間、妻を見つけた。他の女性たちと一緒に玄関ホールに立っている。

だが、妻は他の女性たちとは明らかに違って見えた。頬は紅潮し、髪は乱れ、スカートの裾は土で汚れていて、身頃にまで泥のしみがついている。

率直に言って、最悪だ。

怒りが燃え上がった。どちらの妻にも裏切られ、社交界で物笑いの種にされるのか？

「ラングフォード卿《きょう》、お会いできて嬉《うれ》しいですわ。お茶の前に庭を散策しておりまして、奥様はバラ園でちょっとした災難にあわれたんです」ミセス・フロビジャーが言った。

言葉は丁寧だが、悪意のある口調だ。他の女性たちもくすくす笑っている。

「実は災難にあったのは菜園なの」妻が大きすぎる声で言った。

妙な理由で妻の返事に怒りが和らいだ。元気な口調から狐《きつね》の救助を思い出し思わず口元がほころぶ。

「残念ですけど奥様はおうちへ帰らないといけないようですわ。レディ・ハリントンはもう帰られたので、私の馬車でお送りしようと思っていたところなんです」ミセス・フロビジャーが言った。

「ありがとうございます。でもその必要はありません。妻は僕がすぐに連れて帰ります」セバスチャンはお辞儀した。

馬車を呼んで、妻とともに外へ出た。階段を下りていると、何か匂う。

妻はその表情に気づいたに違いない。「レバーのせいで、ちょっと匂うかもしれないわ」

「レバー？　茶会にレバーが出たのかい？」

「私の犬よ」

「きみの犬？　僕の知る限り、うちには今朝まで犬はいなかったはずだが、変わったのか？」

「ええ」

二人は馬車に向かって歩いていった。

「今、きみのそばに犬はいないようだが、その新たに手に入れた動物はどこにいるのかな？」

サラは視線を落とし、待っている馬車を顎で示した。「あなたの馬車よ」

セバスチャンは馬車をよく見た。みずからの意思を持っているかのように揺れていて、中から吠《ほ》え声も聞こえる。

ダブスがドアの前で言った。「あの閣下、開けてもよろしいでしょうか？」心配そうな表情だ。

「そう思うよ。我々が乗りたければね」セバスチャンはそっけなく答えた。

ドアが開いた瞬間、黒っぽい毛皮の筋が飛び出し、耳障りな吠え声とともに敷石の上を走っていった。

「レバー、だめよ。お座り」サラが言っても無駄だった。動物に関してどんな優れた能力を持っているとしても、そこにしつけは含まれていないようだ。

いっぽう女性たちはこのショーがよく見えるように玄関のドアを開けておいたらしい。

だが、彼女たちを責められない。今やサラはスカートを持ち上げて薄汚い犬を追いかけている。ダブスは鼻を鳴らして地団駄を踏む馬とサラを交互に見て、どちらに助けが必要か迷っているようだ。

この騒ぎに二人の従僕が加わり、遊びだと思っている犬はしっぽを振って吠えながら狂ったように飛びはねている。

「レバー、お座り！」

若く甲高いその声は、この騒ぎにほとんどかき消されていたが、犬は座った。

一瞬の驚きのあと沈黙が訪れ、皆がいっせいに振り向いて少年のほうを見た。

「ありがとう、フレッド。おかげで助かったわ」サラが言った。

「こいつ、いつも僕の言うことは聞くんです」

「我々はきみからその犬をもらうんだね？」セバスチャンは少年に言った。

「はい、閣下。その、つまり、そう願ってます」

少年は大きく見開いた心配そうな目で見つめてく

る。サラの懇願するような視線も感じる。

実のところ、玄関前の階段からは女性の一団が見ているし、ダブスと二人の従僕は次の指示を待っているので、今や注目の的はセバスチャンだ。

「では犬を馬車に乗せるのに力を貸してもらおう」

少年はダブスの手を借りて犬を馬車に乗せた。

「お座り、待て」そう命じて後ろに下がった。ひょろっとした子供で袖とズボンの下に手首と足首が見えている。「ありがとうございます、閣下、奥様」

少年の目に涙がきらめいた。彼はそれを見られるのを気にしたのか、乱暴に袖で目をこすった。

サラはもちろん彼の悲嘆に気づいた。

「ねえ」案の定サラは言った。「あなたみたいな男の子は、どこの家でもとても役に立つはずだわ。あなたの雇い主に話をすれば――」

「えっ？　そうしたら、お宅で働けますか？」

「ええ」

「あなたはただの聖人じゃない。天使ですよ」

「そういう話はまた後日にして、犬がまた騒ぎを起こす前に出発したほうがいい」セバスチャンはきっぱりと言って、サラに手を貸して馬車に乗せた。

やはり手遅れだった。犬はすでに車内に跡を残していた。ひどい臭いがして、窓ガラスには鼻の跡がつき、クッションは破れて羽毛が出ている。

どうやらレバーという名前らしい犬はサラの膝に鼻を押しつけ、みすぼらしい羽根飾りのようなしっぽをセバスチャンの鼻先で振った。

「お座り！」セバスチャンは命じた。犬は新たに羽毛を噴出させながら座席に上がって座った。「そこじゃない」セバスチャンは犬を床に下ろした。

「この子、自分を人間だと思っているのよ」サラは完全に理にかなった説明であるかのように言った。

「きみがその誤解を正してくれるといいんだが」

「普段は動物のしつけは得意なのよ。こんなことになって申し訳ないけど、他にどうすればいいかわからなくて。骨付き羊肉のせいでコックがこの子を殺そうとしていたから、フレッドは必死だったのよ」

「フレッドというのは、うちで雇うと言った少年だろう？」

サラはうなずいた。

馬車はフロビシャー家の入口を離れて、揺れながらロンドンの通りを走りだした。犬は明らかに旅には不慣れらしく、吠えるのをやめて哀れっぽい鳴き声をあげ始めた。

セバスチャンは不愉快そうに犬を見た。激怒するべきだ。サラのおかげで二人とも物笑いの種にされた。何の相談もなく引き取ったこの犬は、すでにさまざまな被害をもたらしている。

「ごめんなさい。レバーのせいで出てくるときに目立ってしまったし、あなたは犬を引き取るとは合意していなかったわ」

「急だったのは間違いない」

ちらりと見ると、サラは何とも言えない表情でこちらをじっと見ている。セバスチャンは眉を上げた。

「あなたはいつもそんなに冷静なの？　ありがたいのかぞっとするべきなのかわからないわ」

「大声でどなったほうがいいのか？」

「少なくとも、あなたも人間だという証拠になるわ。怒って当然ですもの」

だが不思議なことに怒りは感じない――苛立《いらだ》ちはあるかもしれないが、怒りではない。それにもっと別の矛盾した感情が胸に渦巻いている。セバスチャンは犬のほうにかがみ込んでいる妻を見た。乱れた髪が肩の上に落ち、しまりのなくなったドレスには泥がはねている。

犬は汚い羽根飾りのようなしっぽを振った。車内に悪臭を漂わせ、顎からよだれの糸をたらしている。

いったいどういう女性が茶会に行って野良犬を連

れて帰る？

少年の心を救うためなら、社会慣習を打ち破り、社交界に衝撃を与え、夫の怒りを買う危険もいとわない女性だ。

この感情が何なのかわからないが、怒りではない。

馬車から降りる際、当然ながらレバーはセバスチャンやサラを待たず、ドアが開いた瞬間飛び出した。サラはつないであるぼろぼろの紐《ひも》を握って急いであとに続き、玄関のほうへ引っぱっていかれた。足元を歩くよう命じているが効果はない。

執事がドアを開けると、レバーは中へ突進した。

「きみがころばないうちに僕が代わろう」セバスチャンは紐を握って言った。「この哀れなやつをどこで寝かせるつもりなんだ？」

サラは眉間にしわを寄せた。「私の部屋だけど、もしこの子がうさぎの匂いに気づいたら――」

その言葉はレバーに衝撃を与えた。もしセバスチャンが足を踏んばっていなければ引きずられていただろう。

「この子すごくない？　見た？　うさぎっていう言葉がわかったんだわ」

レバーはまた突進しようとした。

「頼むから、その言葉を言うのはやめてくれ。ハーディング、従僕を呼んでこいつをどこかへ連れていかせてくれ」セバスチャンは紐を渡した。

「かしこまりました、閣下。どこへ？」

「使用人エリアのまともな家具が置いてない場所がいい。この犬は汚いから」

ハーディングが紐を渡すと、従僕はうなずいて使用人エリアのほうへ歩きだした。犬はまだしっぽを振りながらついていく。

サラは笑いをこらえた。背筋を伸ばした従僕とみすぼらしい犬のコンビは笑いを誘う眺めだ。物語の中のすばらしいエピソードになるだろう。もちろんミス・ペチュニア・ハードキャッスルは落ち着いているので、こんな状況に陥ることはないが。

エリザベスとシャーロットに話そう。どうも二人を一組にして考えてしまう。実際、姉はエリザベスの物言わぬ無表情な顔と取りつかれたような悲しい目を思い起こさせる。

そのとき、ぞくぞくするような興奮とともにあるアイデアが浮かんだ。常軌を逸しているが、ごくわずかな成功の見込みに引きつけられる。

いつも動物に助けられてきた。もしかしたらレバーが役に立ってくれるかもしれない。もしそうなってエリザベスを助けられたら、シャーロットを救った夜から続いているセバスチャンの人を寄せ付けないあの表情も、きっと崩れるだろう。姉捜しは隠れた不正行為ではなく必死の愛情だったとわかってくれるに違いない。

21

サラはアイデアを即座に実行に移した。翌朝は姉を救って以来感じたことのない目的意識とはやる思いを抱いて目覚めた。

急いで朝食を済ませ、使用人エリアで会いたいという伝言をシャーロットに送ってから子供部屋へ向かった。

「手伝ってほしいの」部屋に入るなり宣言した。

エリザベスは木馬を揺らしている。

「かしこまりました、奥様。何をいたしましょうか？」メイドがお辞儀しながら言った。

「何も。必要なのはエリザベスの助けよ。犬をもらってきたの」

エリザベスは聞いていたとしても、何のそぶりも見せなかった。メイドは目を丸くしたが、やはり何も言わない。

「昨日、その犬に会ったの。フレッドという男の子の犬だったの。その犬は臭うからお風呂に入れる必要があるけど、怖がっているのよ」サラはそこで一息つき、エリザベスに近づいていった。そして注意深く言葉を選びながら続けた。「動物が怖がったり苦しんだりするのを見たくないのよ。あなたが動物に好かれているのはわかっているわ。だってオリオンはあなたのことが好きだもの。レバーっていう名前のその犬も、きっとあなたが好きだと思うわ。前の飼い主を思い出すあなたのような子供がそばにいれば、レバーも怖くないんじゃないかと思うの」

　サラは沈黙を破って懇願したり無理強いしたりしないように息を詰めてこらえた。炉棚の時計が時を刻み、暖炉の火がぱちぱち音をたてる。メイドが動いた拍子に木綿の服がさらさら鳴った。小屋の中で跳ねまわるオリオンの後ろ足の柔らかい足音が聞こえる。通りで誰かが叫び、馬車が通り過ぎた。

　エリザベスが揺らし続けている木馬の横木がきしむ。ハエが窓ガラスに当たって羽音をたてている。

　すると、エリザベスが木馬から降り、ドアに向かってゆっくりと歩きだした。

　サラは息を吐き出してあとに続いた。「使用人エリアであの子をお風呂に入れようと思うんだけど、どこで何を使えばいいかよくわからないの。たらいかしらね」

　最後は少し力なく言った。今までの多くの計画と同じで、完全な作業工程を考えてあるわけではない。

「ミスター・ハーディングが足の指のできものを洗うたらいを持っていますよ」メイドが提案した。

「わかったわ。ありがとう。下へ行ってミスター・ハーディングとできものからたらいをもぎ取るわ」

使用人エリアは狭い階段の下にある。少なくともクローフォード家の台所の二倍はある厨房《ちゅうぼう》は赤い敷石の床と黒い梁の天井で、奥の壁には大きな石造りの暖炉がある。料理の匂いが漂う中、二人のメイドが仲良く並んで野菜を切っている。暖かい空気は玉葱《たまねぎ》の匂いだ。ずっと台所が好きだった。ロンドンでもクローフォード家でも上の階より快適だと気づいて長い時間を暖かい台所で過ごした。

エリザベスの表情は変わらない。好奇心、嫌悪、興味、他のどんな感情も顔には出ない。

「奥様……ミス・エリザベス」料理長はお辞儀して糊《のり》のきいた白いエプロンを手のひらでこすった。

「何かご用でしょうか？」

「犬を洗うバスタブを探しているの。実を言うと、たらいと犬の両方を探しているのよ」

「犬は今、外にいますが、洗うなら従僕がしますよ」ミセス・ローリングは家政婦長室から厨房に入りながら言った。

サラは隣にいるエリザベスの動きを感じて驚いた。抗議するように首を振っている。

「ミス・エリザベスの言うとおりよ」少女が口をきいたかのように言った。「私たちは犬を怖がらせたくないの。前の飼い主は男の子だったから、子供がそばにいれば安心すると思うのよ。ミス・エリザベスと私がレバーをお風呂に入れるけど、バスタブが必要なの。ミスター・ハーディングのたらいを借りられないかしら？」

「一家の女主人が犬を洗うなんて、どうかと思います……」ミセス・ローリングは長い顔に非難の表情を浮かべた。

「では、あなたに助言は求めないほうがいいわね」

白いほうろうのたらいが厨房に置かれ、シャーロットと使用人たちが巨大な暖炉にやかんを掛けて湯を沸かしてはたらいに入れているので、厨房に湯気が立ち込め始めた。

サラは時折エリザベスの様子をうかがった。たらいに湯を張る作業に参加してはいないが、いつものうつろなまなざしではない。口元にうっすらと笑みを浮かべて事態の推移を見守っている。

従僕が犬を連れてきた。制御しようという彼の無駄な試みに抵抗して、レバーは厨房に走り込んだ。

昨夜の連れを見つけたレバーはサラに飛びつき、危うくたらいの中に押し倒しそうになった。みすぼらしいしっぽを激しく振りまわしている。

「伏せ!」サラは言った。

レバーはますます喜んでしっぽを振り、その辺の玉葱やボウルを跳ね飛ばしそうだ。

「レバー、伏せ! お座り!」サラは犬の首に巻いたほころびた紐《ひも》を握って尻を下へ押した。「お座り」繰り返し命じて押し続ける。

一瞬、レバーは理解したように見えた。束《つか》の間の平安を利用して、サラは紹介した。「レバー、こちらはエリザベスよ。エリザベス、レバーよ」

サラは反応を期待していなかったが、エリザベスはゆっくりと慎重に手を伸ばし、レバーのもつれた毛皮をおそるおそるなでた。少しの間、時が止まり、サラとまわりの皆の息遣いが聞こえた。

その沈黙を破ったのはレバーだった。再び立ち上がり、狂ったように走りだしてシャーロットにぶつかった。シャーロットはふいに活発さを見せて犬をつかまえた。

「この子はお風呂が好きじゃないみたいね」

サラは笑った。「そういえば、シャーロットが拾ってきた野良犬はほとんどみんなそうだったわ」

姉は笑顔で答えた。「あのひどいダックスフントを覚えてる?」

「ええ。公園から連れてきたのに、狭いところに隠れたがって、結局抜け出せなくなっちゃって」

「私たちが助けようとしたら噛《か》もうとしたのよね」

「幸い、レバーはあの子よりはるかにお行儀がいいわ。さあ、いらっしゃい。お風呂の時間よ！」


セバスチャンが家に入ると、玄関ホールには誰もいなかった。不安に襲われ眉をひそめた。

「ハーディング？」

静かな廊下にこだまする自分の声以外、何の音も聞こえない。二階へ上がってみたが、やはりもぬけの殻だ。子供部屋の暖炉では弱い火が燃えていたが、エリザベスもメイドもいない。

エリザベスはめったに子供部屋から出ないはずだ。

階下から物音が聞こえて心臓が早鐘を打った。急いで階段を下り、厨房のドアを開けて立ち止まった。

〝何だ？〟

石鹸《せっけん》の香りの湯気に迎えられた。白い泡だらけの物体がたらいの中に立ち、サラ――自分の妻――が犬を風呂に入れている。妻の姉がそれを手伝い、使用人たちは途方もない奇跡を期待するかのようにまわりをうろついている。

「サラ」

主人の声に全員が振り向いた。妻は赤くなった泡だらけの手で額をこすったので、髪から泡がぶら下がっている。犬は自由を勝ち取るチャンスと見て激しく吠《ほ》え、たらいから飛び出した。石鹸水がそこら中にまき散らされる。

「レバー！」サラが叫んだ。

レバーはセバスチャンに向かって突進し飛びかかった。上着に前足の石鹸の跡がついた。

「伏せ！」セバスチャンは大声で命じた。

驚いたことに、犬はおとなしく床に伏せた。

「この犬が我が家に混乱をもたらし、まともな日常生活に支障を来すようなら、置いてはおけない。出ていって――」

たらいのそばにしゃがんでいて見えなかった小さな人影が立ち上がった。セバスチャンは驚いて声を失った。エリザベスはびしょ濡《ぬ》れで髪は乱れ、顎と鼻に泡がついている。

そして口元にうっすらと笑みを浮かべている。

痛いほどの喜びに胸が締めつけられた。

セバスチャンは唾を飲み込んだ。青白かった娘の顔がピンク色に紅潮し、目もうつろではなく床に伏せた泡だらけの犬を見ている――本当に見ている。

「まあ、とりあえず風呂に入れるのは続けてもいい」自分の耳にも茫然《ぼうぜん》とした口調に聞こえる。

娘に触れ、抱きしめようと両手を伸ばしたが、サラと目が合い無言の警告を受けた。

「そうだな――」警告を受け入れて両手を下ろした。とるべき行動に確信が持てないのは、なじみのない感覚だ。「どうやら、このどうしようもない犬が言うことを聞くのは僕だけのようだから、ここに残ったほうがよさそうだな」

「手伝ってくれるの？」サラが言った。

「ああ、そのつもりだよ」

エリザベスの笑みが広がったような気がしたが、ただの希望的観測かもしれない。

セバスチャンは上着を脱いで、険しい表情で立っているミセス・ローリングに渡した。昔からこの女性が苦手だ。

それから犬を持ち上げてたらいの中へ戻した。レバーは濡れた犬と石鹸が混じり合った匂いがした。「リジー」その名前は自然に口から出た。「この子を押さえているから、石鹸を流してくれるか？」

娘の動きがふいに止まったのを感じ、こんなに直接話しかけなければよかったと思ったが、驚いたことに娘は従った。たらいのそばにひざまずき、白目のタンブラーに手を伸ばしたのだ。

それで湯を掛けると、犬の耳や背中から泡が流れ落ちた。娘はそれを繰り返し、両手で犬の濡れた毛皮をこすった。口元に漂う笑みが大きくなった。

突然、必死な思いから生み出されたエネルギーでレバーは再びたらいから飛び出した。バランスを失ったサラは夫に倒れかかった。セバスチャンは妻を抱きとめ、もう片方の腕で娘を引き寄せ、二人を濡れた石鹸の香りで抱きしめた。

エリザベスは逃げ出さず、身をこわばらせもしなかった。

セバスチャンは胸がいっぱいになった。胸郭内で本当に心臓がふくらんだ気がする。喉に塊が込み上げ、目頭が妙に熱くなる。妻をさらに引き寄せた。

「今の僕は冷静じゃない」サラの耳元でつぶやいた。

サラは腕の中でエリザベスとともに立っている。

「そうしたければ、いつでも気持ちをぶちまけていいのよ」

セバスチャンは湯気で霞んだ厨房で家族の一体感と希望を感じていた。


「すまなかった」その晩、ベッドで寄り添いながらセバスチャンが言った。

「え?」サラはぬくもりを楽しみながら夫に鼻を擦り寄せた。体を押しつけると、欲望がふくれ上がる。

「シャーロットのことを知ったとき過剰反応してしまった。お互いのことをほとんど知らずに結婚したのに、きみの生い立ちをすべてうちあけてもらえると期待すべきではなかった。それにミセス・クローフォードのせいで、きみが自分の生まれをどれほど恥じるようになってしまったか気づくべきだった」

「私も悪かったわ。ずっと前からシャーロットを見つけたくて、それが私の判断をゆがめたのよ。あなたに話すような危険は冒せなかったの。話せばあなたは結婚しなかったでしょうし、ロンドンから送り返されるかもしれないと思ったのよ。シャーロットは私を愛してくれたたった一人の人なの」

サラは目を閉じた。頭の中に記憶がよみがえる。ある日、小さい子供だったサラは通りをさまよっていた。荷車や馬車、馬の蹄《ひづめ》や野良犬、泥やごみや物乞いでいっぱいの世界の中で小さな自分が迷子になった恐怖を思い出す。

だがシャーロットが見つけてくれた。

「きみがうちあけてくれたのに僕は非難した」

「でもシャーロットを救ってくれたわ」

「いずれにしても救っただろう」

「そうね」サラは夫の胸にささやいた。

二人は黙った。サラは満ち足りた安らぎを感じた。洗いたてのシーツに包まれ、温かい男性の体に寄り添っているのが、心地よく安心で正しいことに思える。聞こえるのは暖炉の火がはぜる音と彼の胸の鼓動と息遣いだけだ。


「それに、今日はありがとう」彼が言った。

サラは微笑《ほほえ》んだ。「ずぶ濡れになってシャツと上着を台無しにされたお礼かしら」

「希望をくれたお礼だよ。エリザベスが笑顔になっていた」

「楽しんでいたわね。あの犬のこすり方を見た？」

「徹底的にこすっていたな」セバスチャンは笑った。

サラは頬の下で彼の胸が震えるのを感じた。

「サラ」

「なあに？」

「今日――僕たちは家族のような気がしたよ」

サラは胸がいっぱいになった。「本当の家族を持ったことがなかったの」

「今は持っているよ」

「セバスチャン……」サラはためらい、体の向きを変えた。ぬか喜びはさせたくないが、正直でいたい。

「エリザベスと……エドウィンのためなら何でもす

るつもりよ。昨日ユベール伯爵夫人と話をしたの」

彼は身をこわばらせた。「それで？」

「あの方も息子さんを捜しているの。何かわかったら教えてくれるそうよ」

「その人を信じるのかい？」

「何かわかったら教えてくれるって？」

「ああ」

「信じるわ」

「それじゃ、よろしく頼むよ」

「できることは何でもするわ。私――」

「何？」

サラは肩をすくめた。「もっとできたらいいのにと思うわ。大胆な偉業を成し遂げる物語のヒロインみたいに勇敢で美人だったらよかったんだけど」

セバスチャンは片肘をついて体を起こし、サラを見下ろした。ゆっくりと顔を近づけ唇を重ねる。

「このままのきみのほうがいいな。物語のヒロインになるのはかなり疲れそうだし時間も取られる。そうしたら、あんなことやこんなことをする暇がなくなるだろう」彼はささやきながら鼻にキスし、そのキスを頬骨に沿ってつなげていった。

「あら、ペチュニアは――」サラは口をつぐんで唇を噛んだ。

「ペチュニア？　その名前は前にも聞いたことがあるな」

頬が熱くなるのを感じた。「何でもないわ。ばかな話よ」

セバスチャンの笑みが広がった。おもしろがっているようと普段より若く見える。「それは聞き捨てならないな。一つだけ確かなのは、サラ・マーティンはばかではないということだ。変わり者かもしれないが、決してばかではない」

「ええと、恥ずかしくてくだらないことだけど、私、自分で書いているのよ」

「書いている？」

「ええ、そう……物語をね。初めは実用的な理由で、お金を稼ぎたかったのよ」

「それは確かに実用的だな」

「でも、一つも売れなかったし、実のところただ書くのが好きだったの」

「それでペチュニアが主人公なんだね」

「主人公の一人よ。勇気があって金髪で青い目だけど、あいにく今は投獄されているの。ヒーローがどうやって彼女を救うか、決める必要があるのよ」

「ペチュニアについて、もっと知りたいな」

サラは夫の表情にあざけりがないか確かめた。

「ペチュニアのベースはきみ自身なのか？」

サラは首を振った。「いいえ、まったく違うわ。ペチュニアは美人で勇敢でまさに完璧なの」

「それは確かに完璧な女性の典型だが、作者のほうが好きだな」

「そう？」

彼はうなずいてサラに覆いかぶさった。

「作者は温かいし」彼は唇を重ねた。「唇が柔らかい。髪はシルクみたいだ」キスが深まる。「それに、実在する本物だ」

親密なキスがサラの興奮と欲求と渇望をあおった。サラはみずから夫に体を擦り寄せた。

「あなたがほしいの。寂しかったわ」

セバスチャンもずっと寂しかった。サラの体だけではなく、もっと深い何かが恋しかった。自分を驚かせ、おもしろがらせてくれ、一緒にいると若返って希望に満ちた気分になる……。

唇からなめらかな首を通って胸のふくらみへとキスをつなげていった。サラはどんな完璧な女性の典型よりすばらしい。彼は唇と両手と体を使ってそれを示そうとした。そして二人は抱き合った。体だけでなく魂まで一つになるような抱擁だった。

22

〈セント・マーガレット湾――火曜日、午後一時〉

セバスチャンは手に持った紙を見つめた。

その必要はない――言葉はすでに頭に刻みつけられている。

このメモは昨日、ボーモントが自由の身になって英国に来ているという噂《うわさ》を聞いた直後に届いた。セバスチャンはいてもたってもいられず、朝食の席を立った。まるでまだ人気のない通りに答えが見つかるかのように窓のほうへ歩いていく。

天国を……あるいは地獄を目前にしている。指で挟んだ紙切れをこすった。ライオンからの伝言なのは間違いない。封蝋《ふうろう》は本物だ。

つまりエドウィンは無事だということだろう。そうに違いない。

緑の生け垣を見つめた。期待してはいけない。家族の再生は間近に迫っているが、まだ地獄の門が口を開けている恐れもある。

一カ月前にはほんのわずかな幸せさえ不可能に思えたのに、今は……。もしエドウィンが帰ってきてエリザベスが回復し、サラが――。

笑みが浮かぶのを止められない。この数日は……楽しかった。現実から離れた休暇のようだった。夜は抱き合い、昼間は遠足に出かけた。昨日は、エリザベスも一緒に大英博物館へ行った。サラもエリザベスもキリンの剥製に魅せられていた。娘は何も言わなかったが、眉間にしわを寄せ、明らかに集中してじっとキリンを見つめていた。そして紙と鉛筆を取り出し、しゃがんでスケッチを始めた。サラはおしゃれなキリンの話をした。キリンはスカーフが必要だったが、ちょうどいい長さのスカーフは見つからなかった。そこでひらめいた彼は何枚かのスカーフを縫い合わせた、という物語だ。

キリンは蹄《ひづめ》でどうやって縫い物ができたのかとセバスチャンがきくと、キリンは大金持ちなので縫い物をしてくれる専属の仕立屋がいるのだ、とサラは言い返した。それを聞いてエリザベスは笑みを浮かべるだけでなく、くすくす笑った。

一昨日は乗馬を楽しんだ。まあ、サラは速歩《トロット》か遅い速歩《スロー・トロット》より速く走ることがほとんどなかったので、まともな乗馬とは言えない。思い出すと、つい顔がほころんでしまう。

新しく雇ったフレッドでさえ、いいできごとの一つになった。彼はレバーを厳しく管理するいっぽう、エリザベスに対して丁重な優しさと理解を示し、二人で並んで犬を散歩させている。

すべてが目新しく貴重に思える。

セバスチャンは窓から暖炉の前まで歩いて、また戻った。休暇は終わりだ。噂が本当ならボーモントが戻ってきた。だが、やつの英国到着は何を意味するのだろう？　どうやって脱出したのか？　公安委員会と取引でもしたのだろうか？　やつはライオンについて何か知っているのか？　エドウィンを餌に罠《わな》をしかけてくるつもりだろうか？

疑問がビリヤードの球のように頭の中でぶつかり合う。だが一つはっきりしているのは、かつてボーモントに何もかもすべて奪われたということだ。

肩に緊張が走る。頭が万力で締めつけられているようだ。再びエリザベスを失うわけにはいかない。

エドウィンを取り戻さないうちに奪われるのも許せない。自分を笑顔にして愛と希望を抱かせてくれるサラも失うことはできない。

思わず息をのんだ。愛？

生け垣も歩道も木立も窓ガラスまでも――すべて

が宇宙の力で震えだしたように見える。

　廊下で足音がした。セバスチャンは背筋を伸ばし、紙を丸めて火に投げ込んだ。メモはすぐに黄色い炎を上げたあと灰になった。

　従僕とサラが入ってきた。

「おはよう」サラが言った。

　セバスチャンは堅苦しく会釈した。愛している。うさぎと犬を連れてきたこの女性を愛している。この人を愛している。

　従僕はコーヒーを注ぎ、セバスチャンの無愛想な人払いの身振りを見て退室した。テーブルに着いたサラは夫の動揺に気づいて眉根を寄せた。「何？」

「みんなをミセス・クローフォードのところへ行かせることにした」

「何ですって？」眉を上げ、口をぽかんと開けたサラの表情は笑いを誘うが、今はおもしろがる気にはなれない。「みんなってエリザベスとシャーロットも？　ミセス・クローフォードの家に行くの？」

「そうだ」

「フレッドとレバーも？」

　セバスチャンは顔をしかめた。「彼らはいい」

「でもエリザベスとフレッドは友達になったのよ。フレッドはとても優しいし……」サラは言葉を切って両手を上げ、それを下ろした。「それはどうでもいいわ。なぜミセス・クローフォードの家に行かなければいけないの？　いつ？」

「今日だ」

「今日？　正気の沙汰とは思えないわ。エリザベスをそんなふうに家から引き離すなんて……どうして？　どんな理由があるっていうの？」

「きみとあの子を守るためだよ」

「守る？　オーエンズから？」

「それは……」セバスチャンはためらい、コーヒーカップの金縁を指でこすった。「そうだ」

「でもシャーロットが来てからもう一週間以上は経《た》つけど、何の音沙汰もないじゃない。あの人はお金がほしかったから、あなたがあげたお金で満足したんでしょう」

「オーエンズはがめつくて嫌なやつだ。僕は用事でロンドンを離れる必要があるから、きみたちがここにいないほうが安心なんだ」セバスチャンはそこまで言って待った。聡明《そうめい》なサラにはこんなごまかしは通用しないだろうが、彼女を守るためには本当のことは言えない。

「それなら、あなたの領地へ行けばいいわ。そのほうがエリザベスも慣れているでしょう」

「だめだ」

「だめ？　それだけ？」サラは怒って声をあげた。「話し合いはなし？　ミスター・クローフォードでさえ旅行の計画を立てる前に奥さんに相談していたわ。それにそんなに心配なら、どうしてロンドンを離れるの？」

「人と会う約束があるんだ」

サラの顔に疑問がよぎった。目を細めたその表情がしだいに晴れていく。

サラはふいに立ち上がり駆け寄ってきた。椅子が床をこすって大きな音をたてた。「エドウィンね？　何かわかったの？　教えて」

その熱心さに胸を打たれたが腹も立った。話したい。この希望と恐怖が入り交じった思いを伝えたい。

サラは上着の袖に手を置いた。生地越しに彼女の手のぬくもりを感じる。

「サラ、僕は用事でロンドンを離れると言っただろう。きみとエリザベスには、僕と関係のない場所にいてもらいたいんだよ。きみが知る必要があるのは、それだけだ」

「でも、話してくれれば手伝えるわ。それに知りたいのよ。あなたとエリザベスが大事だから――」

サラの粘り強さに感動した。自分の嘘《うそ》に苛立《いらだ》っている。嘘をつかなければいけないのが腹立たしい。

だがサラが知りすぎる危険は冒せない。もしこの密会が罠なら、サラには遠くにいてもらう必要がある。もしボーモントが自分をおどしてライオンを売らせるつもりなら、サラとエリザベスにはやつが捜そうと思わないところにいてもらわなければならない。

そしてもし最悪の事態になってサラがつかまったら、本当に知らないことが最大の防衛手段になる。

「これ以上話すことはない」

サラの表情が険しくなり、なお悪いことに傷ついている。抱きしめて真実をうちあけたいができない。

サラは身をこわばらせて後ろに下がった。

「私たちは家族だと思っていたのに」

「家族だよ」

「いいえ、家族は助け合い、信頼して真実をうちあけ合うものよ。あなたがそう教えてくれたんでしょう？　それともそれは一方的なものなの？　妻には当てはまるけど、夫には当てはまらないの？」

「きみにうちあけて助けてもらう必要があるときは、そう言うよ。今は必要ない。今してもらいたいのは、エリザベスに旅の支度をさせることだ。お望みならあの男の子も連れていっていい。当然お姉さんも」

「他に私にできることはない？」

セバスチャンは肩をすくめた。「一つある」

「何？」

「これ以上質問しないことだ」

一行は予定より早く田舎に着いた。揺れる馬車に気持ちはいっそう混乱し、記憶が押し寄せてきた。前回の旅では独身ではなくなったものの既婚女性にもなりきれていない不安定な気分だった。だがその不安定さは唯一の目的によってバランスが保たれていた。姉を捜さなければならない。それだけを望んでいた。他のすべてがどうでもよかった。

今は何もかもが複雑だ。シャーロットは見つけたものの、見つけたのはまるで見知らぬ他人のようだ。商取引のような契約結婚をしたはずなのに、結局心までどっぷりはまり込んでいる。

馬車の窓から長身でいかめしい馬上の夫を見た。商取引以上の深い結びつきがほしい。こんな気持ちになるとは思わなかったが、夫と秘密をうちあけ合える親密な関係になりたい。夫の信頼がほしい。夫の愛がほしい。何ということだ。

心臓が飛び出しそうになったが馬車の揺れとは関係ない。夫の愛がほしいのは彼を愛しているからだ。

思わず両手でスカートを握りしめていた。頭はすぐにその考えから離れたが、衝動的に拒絶したにもかかわらず、それが真実だとわかっている。

だからこそ、すべてがこたえるのだ。

だが、こうなったのはいつだろう？　初めて抱き合ったとき？　シャーロットを助けてもらったとき？　一緒に犬を洗ったとき？　冷たい小川の中で籠を救ってくれたとき？　あるいは最近、自分で書いた物語の中に足を踏み入れたかのように幸せな家族の妄想に浮かれるようになってからだろうか？

でも、私はペチュニアではない。今までも、これからも、決してペチュニアにはなれない。

やっとの思いで背筋を伸ばした馬上の人から引きはがした視線を車内の姉とエリザベスに戻した。

ありがたいことにシャーロットはずいぶん元気になったようだ。顔色がよくなり、あざも消えて、目の下の隈も薄くなった。

エリザベスはその隣に座っている。二人は絆《きずな》を築いた。エリザベスはシャーロットといると落ち着くのか、いつもより口元がゆるみ、口角が上がる。

シャーロットは両手を握りしめて前に乗り出し、サラの視線をとらえて言葉を押し出した。「ミセス・クローフォードに私が誰か話すの?」

サラは首を振った。「知られたくないなら言わないわ」

シャーロットの頰が紅潮した。「私はメイドということにしておいて。なるべく目立ちたくないの。家具になるわ」

「それなら今日が椅子としてのキャリアのスタートね」サラは風変わりなユーモアを交えて言った。「でも、ずっとではないわよ。シャーロットは悪に勝たせてやるには、きれいで強すぎるもの。いつまでも隠れていたら、悪が勝ってしまうわ」

「もう悪が勝ったんじゃない?」

「いいえ」サラは断言した。

シャーロットの目がうるみ、あふれ出した涙が窓から射《さ》し込む陽光に輝いた。

「初めて泣いたわね」

シャーロットは片手で涙を拭い、濡《ぬ》れた手を不思議そうに見下ろした。「心が死んだ気がしていたの。死人は泣かないでしょう」

「今は?」

「生きてはいないけど、死んでもいないわ。ただ痛いだけ。ほら、冬に外で手が冷えきったら、温めると痛いでしょう」

「いずれ痛みは止まるわ」

「凍傷で指が黒ずむくらい傷ついていなければね」

サラは手を伸ばし、姉の華奢《きやしや》な手を取った。「黒ずんでいないし、凍傷でもないわ」

シャーロットが手を握り返してきたすばらしい瞬間、サラは子供の頃の絆を再び感じることができた。

セバスチャンの指示で一行は昼休憩をとった。馬を交換し、馬車の揺れから解放されて食事をとる。

当然レバーは飛び出し、用を足してから取りつかれたように中庭を駆けまわった。フレッドも似たよ

「奥様は女神か——ヒロインみたいですね」

「ヒロインは乳しぼりなんかしないと思うわ」ペチュニアならそんな仕事で白い手を汚さないだろう。

「僕のヒロインはすると思いますよ」

休憩のあと、セバスチャンは一緒に馬車に乗ってきたが、くつろいでいるようには見えず、馬に乗っていたときと同じように背筋を伸ばして座っている。エリザベスもいっそうよそよそしく顔を背けて馬車の隅で丸くなっている。この長い旅路のせいで過去の旅の記憶がよみがえるのだろうか？

「エリザベス、よかったらお話を聞かせましょうか。お話も時には暇つぶしになるのよ」サラは言った。

エリザベスは体の向きを少し変えてサラを見た。そして馬車の奥に置いてあるうさぎ小屋を指さした。

「うさぎ一家のお話がいいの？」

エリザベスは明確な励ましのしぐさは見せなかったが、それでも野原や牧草地に夢中のようだ。目を丸くして広々とした空間を見つめ、犬のように鼻を空中に突き出している。

うなものだった。彼はずっと馬車の外に乗っていたが、それでも野原や牧草地に夢中のようだ。目を丸くして広々とした空間を見つめ、犬のように鼻を空中に突き出している。

「田舎に来たのは初めてなんです。こんなに緑がいっぱいあるなんて知らなかった」

「それならきっと、ミセス・クローフォードの家が大好きになるわ。もっときれいなのよ。小川や森があって納屋にはすてきな牛がいるの。紹介するわ」

「それはどうかな。牛が怖いわけじゃないですけど」フレッドは慌てて付け加えた。

「もちろん怖くないわ。絶対にポーシャとクレオパトラが大好きになるわよ。とっても優しいの。乳しぼりを教えてあげるわ」

「乳しぼりのやり方を知っているんですか？」

「ええ、もちろん」サラは少年の素朴で率直な称賛のまなざしに、少し誇らしさを感じた。

たが、前に乗り出し表情を和らげた。

そこでサラはとりとめのないうさぎの紳士の話を始めた。二人の子供を救った紳士は鷹《たか》のいないもっと安全な場所に引っ越す決心をした。一家は木切れをくりぬいてタンポポの綿毛を敷き詰めた車に乗り、それをたくましいねずみたちに引いてもらった。

一家が昼休憩で止まったところで、エリザベスの目が閉じていることに気づいた。不安そうだった表情が和らいでいる。

セバスチャンもじっと娘を見ている。その顔から愛と苦悩と希望を読み取って、サラは目をそらした。本人にしかわからない悲しみに立ち入ってしまったような気がした。

数日前なら夫の気持ちを知る権利があると思ったかもしれない。自分が助けになれるし、夫はそれを受け入れるだろうと感じていた。

だが、今は違う。

23

一行は夕方クローフォード屋敷に到着した。生活環境は驚くほど改善されていた。応接間にいたミセス・クローフォードとミス・シャープルズは小さいながらも火のついた暖炉の前に座っていた。

「お会いできてて嬉《うれ》しいです。知らせをいただいて待っていたんですよ」ミス・シャープルズは丸顔に笑みを浮かべた。

「モリー、久しぶり」ミセス・クローフォードはサラを姉と勘違いして言った。

「またここに来られて嬉しいわ」サラはミセス・クローフォードの華奢《きゃしゃ》な手を取って優しく言った。

「ずいぶん久しぶりだけど、子供の世話が大変だものね。子供がいて幸せよ。きっといつかは……私もずっと子供がほしいと思っているの」

「そうよね」サラは答えながらちらりと見たミス・シャープルズの思いやりに満ちた表情に慰められた。

「だんな様も一緒なの？」

「彼は今、馬の世話をしているわ」

「結婚生活はどう？　急だったものね」

「順調です」後見人の頭の中では今、自分がモリーなのかサラなのか、サラにはよくわからなかった。

ミセス・クローフォードはうなずいた。

そのとき、セバスチャンがドアを開けた。サラは改めて夫の大きさに感じ入った。ロンドンの屋敷の広い部屋にいる夫を見慣れているので、このクローフォード屋敷では普段より大きく威圧的に見える。少女時代の暮らしと結婚後の生活が融合したような妙な気分だ。

セバスチャンは頭を下げた。

「ラングフォード卿《きょう》、お会いできて嬉しいわ」ミセス・クローフォードが言った。「名前を思い出したからといって驚いた顔をしなくてもいいんですよ。そこまでぼけてはいないんだから。忘れずにお祈りして異教徒に寄付してくださっているといいけど」

どうやら今はサラらしい。

「はい、機会あるごとにご忠告を思い出していますよ」セバスチャンが答えた。

「大人数で来たのね。そんなに大勢だと窮屈でしょうし、贅沢《ぜいたく》は期待しないでいただきたいわ」

「もちろんです。急なお願いだったのに、部屋を用意していただいて感謝しています」

「お子さんも一緒なんでしょう？」

「はい、娘のエリザベスです。メイドが寝かせに連れていきましたが、明日の朝お会いするのをあの子も楽しみにしていますよ」

「メイドとは贅沢だこと。この家をソドムとゴモラにするつもりはありませんよ。疲れたわ。もう寝るから、メイドの話はもう結構よ」

ミセス・クローフォードは杖《つえ》を持ち、決然とした足取りできびきびと出ていった。

「まあ順調にいったほうだわ」ドアが閉まると、サラはつぶやいた。

「心配ありませんよ」ミス・シャープルズが言った。「昔に戻っているときのほうがずっと扱いやすいんです。最近はそれがますます増えてきました。今不機嫌になったのは、あなたをお姉さんと間違えたことに気づいたからです」

「前より元気そうだわ」

「ご主人がまだ生きていると思っているときは、よく食べて暖炉に火をいれようとするんです。昔の暮らしぶりに戻ったようで、異教徒の話をすることもずいぶん少なくなりました」

「ありがとう」サラは心から感謝した。「何もかもあなたのおかげだわ。あなたがここにいてくれると安心よ」

「どういたしまして。もう遅いわ。何か食べますか？　それともお部屋にご案内しましょうか？」

サラはいつもの自分の部屋ではなく客用寝室で寝るのだと気づいて驚いた。軒下にある以前のサラの部屋にはシャーロットが泊まるのだろう。メイドとして紹介してくれというシャーロットの頼みをしぶしぶ受け入れたが、同時に後ろめたい安堵《あんど》も感じている。まだミセス・クローフォードの辛辣な言葉に耐えられるほど強くない。

シャーロットもきっとそうだろう。

「もう寝るわ。でも案内はいらない」

自分の家で客になるのは妙な気分だと思いながら見慣れた廊下を通ってなじみのない寝室に入った。元の自分の部屋より広い。ピンクのバラ模様のカーテンが掛かった大きな窓から納屋と農場が見える。

サラはベッドに座った。今は何もやることがない。トランクはまだ運ばれてきていないし、エリザベスの面倒はシャーロットが見ている。セバスチャンはまだ外にいて、オリオンとレバーの両方を担当することになったらしいフレッドは二匹を世話している。ポーシャとクレオパトラに会いに行くことも考えたが、まだ寝る準備をしていないものの疲れきっていて体が動かない。

ブーツを脱いでベッドに横たわり、ペンキのひび割れでできた模様を探そうと白い天井を見つめた。

セバスチャンが入ってきたので、よく見えるように少し体を起こした。彼は椅子に身を投げ出して暖炉の小さな火を見つめている。明らかに緊張した様子で暖炉に向かって脚を伸ばし黒髪をかき上げた。肩にも顎にも力が入っているのがわかる。

外では風が大枝に吹きつけている。その悲しげな音は今の気分にぴったりだ。

「サラ」セバスチャンがようやく視線を向けた。

「何？」

「馬車の中でお話を聞かせてくれてありがとう。エリザベスは気に入っていた」

「私は物語を作るのが好きなのよ。いつも助けられてきたわ」

彼は伸ばしていた脚を引き、前にかがんで膝に肘をついた。「サラ」

「はい」

「僕に何か起きたら、エリザベスの面倒を見てくれるか？」

「何も起きないわ」

「でも……念のためだ。僕らはもう子供ではない。人生には何が起きるかわからない」

「そうね。あの子を愛しているわ。私の家族だし、私もあの子の家族になれたらいいと思っているけど、なぜそんなことを言うの？　何を隠しているの？」

セバスチャンは肩をすくめた。「何が起きるかわからない――ただ確かめたかっただけだ」

「いつもあの子のために最善をつくすわ」

「ありがとう」

「もっと話すことはないの？　どこへ行くの？　私たちはいつまでここにいるの？」

「僕が戻ってくるまでだ」謎めいた言い方だ。

「あなたがどこへ行くのか、いつ発《た》つのかも知らないのに、どう判断すればいいのよ」

「明日だ。明日発つよ」

「それで、ただ待っていろと言うの？」何もしないのは性に合わない。

「そうだ」

その一言で終わりだった。

サラは眉をひそめた。ペチュニアの恋人はいつも何でも話してくれる。二人は苦難を分かち合う。

「気をつけてね」

「大丈夫」

もっと何か言いたかったが、自分はペチュニアではない。何かを要求したり対等な協力関係を望んだりすることはできない。必要とされることも、求められることも、愛されることも期待できない。

「私にも、もっと何かできるわ」

「エリザベスを笑顔にしてくれた。それで十分だ」

十分ではない。

このままでは妻でもパートナーでも家族でもない――少なくとも本当の意味では。

セバスチャンは翌朝出発した。

サラは家の中にいるよう命じられたので、傷つき憤りを感じながら寝室の窓辺に立って見慣れた中庭と老朽化した納屋を見つめていた。セバスチャンは馬で出かけるらしい。すでに鞍《くら》をつけられた栗毛《くりげ》の馬が朝日の中に立っていて、馬車は出ていない。

サラは身震いした。暖炉に火が入っているのに空気が冷たい。

どうして馬車も馬番も連れずに行くのだろう？　考えられるのは、この旅が急を要しているか、あるいは秘密裏に行われる必要があることくらいだ。

すぐにセバスチャンが家から出てきて納屋に向かって足早に歩きだした。何の変哲もない黒っぽい服装で馬に近づく。

背の高い引きしまった体、広い肩、意志の強い横顔の美しさに、胸が締めつけられる。振り返って手を振ってくれるだろうか？

夫が首を軽く叩《たた》いてポケットからほうびを取り出すと、馬は頭を下げて鼻をすり寄せた。彼はいつもの優雅な動作で鞍にまたがった。

サラは片手でカーテンを握りしめ、ガラス越しに夫に触ろうとするかのようにもう片方の手を窓に伸ばした。ガラスの表面は冷たく少し湿っている。

セバスチャンは一度も振り返らずに馬を進めた。そして行ってしまった。

空腹とは関係なく体の中に空洞ができたような気分だ。サラは窓にもたれて唾を飲み込んだ。喉が締めつけられるようで痛い。

夫は危険に飛び込もうとしている。エリザベスについて尋ねたのが、その証拠ではないか？　だが、一度もこちらを見なかった。何を考えているのか話してもくれず、振り返りもしなかった。

カラスと昨夜の雨でできた水たまりだけが残された道を見つめていると涙が込み上げてきた。

サラにはエリザベスの足音は聞こえなかった。堅木の床に当たるレバーの爪の音が少女の存在を知らせてくれた。二人はいつも一緒だ。

サラが振り返ると、エリザベスは優雅な動作でそばに来て隣に立った。二人は同じ思いで窓から中庭を見た。

すると、わずかな動きと衣擦《きぬず》れの音とともにすばらしいことが起きた。

エリザベスが小さな温かい手をサラの手の中に滑り込ませたのだ。華奢な指はくつろいだ様子だ。

「ああ、エリザベス」ささやいて息を詰めた。この貴重な瞬間を台無しにしたくない。

涙があふれ出したが、嬉し涙か辛い涙か自分でもわからなかった。

二人が無言の絆《きずな》で結ばれた束《つか》の間のすばらしいひとときだった。

緑の中でちらりと動く茶色いものがサラの注意を引いた。何かが道から納屋の左側にある茂みの後ろに入った。ぞっとしたサラは慌てて涙を拭い去って見直した。

中庭を歩く雄鶏とそれをねらってあとをつける猫以外、動くものはない。サラが吐き出した息で窓ガラスが曇った。

そのとき、また見えた。ぼやけた人と馬の姿だ。曇った窓を拭き、やぶから出て納屋の灰色の板壁を背にした人と馬を見つめた。腰骨の大きなやせた馬はこげ茶色で動きが不格好だ。人間は黒っぽい服装で黒っぽい帽子をかぶっている。家には近づいてこないし、こちらを見ようともしないが、セバスチャンが通った道を進んでいる。

「あの人よ」エリザベスが言って、サラの手を握りしめた。

「誰？」事態の緊急性がエリザベスが口をきいたという認識も喜びもかき消した。

「あの人なの」長い間使っていなかった声は低くかすれて苦悩に満ちている。

エリザベスの顔に表われた極度の不安を見て、サラはみぞおちに一撃を食らったような気がした。

「あなたたちをさらった人？」サラは尋ねた。

「そう」

24

「間違いない?」

エリザベスはうなずいた。顔から血の気が引き、目には恐怖が表われている。サラの胃はひっくり返りそうだった。すべてが――漆喰《しっくい》塗りの壁も暖炉の火も花柄のカーテンも――ぐらぐらと揺れだした。

誰もいなくなった道路に視線を戻した。あの男はセバスチャンのあとを追っている。そうに違いない。なぜ? 何の目的で? 自分の息遣いが速くなるのを感じた。緊張で肩に力が入り心臓が早鐘を打つ。

セバスチャンが追われている。だが、どうする? 経路も最終目的地も知らないのに、どうやって警告すればいい?

何とか冷静に考えようと深呼吸を繰り返す。唯一の解決策はセバスチャンかあの男のあとを追うことだ。自分の実務能力を頼りに効率的かつ論理的に素早く動かなければいけない。

そのとき、エリザベスが正面にまわってもう片方の手も握った。小さな手は冷たいが力強い。青白い顔をして異常なほど強烈なまなざしでサラを見つめて言った。「あの人を止めて」

サラとエリザベスが朝食室に入っていくと、テーブルに着いていたミス・シャープルズが二人を見た。

「おはようございます」彼女は紅茶を飲みながら言った。「お茶はいかが――」

「問題が起きて、すぐに出かける必要があるの」

「なるほど、作戦会議が必要なようですね」

「何ですって?」サラは驚いた。

ミス・シャープルズは口を引き結んだ。「閣下に警告して、あの悪党にこれ以上悪さをさせないようにする作戦です」

「えっ、なぜ知っているの?」

「フレッドから聞きました」

「どうしてあの子が知っているの?」

「ドアの前で聞いていたんです」少年はレバーと一緒に座っていたテーブルの下から顔を出した。

「私の寝室の前で立ち聞きしていたの?」

「実は今朝、階段に座って誰かが起きるのを待っていたんです。だんな様が下りてくる音がして、出かけられたあと、ミス・エリザベスが奥様の部屋に入っていくのを見たんで、何が起きているのか話を聞かないといけないと思ったんです」彼は息もつかずにいっきに語った。

サラとミス・シャープルズは少年の早口を解釈しようと一瞬沈黙した。

「そうかもしれませんね」ミス・シャープルズがようやく沈黙を破り、ナプキンで口を拭いた。「フレッドのお行儀には後日対応することにして、今は最善策を決める必要があります。まず、奥様は閣下のあとを追うおつもりでしょうから、私がおともしたほうがいいと思います、レディ・ラングフォード」

「あなたが一緒に来るの?」

「付き添いなしで旅をするのは不適切でしょう」

「そんなことにかまっていられない――」

「でも実際、あの男――名前は何ですか?」

「ボーモント」エリザベスがささやいた。

「なるほど、そのミスター・ボーモントがもしロンドンのお屋敷を見張っていたのなら、奥様のお顔を知っているかもしれません。でも私は見られていませんから、注意を引かずに宿や食事を確保できます。絶対に目立たないでいられると保証しますよ」彼女はぽっちゃりした赤い頬を艶やかなリンゴのようにふくらませて嬉《うれ》しそうに言った。

「その点では私にも十分なスキルがあるわよ。それでも、シャーロットとミセス・クローフォードだけの家にエリザベスを置いていけないわ」

「僕が手伝います」フレッドが口を挟んだ。「僕とレバーが奥様のおともに必要なければですけど」

「必要ないわ」サラとミス・シャープルズは同時に答えて笑った。束《つか》の間、緊張が解けた。

「それに、閣下もボーモントも馬に乗っているから、私もそうしないと追いつけないわ」サラは胃が飛びだしそうだった。田舎に連れてこられたとき、ミスター・クローフォードから乗馬を教わり、数日前に再び馬に乗った。正しい姿勢で乗ることはできるが、貴族のように楽にこなせるわけではない。

「ミスター・ボーモントを追うのではなく、閣下の目的地に直行すればいいんですよ」ミス・シャープルズが言った。

「だめよ。目的地を知らないの」サラは力なく言った。〝夫に信頼されていないから〟

口には出さなかったが、その事実は壁や天井にくっきりと書かれているかのように明白だ。

ミス・シャープルズは眉根を寄せ、テーブルを指で叩《たた》いてしぶしぶ認めた。「私は馬に乗れません」

サラはテーブル越しに手を伸ばした。「あなたにはここにいてもらう必要があるわ。シャーロットはまだ具合がよくないし、エリザベスも――」

「でも一人で馬に乗っていくのは不適切です」

サラはミス・シャープルズの指の動きを止めた。「適切かどうかより大事なことがあるわ。あなたはここにいて、エリザベスとシャーロットを守って」

「それが女主人としての決断ですか？」

「そうよ」サラは答えながら驚いた。自分をリーダーや統率力のある人間だと思ったことはなかった。

「私がそう決めたの」

少し間を置いてミス・シャープルズはうなずいた。

「わかりました」

「よかった。それじゃ、あの男を見失わないうちに早く出かけたほうがいいわね」

「どの馬に乗っていきますか？」ミス・シャープルズも立ち上がった。

サラはためらった。セバスチャンは乗馬用の馬を一頭しか連れてきていない。サラのために買った新しい馬はまだロンドンにいる。「イーブンシャム家に頼むわ。あそこにおとなしくて速い馬がいるの」

サラはエリザベスを見てためらった。今はフレッドと並んで床に座り、レバーに腕をまわしている。

「エリザベス」サラはそばにひざまずいた。「あなたを置いていきたくないけど、他に選択肢がないの。ボーモントを追うべきだと思うから」

「あの人を止めて」エリザベスは繰り返した。

「やってみるわ」

エリザベスは青白い顔のままでうなずいた。

「あなたは大丈夫？」

「うん」

その後の一時間は慌ただしかった。服を選んで小型スーツケースに入れ、馬を借りるため、フレッドをイーブンシャム家へ遣いに出した。エリザベスは静かに座ってレバーをなでながらじっとサラを見ていた。

「頑張ってセバスチャンに知らせて、家に連れて帰るわ」サラは優しく言った。

「お願い」エリザベスはかすれた声で静かに言った。

サラはその手を握り、髪にキスした。

ミセス・クローフォードには用事で出かけるとだけ言った。「ミス・シャープルズとシャーロットがお世話しますし、食事はミセス・タトルが作ってくれますからね」

「あなたが編み物をするといいんだけど」ミセス・

クローフォードは不明瞭な口調で言った。

「えっ？」

「馬車の中でいい暇つぶしになるし、異教徒を助けられるわ」

「では編み物をしますから、ちゃんと食べて暖かくしていてくださいね。いいお仕事を続けるには元気でいる必要がありますよ」サラは優しく言った。

「あの新しい人がいつもそう言うわ」

「ミス・シャープルズですか？」

「そうね。ときどき名前を覚えるのが難しいのよ」

フレッドがようやく牝馬《ひんば》を引いて戻ってきた。ミネルヴァというおとなしくてよく走る馬だ。フレッドの手を借りてわずかな荷物を鞍《くら》の後ろにくくりつけてから馬に乗った。いつもどおり高さと揺れに一瞬、恐怖がわき上がる。

「閣下は馬番をロンドンに送り返さなければよかったのに」ミス・シャープルズは心配そうに言った。

「まあ、そうしたのにはきっと理由があったのよ。それに二人より一人のほうが速いし目立たないわ」

最後に手を振りミネルヴァを道路に向けて出発した。幸い最初の数キロは一本道だ。その後は運よく痕跡を見つけられるよう祈るしかない。セバスチャンは海岸地方へ向かったと考えていいだろう。だが、それだけでは何の助けにもならない。海へ向かう道はたくさんあるし、海沿いには町が点在している。

二時間後、十字路にある小さな町に近づいた。

「さあ、最初の決断よ」サラはミネルヴァに言った。

ここで休憩しよう。ボーモントとセバスチャンの馬にも休憩が必要だったはずだし、ミネルヴァに水を飲ませなければいけない。

宿屋の中庭に入っていくと駅馬車が到着したばかりで、その乗客たちが敷石の上を歩きまわり、そこに宿屋の鶏も加わってごった返している。

少し物怖《ものお》じしたミネルヴァが横歩きして、サラはまた恐怖を感じた。今回の旅から生還したら、もう二度と馬には乗りたくない。

馬から降りて馬番に手綱を渡した。尻にはあざができていそうだし全身が痛むので、顔をしかめて宿屋に入っていった。狭くて暗い屋内は混雑していて、どちらの紳士のことも覚えている人はいなかった。

さて、どうしよう？　道は二本しかないのだから、正しい選択をする確率は五割だ。

急いで庭に出た。ビールの匂いのよどんだ空気に比べると草と肥料の匂いがすがすがしい。

思いつきで、セバスチャンかボーモントを見なかったかと使用人たちに尋ねてみたところ、成果があった。金髪で顔色の悪い厩番《うまやばん》がうなずいて口から長い麦わらを外した。

「背の低いほうなら覚えてますよ。嫌な客だったな。馬は蹴るし、半ペニー硬貨一枚くれなかった」

「どこへ行くと言っていた？」

少年は再び麦わらをくわえてしばらく噛《か》んでいた。

「ドーヴァーだったかな」

夕暮れ時、サラは宿屋で夕食をとり部屋を確保した。遅れるのは嫌だが、馬は疲れきっている。それに自分の体もあちこち痛いし、夜道を進めるほどの乗馬の技術はない。

驚いたことに、不安と体の痛みにもかかわらずぐっすり眠ってしまい、メイドにノックされて初めて目が覚めた。一瞬自分がどこにいるのかわからず、夜明け前の薄明かりの中で天井と質素な部屋をぼんやりと見まわした。記憶がよみがえって起き上がると、全身の痛みに声をあげそうになった。

メイドが湯と頼んでおいた軽い朝食を持って入ってきた。好奇心で目を丸くしている。馬に乗った付添なしの女性客は珍しく、こういう旅の形態に賛同できないのだろう。

メイドに礼を言ったあと、素早く顔を洗って服を着た。極度の疲労で弱まっていた不安が再びふくれ上がり、緊迫感がつのる。二人の男性がどれだけ先を進んでいるかわからない。乗馬の経験豊富な二人なら、夜でも旅を続けられたかもしれない。そんな思いに駆り立てられ、恐怖を抑えてミネルヴァを走らせた。

日が昇り、緑の草原に点在する家や納屋、緑と肥えた黒土が碁盤の目のようになった牧草地を照らしだす。

そしてそのむこうは——まだ見えないが——海だ。

子供の頃ロンドンの波止場を見たことはあるが、海辺へ遠足に行ったことはない。

もちろんペチュニアはある。ペチュニアは海の香りを吸い込み冷たい水に足を入れた。

最初に見えたとき、海は銀色にきらめく筋で、現実とは思えないほどはかなかった。サラは、そうすればよく見えるとでもいうように目を細めて前に乗り出した。

「海だわ。見られるとは思っていなかった」この瞬間を誰かと共有したくてミネルヴァにささやいた。

輝く筋はしだいに太くなり、田舎の草の匂いに潮の香りが混ざり始めた。野原の代わりに建物が増え、道も交通量が多くなった。牛乳缶を積んだ荷馬車が町へ向かい、地元の名士のものらしい立派な馬車が重々しく走っていく。

町には家や店がひしめき合う狭い道が入り組み、それぞれが広々とした港に通じていた。

サラは曲がりくねった通りを海に突き当たるまで進んだ。沖へ向かう漁船の後ろ姿や潮干狩りをする女性と子供の集団が見える。

次はどうする？

決めかねて手綱をもてあそぶ。セバスチャンがエドウィンに会いたければ、当然海岸に行く必要があるだろう。

だがミネルヴァを岬で行ったり来たりさせて目立たないでいられるわけがない。それに水を飲ませなければならないし、どうしても必要でない限り、もう鞍に座っていたくない。

ミネルヴァの宿と餌を見つけたあとは必要以上の注目を集めないように海岸と波止場を監視するくらいしかすることはない。また何もできないのだ。だが他にどうすればいい？　セバスチャンやボーモントの名を呼んで野良犬のように走りまわるとでもいうのか？

ちょうどいい宿屋に近づいていくと、主人がまるで休暇中の船乗りのように千鳥足で現れた。はげた頭頂部を驚くほど豊かな茶色い髪が囲んでいて、修道士のような風貌だ。

初めは歓迎されていない様子だったが、セバスチャンの金貨のおかげでミネルヴァにはすぐに居心地のいい馬房ときれいな干し草が与えられ、サラも客室に荷物を置いて落ち着いた。

港に面した窓辺に立ってしばらく海を見つめた。寄せては引く波頭が時折白い泡になって崩れる。

体中が痛い。長時間移動していたので、まだ動いているような感じだ。慌ててここまで来たのが無駄だった気がする。

セバスチャンとボーモントは本当にドーヴァーへ来ているのだろうか？　確証もないのに、にきび面の少年のあいまいな記憶に頼ってしまった。それに英国の海岸は人気のない広大な磯浜だと思っていた。

エドウィンがどこに着くかわからないし、そもそも到着する予定などなく、セバスチャンはライオンに助言を求めに行っただけなのかもしれない。

わかってさえいれば……話してさえくれていればよかったのに。

25

セバスチャンはこの人目につかない入り江で果てしなく長い間しゃがんでいるような気がした。馬に乗ってすでにこわばっていた脚は長時間動けないせいで痛みだしている。海峡から来る湿った風は肌寒く、灰色の海を見つめている目が痛い。

時折足音が聞こえてはっとするが、ただの海鳥や風や茂みをあさる小動物らしい。

気持ちは時計の振り子のように希望と絶望の間で揺れ動いている。ここへ来るように言われたが、それが何を意味するかは、あらゆる可能性が考えられる。我が子は生きている。あるいはもう死んでいる。ライオンが確保した船で自分も一緒にフランスへ行く。またはその船でエドウィンが帰ってくる――。故国へ。

旅は順調だった。馬を一度取り替えただけで早朝にはセント・マーガレット湾に着いた。

ここで年老いた漁師に迎えられた。寡黙な男で、たばこを嚙《か》む音と断続的な咳払い以外ほとんど音をたてない。

漁師はセバスチャンを自宅に連れていってわら布団を指さした。セバスチャンはそこで漁師に起こされるまで眠った。漁師にパンと水をもらったあと外へ連れ出され、曲がりくねった急坂を下ってこの入り江にやってきた。

「ここにいてくだせえ」浜に着くと漁師が言った。

それ以上何も言わずに漁師は立ち去り、崖をよじ登るブーツの靴音が遠ざかっていった。

セバスチャンは肩をまわし、疲れた目をこすった。時折白い帆が見えたような気がするが、そのたびに目の錯覚でカモメや白い波頭だったとわかる。

早朝は晴れていたが、午前の半ばには太陽が雲の層に隠れて薄日になった。

そのとき、何かが見えた。セバスチャンは背筋を伸ばして前に乗り出した。海に白いものがちらりと揺らめく。それがカモメか波に変わるのを待ったが変わらない。立ち上がり、水に反射するまぶしい光を遮ろうと目の上に手をかざした。もう少し近づけばもっとはっきり見えるとでもいうように水際へ進み出た。湿った冷風が頰に当たる。波が岩に打ちつけ、カモメが悲しげに鳴いている。

そうだ――神に誓って間違いない。

帆だ。

心臓が早鐘を打つ。胸が締めつけられ、口の中が干上がった。ふくれ上がった希望が不安と混じりあって冷たい泥のように胸にたまった。

帆が近づいてきた。目が痛み、舌が上顎に貼りつく。全身の筋肉が張りつめ、呼吸が速くなる。

天国か地獄が間近に迫っている。

宿屋を出たサラは港へ向かって歩いていき、岬の付け根に立った。そこからは岩場を走りまわる子供たちや円を描いて飛ぶカモメや木箱に座って破れた漁網を繕う漁師が見える。打ち寄せる波の音にカモメの鳴き声や老人が船体に釘《くぎ》を打ち込む音が加わる。

引き潮であらわになった磯浜には潮だまりや岩が点在している。海藻に覆われた小石が波打ち際で緑の帯になり、魚と海藻の匂いが濃く漂っている。

サラはそういう光景を眺めながら期待外れの疲労感にさいなまれていた。セバスチャンとボーモントはどこかにいるはずだ。ここから何キロも先かもしれないし、次のカーブをまわったところで死闘を繰り広げている可能性もある。

三十分以上も立ちつくして波打ち際を見つめてい

た。何か目的意識があってそうしていたわけではなく、他にとるべき行動を思いつけなかったのだ。

そのとき、ある動きに注意を引かれた。浜を歩いている男が突堤の下に踏み込み、太い木の支柱の間に入っていった。

ふいに活力が湧き、サラは突堤が磯浜から海に突き出しているところまで遊歩道を進んでいった。しばらくすると男が木の突堤の下から出てきた。こちらに背を向けているので顔は見えない。それに昨日は、ボーモントの顔をはっきり見なかった。

だが昨日見たとおりの大きさと体形で、似たような大きすぎる上着を着ている。

どう見ても漁師ではない。

サラは浜を歩き続ける男をじっと見た。思い過ごしだろうか？　それとも海に目を向ける男の行動が秘密を匂わせているのか？

サラはためらった。ただの野鳥観察者か宿屋の主人かもしれない。

ボーモントの可能性もある。

論理的には知りようがない。

理詰めの思考を信条にしているが、それも絶対とは言えない。狐《きつね》が近くにいるのを直感で察知したり、傷ついたうさぎの扱い方を本能的に知っていたりしたのを思い出す。

論理的には筋が通らないが知っていたのだ。

サラは肩を張って決断した。

サラは埠頭《ふとう》を急いだ。足元の湿った古い板はでこぼこしている。突き当たりは広場になっていて、片隅には魚の血がしみついた洗い場があり、強い魚の匂いがした。そばで二人の男と一人の女が黒く太い糸で漁網を繕っている。魚のはらわたを入れる樽《たる》が別の隅に置いてあり、ワインの空き瓶が端に転がっている。

「すみません」サラは声をかけた。

男が顔を上げた。どんよりした青い目がうるんでいる。

「あなたの網を買いたいんですけど」

「何だって？」

サラはハンドバッグを開けて硬貨を取り出した。

「私も網でも何でも売るよ」女が黄色くなった一本だけの歯を見せて笑った。

「網はいらないけど、ショールをいただきたいわ。もちろんお金は払います」

「本当かい？」女は甲高い声で言った。

サラはもう一枚硬貨を渡した。「あの瓶も買いたいわ」

「どの瓶？」

サラはワインの瓶を顎で示した。

「空っぽだよ」女が言った。

「かまわないわ」

三人はまじまじとサラを見た。

「人それぞれ好みがあるからね」女が言った。

「でも急いで。はい」サラは女に硬貨を渡し、かがんで瓶を拾った。ガラスは冷たく、こぼれたワインでねばついている。

「ショールもいるんだね？」女が繰り返した。

「ええ」

女はショールを肩から外してサラに押しつけた。編み目が粗く触るとべたべたしていて、魚と汗と酒の匂いがする。

「ありがとう」サラは身震いを抑えてそれを羽織った。それから漁網を持ち上げ、ドレスの生地が隠れるように体の前で抱えた。

三人はまだとまどった顔でサラを見ている。

「ありがとう」サラは慌ただしく会釈して埠頭を進み、岩を這《は》い下りて磯浜に下り立った。

少しの間、男の姿が見えなかった。辺り一帯の岩場と崖と海には誰もいない。絶望感に襲われた。このばかげた変装に時間をかけすぎてしまったか？

すると動くものが目に入った。灰色の海を背にした男の黒いシルエットだ。

サラは空き瓶を持ったまま薪《まき》を探しているかのように下を向いて足を引きずりつつゆっくり歩いた。湿った砂に靴が沈み、靴底に小石が強く当たる。

前方に男が見えた。高い崖の陰に立ち並ぶ崩れかけた小屋のそばにいる。サラはその小屋の列に何気なく目を向けて凍りつき、漁網を握りしめた。

小屋の後ろに三つの人影が潜んでいる。黒い制服姿でナイフか銃剣がきらりと光るのが見えた。

フランス兵だ。そうに違いない。だが、どうすればいい？　この男をつかまえに来ているのか、海から来る誰かを罠《わな》にかけようとしているのか？　もし後者なら、どう警告するのが最善だろう？

サラは酔った老女のふりをして前かがみで瓶を握ったまま小屋のほうへ千鳥足で歩いていった。

小屋のすぐそばまで近づいてから丸太に座ると、ショールで髪を覆って瓶を口元まで上げ、酒を飲むふりをした。この角度からは海も見渡せるし背後の動きも監視できる。

こうして、いないふりをしている三人に気づかないふりをする危険でばかげた茶番を続け、何時間も経《た》ったように思えた。時間は遅々として進まない。丸太はいっそう硬く感じられ、こぶやでこぼこが尻に食い込む。誰もいない海を見つめ続け、目をしょぼしょぼさせながら座り直した。

さらに時間が過ぎた。実際にはせいぜい三十分かもしれないが、そのとき何かが見えた。胃がさらに縮み上がり鉛の塊になったような気がした。喉が詰まり呼吸が速まり心臓が早鐘を打つ。

小さな白いボートが近づいてくる。動力は両側に枝のように突き出したオールだけだ。

それで海峡を渡ってきたわけではなく、もっと近いどこか他の海岸から来たらしい。

サラは再び酒を飲むふりをした。手が震えてべたべたした瓶の縁が顎に当たる。

ただの漁師か、フランスのブランデーか何かを持ち込もうとしている密輸業者かもしれない。

ボートが近づき、二人の人影が見えた。一人は長身で、小柄なもう一人は船尾にうずくまっている。うっとうしい雲の隙間から射《さ》す薄日に濡《ぬ》れたオールが光り、素早く船をこぐ水音が聞こえる。

サラは指が痛いくらい瓶を握りしめた。

誰だろう？　セバスチャンとエドウィンなのか？

自分に何ができる？　どうすればいい？　ペチュニアならどうする？

目を細めて海を見ながら、揺るぎない確信を抱いた。小舟とその乗員の正体にはいくつもの可能性があると頭ではわかっているが、頭がどう思おうと関係ない。直感が言っている。あれはエドウィンとセバスチャンだ。そして二人は刻々と罠に近づいてくる。身を潜めるフランス兵とボーモントのほうへ。

サラはふいに必死の思いで立ち上がり、よろめきながら水際に向かっていった。

「おーい！」サラは叫んだ。

こぎ手はこちらに背を向けている。ボートはかなり近づいているので風で乱れた黒髪が見える。

カモメが円を描いて飛んでいる。

「おーい！」もう一度叫んだ。声がかすれる。

背後から罵声が聞こえ、飛んできた石が耳をかすめて磯浜に落ちた。別の石が肩に当たった。サラはよろめいた。

だが、どういうわけかその鋭い痛みが刺激になり、すべてがますます差し迫って現実味を帯びてきた。

突然活気づいたサラは、ぬるぬるした小石で足を滑らせ、よろけながら水の中へ駆け込んだ。

「罠よ。逃げて！」

ボートは止まらない。

サラはもがきながらボートに近づいていった。脚にまとわりつく濡れたスカートにはばまれながら、必死に前進する。強く握りしめた瓶は、もう放したくても手から離れない。

こぎ手がオールを持ち上げた。きらめく水が木のオールから海へと流れ落ちる。船尾で小さな人影が毛布の下にうずくまっているのが見える。

「離れて！　あの人が来ているわ」サラは突進して船縁《ふなべり》をつかんだ。ボートは磯浜に乗り上げかけている。

こぎ手はオールを脇に置いて立ち上がった——背が高くたくましい。

セバスチャンだ。

セバスチャンは船首から浅い水の中へと降り立った。

26

突然大騒ぎになった。

小屋の後ろから複数の人影が銃剣を抜いて突進してきた。老女が叫んでいる。誰かが飛びかかってきた。セバスチャンは金属が光るのを見た直後に、それで肩を切りつけられた。よろけた拍子に一瞬はっきりとボーモントの顔が見えた。

ボーモントは水の中に入って後ろにまわりこんでいたらしい。背後からつかみかかってきて首を絞められた。息ができない。ボーモントの腹に肘鉄を食らわせた。

叫んでいた頭のおかしい魚売りの女がやおら立ち上がった。女が石か何かを投げ、それが当たったに違いない。ボーモントの手がゆるみ、セバスチャンは後ろによろけた。

一瞬、攻撃が中断した隙にセバスチャンは状況を把握した。二人のフランス兵が互いに戦っている。一人は変装したライオンの手下だろう。

ボーモントが再び立ち上がり、中断は終わった。セバスチャンが肩の痛みを無視してなぐりかかると、拳が相手の顔に当たった。骨が折れる音がして鼻が曲がり生温かい血が流れるのを感じた。

凶暴な怒りが全身を駆けめぐる。

次の一撃は相手の顎を砕いた。ボーモントは浅瀬に倒れた。

魚売りの女は――。

なぐられたに違いない。水の中でうつ伏せに倒れていて、まわりに黒いショールが漂っている。このままでは溺れてしまう。セバスチャンはよろよろと前に進み、女の腕をつかんで浜へ引いていった。だが女を介抱する間もなく、自分の名前と激しい水音が聞こえた。

しまった！　すでに立ち上がっていたボーモントが、今度はボートに向かっている。ボートは乱闘の間に海へ押し戻され、数メートル先に浮かんでいる。

ボーモントは船縁をつかみ、岸のほうへ振り向いてナイフを掲げた。刃が光る。

「この子を殺すぞ！」言葉が不明瞭だ。ボーモントは前歯を失い、口にたまった血が顎にたれて黒くなっている。「やつの名前を言わないと、エドウィンを殺すぞ！」ボーモントは荒々しく毛布に切りつけた。「ライオンの名前を吐け！」叫びながら何度もナイフを振り下ろす。

「やめて！」狂った動物のように女が波間を走ってきた。手に瓶を持っている。それでボーモントの頭を力いっぱいなぐった。瓶は真っ二つに割れ、落ちた下半分が船縁に当たって粉々に砕け散った。

ボーモントは崩れ落ち、後ろにいたセバスチャンのほうへ倒れてきた。セバスチャンは死の舞踏のようにボーモントを抱えた。

「エドウィンは？　無事？」女が振り向いて叫んだ。どういうことだ……。

「サラ！」セバスチャンは意識のない男を岸に放り投げた。「ここで何しているんだ？」

「その人が——あなたを追っていったから」

セバスチャンはサラに近づいた。「怪我《けが》は？」

サラは首を振ったが、頬と額に赤いみみずばれができていて、手からは血が滴っている。

「ほら、これを手に巻いて」ハンカチを押しつけると、サラはそれを手のひらに巻いた。

「私のことは心配ないわ。エドウィンは大丈夫？ボーモントに切られなかった？」

「いや、大丈夫だ」

セバスチャンは振り返ってライオンの手下に手を振った。「ボーモントを縛り上げろ。他の二人は縛ったか？」

手下はうなずきクリスマスのガチョウのように手足を縛られて転がっている二人の兵士を頭で示した。

「よし」ボーモントを縛り終わると、セバスチャンは息をついた。希望と不安と喜びに圧倒される。

「いいか？」かすれ声できいた。

手下がうなずき、セバスチャンは甲高い音で笛を吹いた。それからサラに近づいて腕をまわした。サラがここにいて、この瞬間を分かち合えるのが、突然嬉《うれ》しく思えた。

「ほら見て」セバスチャンは海を指さした。白い小さな船がもう一艘《そう》視界に入ってきた。オールで水をかく音を静かな海面に時折響かせながら、ボートはゆっくりと近づいてくる。

いざその瞬間が迫ってきたら、時間の流れが遅い超現実世界にいるような気がする。乾いた舌が口の中で肥大し、喉が締めつけられる。呼吸が速まり、心臓が早鐘を打つ。

セバスチャンはサラの怪我していないほうの手を取って握りしめた。

背後で捕虜に尋問するライオンの手下の声や男たちの悪態や浜を歩く足音は耳に入るが、それは舞踏会のおしゃべりのように取るに足りない雑音だ。

ボートが近づいてきてこぎ手の広い背中が見える。たくましい前腕やボートの構造やオール受けの動きまで見える。それから……。

小さな人影が突然立ち上がった。揺れるボートの上で激しく手を振っている。「お父様！」

最高にすばらしい言葉に胸がはちきれそうだ。

「エドウィン！」

脚が勝手に動きだし、小石の上をよろけながら走って水に飛び込んだ。

エドウィンはまだ立っていて、彼の動きに合わせてボートが揺れている。

セバスチャンがついにそこに到達して両手を伸ばすと、エドウィンはその腕に飛び込み、しがみついてきた。二人は固く抱き合い、泣いて笑った。

子供の姿を見て、サラの頬に涙がこぼれ落ちた。セバスチャンの広い肩に隠れて顔は見えないが、手足は父親の胴にしっかりと巻きついている。

セバスチャンの顔が見えて痛いほどの喜びで胸が締めつけられた。ぐっとこらえて親子再会の瞬間をじゃましないようにしたが、波間を苦労して進んで我が子を抱きしめたセバスチャンの姿に、いたく感動していた。

「サラ」感きわまった彼のかすれ声は震えている。

「サラ、エドウィンだよ」

セバスチャンは息子を下ろした。地面に立ったエドウィンは、妹とよく似た大きなグレーの目でサラを見た。サラは微笑《ほほえ》んだ。「会えて嬉しいわ。あなたが無事で本当によかった」

こちらを見上げる少年の表情は読み取れない。短くなった上着の袖から両手が伸びている。

「エリザベスは？」

「無事よ。私の親戚の家で待っているわ。あなたに会えたら、ものすごく喜ぶわよ」そんな言葉では足りない。「私もあなたに会えて、すごく嬉しいわ」やはり言葉が不十分だ。

少年はうなずき、ためらいがちに笑みを浮かべた。

「でもサラ、なぜ、どうやってここまで来たんだ？」セバスチャンが言った。

一瞬でも放す気になれないかのように、まだ息子の手を握っている。

「あなたが出たあとすぐに、ボーモントがあとを追うのを見たからよ」

「クローフォード家から？」

「ええ」

「でも、どうしてやつだとわかったんだ？」

サラはまぎれもない幸せを感じて微笑んだ。「エリザベスが教えてくれたの」

「あの子がしゃべったのか？」

「そうよ」

「ありがとう」セバスチャンは歩み寄り、サラを抱きしめてこめかみにキスした。それから息子に手を伸ばして抱擁に引き入れた。

三人は抱き合って立っていた。セバスチャンの目の粗いセーターの胸に頭を預けたサラは、ウールの感触を味わい、心臓の鼓動に耳を傾けた。

エドウィンの小さな体が少し離れるのを感じたが、無理もない。彼はサラのことをほとんど知らないのだから。

だが、これで家族がそろった。エドウィンが戻り、エリザベスは快方に向かっている。セバスチャンはサラを愛していないかもしれないが、息子の帰還を喜び、娘の回復に満足しているだろう。

それで十分だ。

耳をつんざくような笛の音が三人を現実に引き戻した。セバスチャンは、二人の巡査が警棒を持って近づいてくるのを息子の頭越しに見た。

「よかった。警察が来たぞ。この連中を何とかしてくれるだろう」縛られて力なく座っているボーモントと二人のフランス兵のほうをちらりと見た。

サラとエドウィンも振り向いた。

警官がすぐそこまで来たとき、すすり泣きが聞こえてエドウィンが地面に座り込んだ。

「どうした？　どこか痛いのか？　怪我したのか？」セバスチャンはかがんで尋ねた。

息子は答えず、ますます強く膝を抱えた。セバスチャンはまたしてもわけのわからない無力感に襲われた。エドウィンはいっそう小さく弱くおびえているように見える。

するとサラがそばにひざまずいた。前に動物に使っていた歌うような口調でエドウィンに語りかけた。

「エドウィン、あの人たちは兵士じゃないわ。警官よ。あなたやお父様を傷つけたりしないわ。悪人たちをつかまえに来たの。ボーモントを連れていってくれるのよ」

サラの手はエドウィンの乱れた髪のそばで止まった。触りたいが、まだ受け入れられるかどうか自信がないというように。

「それに実のところ」サラは優しいリズミカルな口調で続けた。「警官が来てくれてよかったわ。あの人たちが仕事をしている間に、私たちは宿に帰って暖まって乾いた服に着替えられるもの」

エドウィンの緊張がほぐれて肩の力が抜けた。顔を少し上げたので額と大きな目が見える。

まるで少年の動きにとまどったかのように何かが動いて、擦り切れた袖口から小さな顔をのぞかせた。

「な、何だ、それは？」セバスチャンが厳しい口調で問いただした。

エドウィンは青白い顔を真っ赤にして素早くその生き物を手で隠した。

「それは何だ？」セバスチャンがもう一度きいた。

「お願い、これは害獣だってわかってるけど、飼ってもいい？」

「害獣？」

サラは笑った。「それはねずみよ」

エドウィンは目を見開き、涙をこらえているかのように唇を噛《か》んだ。「お願い。こいつを駆除しろって言わないで」

「駆除？　もちろんそんなことは言わないわ。その子は大歓迎よ。ねずみにうさぎに犬、みんなで一緒にかわいそうなお父様をいらいらさせましょう」

それを聞いてセバスチャンは腹の底から大笑いした。エドウィンは全員頭がおかしくなったのではないかと心配するように目を丸くして見ている。

「あのね」サラは優しく説明した。「私には迷子の動物を家に連れて帰る癖があるの。レバーという犬とオリオンといううさぎを飼っているんだけど、そこに新しい仲間が加わるなんてわくわくするわ」

感きわまった少年は、はにかみを忘れてサラの首に抱きついた。それを見ていたセバスチャンは胸がいっぱいになり涙が込み上げてきた。

「ありがとう」運命か神か、この奇跡を起こしてくれたすべてに感謝した。

巡査が到着したあとは、いろいろと指図されたり質問されたりした。三人は宿屋へ送られ、セバスチャンはそこで追加の部屋を取り、風呂と食事を注文した。医者が来てセバスチャンの肩を縫い、サラの手に包帯を巻いた。

　医者が帰ると、サラはミス・シャープルズとエリザベスに手紙を書き、エドウィンがもっと着心地のいい服で帰れるように服を注文した。

　そのあと、治安判事が来てまた質問され、サラは口が干上がり頭が痛くなるまで同じ話を繰り返さなければならなかった。そして今日中に出発するには到底遅すぎる時間になった。

　できれば今日出発したかった。宿屋は快適だが、早くエリザベスとシャーロットのもとへ帰りたい。家族がそろったのを見届け、セバスチャンが息子を見つけたように、自分も姉を見つけたではないかと自分に言い聞かせたい。

　それなのに、安堵《あんど》に重苦しい落胆が入り交じっているのを感じる。

　暖炉のそばに一人で座って毛布を引き上げ、自分の感情を解明しようとしたが、ほとんど意味がなかった。何しろエドウィンとセバスチャンが無事だったという喜びはまぎれもなく大きい。

　にもかかわらず……。

　サラはむかい側の窓をぼんやり眺めながらため息をついた。ガラスに映る暖炉の火に外の薄暮と円を描いて飛ぶカモメが溶け込んでいる。波の音が悲しげに繰り返される。

　やはり海は好きではない。

　こんなうっとうしい灰色の雲や岩や水より、気立てのいい牛があちこちにいる緑の草原のほうがいい。だが、海だけのせいではない。セバスチャンが結婚したのはエドウィンの解放とエリザベスの回復を手伝わせるためだというのが避けられない現実だ。

　エドウィンの解放は成し遂げられ、エリザベスの回復も順調に進んでいる。

　つまりセバスチャンは今後の生活にはほとんど役に立たない妻に縛りつけられる羽目になったわけだ。

財産も美貌も知力も家柄も、何一つない妻に。

信用さえしていない。

そして子供たちの安全が確保された今、セバスチャンは政治と社交の世界に戻りたいだろう。隣に立つのにふさわしい妻が必要だ――迷子の動物を助けたがる地味で小さい取り柄のない女ではなく。

ペチュニアの空想でさえ気晴らしにはならなかった。まるですみれ色の目と金色の巻き毛のペチュニアに嘲笑《あざわら》われているかのように、自分がいっそうふさわしくない存在に思えてくる。

サラは後ろにもたれて眠ろうとしたが、風で窓がガタガタ音をたて、海のとどろきが大きくなる。

二つの考えが頭の中で渦巻き、心が安まらない。

一つ目は、セバスチャンが結婚した理由はすでに無効だということだ。

そして二つ目――私はセバスチャンを愛している。

27

ノックの音がしてエドウィンが入ってきた。手に持ったろうそくに顔を照らされ、父親のものらしいナイトシャツを着ている。数サイズ大きいので床に裾を引きずっていて、爪先が時折ちらりと見えるだけだ。

ためらうような表情で体重を左右に移動させ、金色の巻き毛と驚くほど対照的な黒い真剣な目でサラを見ている。

「眠れないんだ」エドウィンが言った。

「その気持ちはわかるわ。しばらくここに座っていたい？」

「そうだね」彼はろうそくを置いてサラのそばに座

った。

「母が亡くなったあと、私も眠りたくないときがあったわ」

「どうして？」

「悪い夢を見たり、目が覚めると母が死んだことを忘れていて、もう一度思い出すのがよけいに辛かったからよ」

「僕は眠りたくない」

「悪い夢を見るから？」

エドウィンはシャツの生地を指に巻きつけながら首を振った。「これが夢で、眠ったら終わりで……元に戻っちゃう気がするから」

「私もそんなふうに感じていたわ。でもそういうとき、私がどうするかわかる？」

エドウィンは首を振った。

サラは彼の手を取って動きを止め、そっと握った。

「たとえ他はみんな夢みたいに思えても、これだけは現実だとわかる物をつかんで放さないの。だから私の手のぬくもりを感じてほしいのよ。これは現実なの。私もお父様も夢じゃないわ」

「しばらくここにいてもいい？」

「いいわよ。それに無理に眠らなくてもいいわ。時には、ただ静かに座っているのもいいものよ」

「むこうでは、昼と夜どっちが嫌いか決められなかったんだ。夜はギロチン台までの移送車は通らないし、群衆の恐ろしい歓声も聞こえなかった。だけど夜は……」

「夜は気晴らしになるものが何もなくて、静かで暗くて寂しいわよね」

エドウィンが体を寄せてきた。サラは顎の下で彼がうなずくのを感じた。

「みんながうめいたり泣いたりしていなければね。ねずみのスニッフィが慰めになってくれたんだ。あいつのことをわかってもらえてよかったよ」

「小さい頃、新しい場所で暮らさないといけなくなったの。そこには他に子供がいなかったから、厩《うまや》の猫と友達になったのよ」

「それで今はお父様と一緒に暮らしているの?」

「ええ、エリザベスもね。明日にはここを出発して帰るから、もうすぐ会えるわ」

「それで、あなたもお母様みたいに出ていっちゃうの?」

サラは突然の問いに驚いた。「いいえ、あなたやエリザベスや……お父様とずっと一緒にいるわ」

「お父様を愛しているから?」

エドウィンは体をねじって正面から真剣なまなざしでサラを見つめた。嘘《うそ》はつけない。

「そう、お父様を愛しているからよ」

「お父様もあなたを愛している?」

「それは……」サラはためらった。

嘘をつきたい。この子には安心が必要だ。それでも、こんな目でじっと見つめられたら罪のない小さな嘘もつけない。「私……私たちは……お互いに尊敬し合っていい関係を築いているわ」

ぞっとする女性誌の受け売りのような台詞《せりふ》ではないか。

「お父さんも愛しているよ」

セバスチャンの低いハスキーな声がろうそくに照らされた部屋に響き渡った。

サラは振り向いてドアのほうを見た。ドア口に立った長身で肩幅の広いセバスチャンの姿が廊下の壁付き燭台《しよくだい》の明かりを背中から受けてシルエットになっている。

「よかった。あなたが継母《ままはは》なら好きになれると思うよ」エドウィンが言った。

「それは至極もっともな見解だ」セバスチャンが大股で部屋に入ってきた。「さあ、そろそろベッドに戻らないか?」

エドウィンは顔をしかめた。「眠れないんだ」

「お父さんがベッドに入れて布団をかけてやるから、もう一度試してみるといい」セバスチャンはソファから息子を抱き上げた。

父親の肩に頭を擦り寄せたエドウィンはひどく幼く眠そうに見える。そんなに長く起きてはいられないだろう。

「ぐっすり眠ってね」

「きみは僕を信じないのか？」

「何ですって？」

再び部屋に入ってきたセバスチャンは、むき出しの床板の上を大股で歩いて息子が先刻まで座っていたところに腰を下ろした。

「愛しているというのを信じないのか？」

頬が熱くなった。サラはドレスの生地をそわそわといじりながら両手を見下ろした。「あなたはエドウィンを安心させたかったんでしょう。履き慣れた古いスリッパのように大事にしてくれているんじゃないかと思っているわ」

「僕を履物にたとえているのか？」

「履物にたとえているのは私自身だと思うけど」サラは場の空気を軽くしようとして言った。「一緒にいてくつろげる存在だと思われているだろうと言っているのよ。それがいちばんだわ。おとぎ話のようなロマンスは本で楽しむほうがいい――」

セバスチャンは体を曲げて正面から向き合い、サラの両手を取った。「愛しているよ、サラ。この気持ちは古くても新しくてもスリッパとは関係ない」

サラは湧き上がるばかげた希望を抑えて首を振った。「いいえ、私は男の人に愛されるような女ではないわ」

「それじゃ、どういう女性が男に愛されるんだ？」

セバスチャンは前に乗り出した。サラは目にかかった髪をかき上げて、角張った顎に指を這《は》わせ、ボーモントになぐられたあざにキスしたくてたまらなかった。

「美人で謎めいていてウィットに富んだ女性よ」必死で集中して答えた。

「ああ、つまりペチュニアだな。きみこそ僕のペチュニアなのに信じないのか？」

「そんなわけがないわ。私にはロマンティックなヒロインの要素がないもの」

セバスチャンはサラの顎をそっとなでて上を向かせ、真剣なまなざしで見つめた。

「きみとペチュニアの唯一の違いは、きみが現実だということだ。僕はたまたま現実の女性が好きなんだ」

サラは眉をひそめ、そわそわと座り直した。まさか……そんなはずがない……。彼の真剣なまなざしから目をそらした。信じられない……信じないし期待もしない。

サラは微笑《ほほえ》み、無理に明るい口調で言った。「そんなに私に気を遣う必要はないわ。精いっぱい頑張ってエリザベスとエドウィンのいいお母さんになるから。私たちはきっと一緒にいてとても満足できるわ」

「満ち足りたスリッパ一家か。それが僕に対する気持ちなのか？　穏やかな好意に同情に思いやり？」

違う！　大声で叫びたい。そうではない！　もちろん違う。この気持ちは穏やかなどというものではない。怒濤《どとう》のようにうなりをあげて押し寄せ、欲望と苦悩と喜びと愛で他のすべての感情を圧倒する。

だが、それを言うつもりはない。この気持ちを言葉にしてしまえば、三倍にも四倍にもふくれ上がり、自分を見失って心地いい満足感など望めなくなる気がする。

「あなたを大事に思っているわ」

「古いスリッパみたいに?」

「ええ、そうよ――古いスリッパみたいに」

何が古いスリッパだ。彼女の古いスリッパになんか、なりたくない。この結婚をただの居心地と都合のいい便宜上の結婚にしたくはない。

セバスチャンは自室の暖炉の火を特別な恨みでもあるかのようににらみつけた。火かき棒を取り上げて石炭を突くと、舞い上がった火の粉が煙突に吸い込まれていく。脇に置いた火かき棒が火格子に当たって音をたてた。

サラを愛してしまった。

もしかしたら、あのいまいましいうさぎを抱えた彼女に初めて出会った瞬間から愛していたのかもしれない。

だが、サラは本当に僕を愛しているのか? 僕を愛せるのか?

もっと核心を突けば、サラは愛することを自分に許すだろうか? それとも自分で作った型にはまったままでいるのか?

そのとき、いいことを思いついた。口元がほころび、鉛のように重い気持ちが晴れた。

「よし」笑みが広がる。「やるぞ」

翌朝サラは、誰かの視線を感じて目覚めた。

はっとして、混乱と束《つか》の間の恐怖を感じながらぼやけた目で見慣れない部屋を見まわした。ベッドのそばの椅子に夫が座っている。暖炉では火が音をたて、朝日が窓から射《さ》し込んでいる。

「セバスチャン、いつからそこにいたの?」

「きみが起きるのを待っていたんだ。読んでほしいものがある」

彼は珍しく興奮と緊張を抑えているようだ。引き結んだ口元と目の表情にそれが表れている。

「ボーモントの話？」サラは片肘をついて体を起こし、夫の手に握られた紙束を見た。

「いや、もっと楽しい話だ。物語だよ」

「物語？　私に物語を読んでほしいの？」

「大至急ね。というのも、これは女性の話なんだ。長い茶色の髪と果てしなく深いグレーの瞳、白い肌とキスするのに最高の唇を持つ女性だよ。迷子の動物を助けて、不可能に見える理想を信じる人だ。そして彼女にどうしようもないほど熱烈に恋をしてしまった男の話でもある」

　サラはごくりと唾を飲み込んだ。胸がいっぱいで涙が込み上げる。「でも――」

「しいっ」セバスチャンは身を乗り出してサラの唇に指を押しつけ、ハスキーな声で読み始めた。「あるところに愛を信じなくなった男がいました。男は恋愛も幸せな結末も信じていません。恋愛とは無縁の生活を送り、恋をしたいとも思いませんでした。

　ところがそんなとき、男はある女性に出会いました。外見も内面も美しい生身の女性で、愛する者のためなら何もかもなげうつ人です。男が出会ったのは、まさに言葉どおりのヒロインでした。

　この女性は男に希望を持つことや笑うことを教えてくれました。牛には感情があり、狐《きつね》には二度目のチャンスをもらう価値があることも教えてくれました。そして何より、幸せな結末を信じ、愛することを教えてくれました」

　サラの頬を涙がこぼれ落ちた。セバスチャンはゆっくりと顔を近づけ、キスで涙を拭い去った。

「愛しているよ、サラ。迷子の動物を連れてくるところも、どんなに汚くても貧しくても分け隔てなくみんなを愛するところも、息子のねずみを息子と同じくらい歓迎してくれたことも、きみのすべてを愛している」

セバスチャンはサラの顎に手を当て、そっと唇を重ねた。

「僕を信じる?」

「ええ、信じるわ」

「それから、前はきみを信頼しなくて悪かった。行き先も告げず、助けも受け入れなかった。でもそれは、きみを愛していなかったからじゃない。どうしても無事でいてほしかった。その必要があったんだ。きみを失うわけにはいかなかったから」

「私はそばにいるわ。いなくなったりしない」

「わかっている。きみはこの家族を傷つけるようなことはしないだろう。でも――」セバスチャンはサラの顔に手を当てたまま真剣なまなざしで見つめた。

「――知っておくべきことがある」

「何?」

「少しは僕を愛せるようになるか?」

サラは夫が正直にさらけ出した弱さに衝撃を受けた。どれほど勇気が必要だったことか。

サラは自制心を失って夫に抱きつき、髪に指を差し入れて頬や顎や唇にキスの雨を降らせた。

「もう愛しているわ」

二人は熱烈なキスを交わした。互いに自分の居場所を見つけて帰ってきたような最高の気分だった。手を離れた物語の原稿が床に散らばった。

サラもセバスチャンも気にしなかった。二人には互いがいればいい。現実の世界でいつまでも幸せに暮らすのだ。

エピローグ

帰りの旅は、エドウィンがじれったそうに身動きするせいで、よけいに長くゆっくりに思えた。彼は時折眠ったが、起きている間は、通り過ぎる野原を見つめていれば馬車の速度を上げられるとでもいうように窓ガラスに鼻を押しつけていた。

だが、ついに一行は轍《わだち》のついた見慣れた道までやってきた。最後のカーブを曲がると、小さな四角い石造りの家が見えた。前庭のあちこちに赤褐色の鶏がいる。その後ろではミス・シャープルズとシャーロットがエプロンをはためかせて鶏たちを鶏小屋に入れようとしている。

幸い馬車は二人と鶏をよけて無事中庭に止まった。

エドウィンは馬車が完全に止まる前にドアを開けて飛び降り、玄関に向かって走っていった。

「リジー！　リジー！」彼は叫んだ。

玄関のドアが開いた。出てきたエリザベスは信じられないくらいの速さで走って兄に抱きつき、二人は歓喜の叫びをあげながら、手を取り合って中庭を跳ねまわった。

涙が込み上げてきて、サラはごくりと唾を飲み込んだ。セバスチャンがサラの手を取った。その手は言葉にできない喜びと愛と感謝を伝えている。

そのとき、家からレバーが走り出て、それを追ってフレッドも出てきた。レバーは興奮して大声で吠《ほ》え続け、フレッドの毅然《きぜん》とした命令も効果がない。

この瞬間を永遠に忘れないだろう、とサラは思った。子供たちははしゃぎまわり、ミス・シャープルズとシャーロットはまだ鶏を追っている。レバーが大きな足で土ぼこりを上げながら、そのまわりを夢中で走りまわる。フレッドはそのあとに続き、時折レバーのリードをつかもうと突進する。戸口に立ったミセス・クローフォードは、その騒ぎをかわそうとするかのように編物を握りしめている。

そのすべての中心となり何より重要なのが、夫の手のぬくもりと愛情のこもった握力を永遠に続く希望とともに感じていることだ。

サラは夫の手を握りしめ、爪先立って耳元にささやいた。「ペチュニアを塔から救い出したわ」

「え?」

「ペチュニアは、ただ自分を救うだけでよかったのよ。それをわけなく成し遂げたの」

ハーレクイン®

伯爵と灰かぶり花嫁の恋

2024年4月5日発行

著　　者	エレノア・ウェブスター
訳　　者	藤倉詩音（ふじくら　しおん）
発 行 人	鈴木幸辰
発 行 所	株式会社ハーパーコリンズ・ジャパン 東京都千代田区大手町 1-5-1 電話 04-2951-2000（注文） 0570-008091（読者ｻｰﾋﾞｽ係）
印刷・製本	大日本印刷株式会社 東京都新宿区市谷加賀町 1-1-1
装 丁 者	小倉彩子

ISBN978-4-596-53777-5 C0297

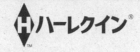

3月刊 好評発売中！

Harlequin 45th Anniversary

“ハーレクイン”の話題の文庫
毎月4点刊行、お手ごろ文庫！

作家イメージカラー入りの美麗装丁♥

『長い冬』
ペニー・ジョーダン

億万長者のヨークに見初められ、結婚したオータム。上流社会になじめず逃げ出した彼女の前に、突如夫が現れた。4カ月だけ妻役を務めれば離婚に応じると言って。

(新書 初版：I-167)

『いわれなき罰』
ミシェル・リード

婚約者に裏切られたうえ、横領の濡れ衣を着せられたナターシャ。さらに婚約者の義兄の富豪レオに「全額返済するまで、愛人として君を拘束する」と言われてしまう！

(新書 初版：R-2424)

『初恋のひと』
パトリシア・レイク

ターリアは実業家アレックスと激しい恋に落ちた。だが彼に裏切られ、傷心のまま密かに一人で子供を産み育てていたのだ。3年後のある日、再び彼が現れて…。

(新書 初版：I-190)

『花開くとき』
キャロル・モーティマー

手術のせいで子供ができない体になったブリナは、実業家ラフの愛人となっていた。だが、彼が望んでいないのに妊娠しているのに気づき、ラフのもとを去る。

(新書 初版：R-618)

※ハーレクインSP文庫は文庫コーナーでお求めください。